天下布武

盜國物語

織田信長 下

司馬遼太郎

馬靜 譯

目次

豹皮

信長攻陷美濃的稻葉山城後，逐漸放慢了腳步。

京城和各國也不像以前那樣，經常「信長、信長」的掛在嘴邊了。

桶狹間討伐今川義元，以及攻陷美濃稻葉山城這兩件驚天動地的大事，確實讓信長這個名字變得家喻戶曉，不過之後也不見信長有進一步的舉動。

美濃遲遲穩不下來。

這裡原是源平爭鬥以來源氏（土岐氏）的根據地，留有濃厚的鎌倉風格，雖然本城落入敵人之手，地侍卻不肯平身低頭。其中不乏頑強抵抗的人士，他們多退居深山，絕望卻頑強地進行反抗。

信長一心想要剷除這些勢力，忙得焦頭爛額，自然沒有餘暇策劃什麼宏偉的戰役。

由此，世人逐漸地議論得少了。

「要先穩住美濃。」

信長總是這麼說。美濃不穩，就無法成就大事。反過來說，美濃要是穩住，就可以放開手腳做番大事業了。這裡國富兵強，交通也四通八達、暢通無阻。

就拿西美濃的關原爲例吧。從關原村一帶，各大街道呈放射狀通往四方。上方有通往關東的中山道、通往伊勢的伊勢街道，還有抵達北國的北國街道。要想治兵於天下，沒有比美濃更好的根據地了。

「得美濃者得天下。」

這句話，是信長的老丈人齋藤道三說的。道三來到此地，雖然掌控了美濃，卻始終未能實現一統天下的夢想，在長良川河畔死於非命。

美濃。

現在的岐阜縣。

信長新命名爲「岐阜」的舊稻葉山城、新岐阜城，正在信長嶄新的構思下換上新裝。

同時，信長派兵分別進駐尾張的清洲城、小牧城，以及岐阜的新城、美濃大垣城等地，等待岐阜城的竣工。

他當然不會光是等待。

他可是異常地勤奮的人。利用這段等待的時間，他致力於外交工作。

信長的終極目標是在京城豎起織田家的大旗。而北近江的淺井氏，則是前進道路上的一名強敵。

然而信長卻沒有足夠的武力討伐淺井氏。他千方百計與淺井氏拉近關係，把自己貌美如花的妹妹阿市許配給淺井家的年輕當主長政，兩家結爲親家。

（一旦要進京，淺井就算不加盟進來，也會確保軍隊通行暢通無阻吧。）

信長暗自盤算著。

除了淺井氏之外，信長還在各個所需的環節展開外交工作，唯獨讓他畏懼的是甲斐的武田信玄。

（信玄是肯定打不過的。）

信長冷靜地分析雙方的軍事力量，自然心中有數。不僅僅是瞭解對方，他從心底感到戰慄。

對方兵力超出織田軍一倍。信玄想必能輕輕鬆鬆派出三萬多人出兵國外吧。不僅是人數，就士兵的素質而言，織田兵和武田兵之間也有著天壤之別。

信長率領的尾張兵，原本被視作東海最脆弱的部隊。不僅遠遠不及東部的鄰國三河，更比不上北邊的鄰國美濃。而這些脆弱的尾張兵之所以能馳騁天下，完全是因為織田家前任主公信秀訓練的結果，還有信長天生的才能。

除了兵強馬壯之外，信玄還和越後的上杉謙信一樣，戰術無比的高明。不僅是作戰巧妙靈活，連軍制、戰術等都是自己創造，只要信玄一聲令下，將士就會奮不顧身地戰鬥，還以能為信玄獻身而感到榮耀。

（差得太遠了。）

難怪信長會這麼想。

而且不巧的是，信玄這輩子最大的目標和信長如出一轍，就是在京城豎起武田家的菱紋大旗。

信玄的雄偉藍圖，卻由於北方越後的謙信經常前來挑釁，而被一再拖延。要不是因為北方的謙信，想必信玄早就輕易地南下東海道，踏平東海道沿線的家康，踩死信長後大搖大擺地進京。

可以說，信長是幸運的。如果不是在信玄的北邊有謙信這麼一位視戰爭如藝術的天才軍事家，恐怕信長早就成為戰場上消逝的朝露，或者淪落為信玄的家臣了。

（我的運氣還不錯。）

不知信長是否會這樣想。原本他這個無神論者，天生就不信什麼運氣之類的東西。而且運氣是靠不住的，也許謙信有一天會突然休戰。到那時候，甲州的武田大軍就會怒濤拍岸似地，張牙舞爪撲向尾張和美濃。

（只能拉攏信玄了。）

信長決定了對信玄的策略。要說拉攏，對方可是智勇雙全的大人物，而且經驗豐富。信玄畢竟年近五十了。

要想拉攏他，絕對不是單純的懷柔政策。只有忍辱負重阿諛奉承這個辦法。反過來，如果對方不將自己視作同夥反而危險。無論是拉攏或是被對方同化，其實都是爲了同一個目的，即迴避危險。

於是，此時需要的是：

「讓信玄喜歡自己。」

就像一隻小貓一樣拱進對方的懷裡嬉戲玩耍，這樣的話，對方也會放鬆警惕。

「就做一隻貓吧。」

信長拿定主意。貓這種動物，本來就任性得很。也許貓的心裡，並不想讓人類馴服自己，甚至可以說，貓想通過撒嬌來拉攏人類。信長便選擇了這種方式。

他頻繁地送去禮物。窮盡國力的珠寶，源源不斷地跨過三國的邊境送到甲斐。

（這人還真奇怪。）

剛開始信玄覺得納悶。同時，他有了戒心。

（不可大意。）

武田信玄這位世上少見的謀略家，大半輩子不知道騙了多少人，自己還從未上過別人的當。

（尾張的臭小子打的什麼主意。）

他小心謹慎。

凡事周到縝密的信玄派出數名探子，到尾張刺探信長的言辭舉動，卻沒有發現異常。

而且，信長平時經常對身邊的眾人說：

「甲斐大僧正（信玄）太讓人仰慕了。是我學習的榜樣。」

這種說法一聽就不是信長一貫喜歡的言語，武田的探子卻未能識破。

他們回去後報告給信玄。內容淨是些信長對信玄的忠誠和友情，絲毫沒有什麼不利的情報。

（奇妙的臭小子。）

信玄不禁歎道。他開始對這名「臭小子」有了些許憐憫之心。

信長也不是省油的燈，他派出國中最厲害的雄辯家作爲訪問信玄的親善使者。原本是織田同族出身的織田掃部助，從尾張流落到武田家做事，他經常作爲使節送上進貢品，反覆告訴信玄：

「上總介（信長）對大人（信玄）的仰慕之情，就像嬰兒對母親的眷戀。」

信玄本來並不喜歡巧言善辯的人。反過來，越是對方嘴上說得甜，他越是提高警惕。

（更加不能大意。）

所以他心生芥蒂。然而自己與尾張隔著好幾個國家，對信玄而言，信長這小子和自己並沒有什麼直接的利害關係。因此，沒必要一驚一乍的。只是心底裡，信玄還保留了幾分對信長的戒心。

有一次，信玄突發奇想：

「把信長進貢的東西拿過來。」

他命令身邊的下人。不僅是裡面的貢品，連同外面的包裝一同拿進來。

信長的貢品一向豪華，就連包裝盒都塗著紅漆，可以說無與倫比。要說外面的包裝，其實用簡單的木板材料也就可以了。

無論是什麼時代，漆器的價格都很昂貴。之所以昂貴，是因爲它耗費的手工出乎人的想像。塗了晾乾，晾乾了再塗，要想做出好東西需要反覆塗上十次八次，有時候做一個小碗，都要花上個一年半載。

不過也有簡易的做法。

價格低廉的漆器至今還沿用著黏貼這種簡易的方法，用膠水把漆黏住，塗一次就可以應付過去了。

從外觀上看不出來。

然而使用起來，外面的漆很快脫落，露出裡面的材料，讓人慘不忍睹。

（肯定是便宜貨。）

信玄緊緊盯著它們。他令人將其中一箱拿到自己面前，從腰間拔出匕首。

「唰」的一聲，他砍下箱子的一角，接著仔細地查看削過的地方。

抬起頭時，信玄眼裡竟然滿是感動。

只見被削過的一角露出漆的塗層，一共七層，是漆器中最高級的作品。包裝的盒子原本用松木就足夠了，竟然使用如此昂貴的漆器。

答案只有一個。就是：

（此人心誠意懇。）

信玄如此小心謹愼，卻落入「尾張臭小子」的圈套之中。

「信長爲人誠實，那些上門來說好話的人，也許並沒有撒謊。這就是證據。」

他把削了一角的盒子遞給眾人看，眾人也都爲之屏息。

信長有足夠的膽識。先不論將來如何，他首先著手和武田家聯姻的事。

他瞅準時機向對方提出。

說是在美濃，其實更靠近木曾國境的苗木地區，那裡的城主叫做遠山勘太郎。苗木位於現在的觀光景點惠那峽。遠山氏是南北朝以來的名門望族，遠近幾乎無人不曉。雖是題外話，說書人傳誦與電影中出現，家喻戶曉的江戶時代名奉行，被譽爲「遠山阿金」的遠山左衛門尉景元，就是遠山氏的後代。遠山家的本家位列德川家的大名，擁有一萬二十一石的領地苗木，一直持續到維新時期。

已故的道三，其正室小見之方（明智氏）的妹妹就嫁到遠山家，成爲遠山勘太郎的妻子。

兩人膝下有個女兒喚作雪姬。

信長以濃姬的表妹爲由，在攻陷美濃後就頻繁地勸說遠山氏，拉攏對方後，又把雪姬認作養女帶回尾張。

雪姬貌美如仙。

明智氏的家族尤以俊男美女眾多而出名，雪姬是其中的代表性人物。她的美貌名聲甚至翻山越嶺傳到了甲斐。

「雪姬許配給勝賴公子如何？」

信長的使者織田掃部助向信玄提親。雪姬並非織田家所出，勝賴卻是武田家的嗣子。眾人都料想信玄一定會拒絕，沒想到他爽快地應允道：

「就這樣吧。」

信長的外交工作至此大功告成。後來，雪姬生下信勝，產後卻不治身亡。這是永祿九年（一五六六）年底的事。

雪姬之死，切斷了與信玄的紐帶，信長又開始琢磨另一門親事。

這篇故事的稍後部分將會提到。

永祿十年（一五六七）的秋天。這次的提親，對武田家而言吃的虧更大。

「請同意菊姬小姐的婚事。」

信長請求道。菊姬是信玄的女兒，虛歲才七歲，而即將成爲女婿的信長長子信忠不過虛歲十一歲，竟要提親。

出嫁，說得不好聽就是去當人質。處於弱勢的織田家原本不具備提親的資格。

就連信長自己都做好了被回絕的準備，而信玄又爽快地答應了：「可以啊。」

這時，信玄開始盤算起信長的利用價值。一旦要進軍京都，可以讓沿道的信長充當前鋒，除掉自己的敵人。

信長也心知肚明。

「您要是上京，上總介定將赴湯蹈火，爲您剷除障礙。」

他頻繁地發出信函。而信玄竟然像個孩子般地信以爲眞。

「信長可是舉世無雙的人才。」

他如此對左右說道。爲了鞏固這種「舉世無雙」的關係，信玄接受對方的提親。他冒著自己心愛的女兒可能成爲人質的危險，答應和織田家聯姻。

（想不到信玄這麼好騙。）

說不定，信長正捻著虎鬚洋洋自得呢。表面上，他似乎開心得很。

兩名孩子的婚約在永祿十年十一月確定下來。信長立刻派人向甲斐送上一份龐大的聘禮。虎皮和豹皮各五張，再加上五百匹綢緞，價格昂貴。

武田信玄也差人送來回禮。甲斐原本是山國，與尾張的商業地帶不同，土地貧瘠。送來的熊皮已經是了不得的厚禮了，另外還有些蠟燭、漆和馬匹什麼的，對經濟發達的尾張來說，並不是什麼稀罕的東西。

信長卻很是喜歡，他盛情款待武田家的使者、信州飯田的城主秋山伯耆守晴近，推薦道：

「我們美濃的長良川裡放養的鸕鶿，可是世上少見的東西。」

這個一貫不苟言笑的人親自拉著秋山的手，陪同他觀看鸕鶿，還乘船在長良川上盡興而返。

同時，信長也在廣招人才，爲下一步躍進做準備。

新佔領的美濃出色的人才都被他高薪請來，並給予重要的職位。信長向來愛才如命，如果無能，即使是譜代重臣他也不予重用，有才之人則反之。

此時，他已經從原先道三的手下、現今織田家的侍大將豬子兵助那兒聽說「明智光秀」的名字。豬子恰好收到越前光秀的來信，得知光秀的近況。

光秀信中絲毫沒有提及「勞煩舉薦」的內容，他只是寫道：「我已經厭倦朝倉家的門客身分。有朝一日終將遵照公方殿下（義秋）的指示，找到能夠施展才幹的地方。」光秀盤算，這些內容遲早會落到信長的耳朵裡。

信中，他好幾處提到「公方殿下」的字眼，可見他心思縝密，不想被人看輕。

信長小聲嘟囔著。

「明、智、光、秀。」

明智光秀，恐怕天下再沒有比這更好的名字了。明智閃光而秀逸，聽上去就像一首詩篇。

信長興趣來了。

桔梗花

且說越前的光秀。

他每日奔波在一乘谷的朝倉家和金崎城的公方府（足利義秋的寓所）之間。

秋天到了。

一乘谷光秀家中的牆角下，長著一簇桔梗，這些日子開花了，小小的花瓣嬌嫩欲滴。

「桔梗開花了。」

這天清晨，光秀站在屋簷下自言自語道。妻子阿槇一看：

「眞的啊！」

她小聲地歡呼道。原本這種雜草開花沒什麼好大驚小怪的，只是明智家的家徽正是桔梗紋。

桔梗花象徵著光秀和阿槇的故鄉美濃。美濃的土岐氏，不論宗家還是類似明智氏的分支，幾乎都將桔梗作爲自己的家紋。

這個家紋的由來還有一個傳說。很久以前，土岐源氏在他鄉征戰時，士兵都在頭盔上插上一朵桔梗花作爲暗號，碰巧打了場大勝仗。爲圖吉利，美濃的土岐源氏從宗家到分支，都使用桔梗花的圖案作爲家紋。

「桔梗花提醒了我，」
光秀想藉著這個機會告訴阿槇：
「我也差不多該開花了。」
「您的意思是？」
「我已經受夠朝倉家了。」
其實，阿槇也早就察覺到了。她聽說，最近，當主義景的丈人鞍谷刑部大輔嗣知在朝倉家頗爲得勢，凡事都刁難光秀，還經常在義景面前說他的壞話。
「鞍谷刑部之輩，就像浮在朝倉這口古井中的蛆蟲。只要這些蛆蟲得勢，朝倉家就永不見天日。」
鞍谷和光秀在政見上存在分歧。光秀把將軍（還不是正式的將軍）義秋從近江領過來，主張：「奉公方殿下進京，豎起朝倉的旗號。」
鞍谷卻持保守態度。他覺得義秋的到來只會招來禍亂。
「光秀想把朝倉家推進火坑裡。」
他說。
主公義景卻爲公方殿下這一武家的最高首領前來投靠自己而喜悅萬分，唯獨在這件事上沒有採納鞍谷的意見。
於是，鞍谷便將光秀視作眼中釘，不斷地讒言誹謗，想將他驅逐出境。如果連身爲將軍聯絡官的光秀都被朝倉家趕跑，相信足利義秋也會感到不自在，主動投靠越後的上杉。
「鞍谷刑部也不知道動了什麼手腳，最近去府裡，連倒茶的下人都不把我放在眼裡。」
光秀凝視著牆角的桔梗。
「待在越前，我只能白白枯萎。」
「那您上次提到的事情？」
「不錯，去織田家。」
光秀道，緊接著，他又小聲補了一句：
「雖然不是很願意。不過，要是和朝倉家相比，兩者簡直有著天壤之別。」

第二天一早，光秀起身去越前敦賀的金崎城向義秋請安。

公方殿下義秋很久沒見到光秀，自然十分高興，吩咐擺酒招待。

義秋向來生性急躁，他早就對朝倉家心懷不滿。

「對我倒是盡心盡力。不過，要是上洛擁立我做將軍，恐怕還缺少實力吧。你怎麼看？」

光秀也有同感。

只不過自己身受朝倉家的俸祿，不好當著眾人的面說對方的壞話。

義秋也覺察到了，他把光秀帶到院裡，兩人找一處亭子的角落坐下。

「這裡沒人會來，你就直說吧。」

光秀首先表示自己和義秋的想法相同，並強調往後也只能投靠織田信長了。

「信長是個危險人物。」

義秋看得很透徹。他派人四處蒐集所有能蒐集到的資訊，包括信長的性格、日常生活、實力、動向等等。

「起先藤孝也看好信長，不過最近卻頗有微詞。」

危險，指的是信長的性格。他到底會不會有復興足利幕府這種憂愁感傷之情呢？

當然，義秋如果投靠信長，信長一定會很高興。對織田家這種暴發戶而言，無疑是被貼上了金子。

「供奉義秋上洛。」

如果打著這個冠冕堂皇的旗號，不僅可以趁機剷除進京沿途上的各個大名，也可以以此為名目在剷除之前施展懷柔政策。區區一個義秋，如果好好加以利用，會成為織田家無形的巨大戰鬥力。

風險也不小。

憑信長這種只重視實際利益的性格，一旦征服京都，不再需要義秋了，便會將他像破草鞋一般扔掉。

「此人性格暴戾。」

「確實如此。」

光秀對此評論並無異議。光秀自己也一直持這種看法，他也一直主張，「沒有比投靠織田家更冒風險的了」。

「只是，依敝人之見，也只有這個尾張人能夠平定天下了。」

「我也這麼看。」

義秋無暇顧及自己感情的好惡了。依靠能夠平定天下的人，是這個流浪將軍唯一的活路。

「我有一個辦法。」

光秀啞聲道：

「說是辦法，倒不如說是對殿下的請求。」

「你說吧，只要我能做到。」

「是這樣。」

光秀要求義秋向信長舉薦自己。如果公方義秋親自舉薦，天下再沒有比他身分更高貴的介紹人了。信長也自然會厚待光秀。

「你要退出朝倉家嗎？」

「我已下定決心。若是譜代承恩的主家自是另當別論，光秀在朝倉家不過是一介乞食的食客而已，於己於人，退出都沒有任何妨礙。」

「這樣啊？把你派到織田家？」

義秋並不笨。他立刻看穿光秀這番話的真正用意。

也就是說，義秋要把光秀「派遣」到織田家，或者可以說是「暫時託付」。說得淺白一點，光秀藉著足利將軍的光環前去織田家，這樣就能位居高官。

「這樣就能放心了吧。」

義秋的表情陰雨轉晴。倘若將來，信長想對足利將軍家圖謀不軌時，光秀一定會從中阻止，肯定會這樣。光秀投靠織田家的目的本就在此，只要光秀在信長左右輔佐他，將來就不會發生這種荒唐的事情。

「好主意啊！」

義秋拍打著膝蓋。

「光秀，這件事就交給我吧。」

這個喜歡陰謀詭計的候補將軍高興得手舞足蹈，像個逮住蜻蜓的孩子一般。他的性格缺乏沉穩，總是急不可耐地想一些點子。

「——怎麼能麻煩將軍您呢。」

光秀一副誠惶誠恐的表情。

「光秀乃一介孤客，只能仰仗將軍您討一條活路了。」

光秀無法說出追隨兩字，他的話透露著無奈的悲哀。

「那好辦，你先成爲我的旗本。」

義秋一口答應。其實有些牽強，要成爲義秋的屬下，首先要有官位。義秋現在並不是正式的將軍，並不具備向朝廷奏請官位的權力。

「你先算作我這邊的人吧，這樣的話信長也不會怠慢你。」

義秋立即向朝倉家派去使者要求道，「我想直接收留光秀」。朝倉家也極其簡單地應允了。

（我還以爲會稍做反對呢。）

光秀不禁心生惆悵，同時也對朝倉家斷念了。

義秋的金崎御所裡，不斷有各國大名的使節進進出出，義秋也派出使節送往迎來，織田家自是其中之一。

義秋就光秀一事寫了信，交給織田家的使節。

信中如此寫道：

「出自美濃的明智光秀，乃我的心腹之一。此人知書達理，才華超群，歷代幕臣惟有不及。此人曾遊歷各國，見聞之廣無人可比。最可貴的是此人胸懷寬大，通曉兵法，驍勇善戰。只可惜余乃流離漂泊之身，無法加以扶持，實乃悲憾，故有意託付於你。」

信長向來當機立斷。

他馬上叫來豬子兵助。

「你到越前敦賀的金崎御所去一趟，只要告訴對方同意二字就行。人交給我。」

「誰？」

「這還不明白嗎？你的老相識啊，現在在公方身邊。」

「啊！」

豬子兵助喜出望外。道三活著的時候，常在身邊伺候的豬子兵助就對年輕的光秀敬佩有加。他清楚地知道，道三對光秀這個自己正室夫人的外甥寄予極大的期望。

「我這就去。」

兵助退下後，信長又喚來勘定奉行（家老之下掌管財政、民政的負責人，編按）。

「領內有沒有空著的土地？」

信長問道。他想知道，現在有沒有尚未分配出去的土地。

「還有，」

奉行官答道：

「美濃的安八郡尚空著，俸祿五百貫文。」

換成米產量的話，大約五千石，可以說得上是侍大將的待遇了。

（總之先封給他那裡好了。）

在信長看來，光是光秀的經歷就配得上這個價值。可以利用光秀與足利家的關係。信長也清楚地知道，要想得到天下，形式上就必須擁立足利家。而中間的橋梁，沒有比光秀再合適的人選了。

而且，光秀還精通室町風格的禮儀。將來，信長和將軍、朝廷建立起關係時，必須有熟悉貴族階層習慣的部下。

信長的家臣多是擅長領兵作戰的武將，缺乏這方面的人才。他們大多沒有教養，不適合派往他國出使。

（正合我意。）

信長把光秀定位爲文官，並做了估價。

（不知道有沒有大將之才，起碼也能當個武士用吧。）

信長尚不確切。雖然義秋公方信中寫著「驍勇善戰」，信長卻不置可否。有沒有軍事上的才能，一定要實際觀察，付諸實踐才能知曉。

（倘若如公方所言，再增加俸祿也不遲。）

信長進了內院。

「夫人，夫人在嗎？」

他連聲叫著穿過走廊，來到濃姬的居室。

「你表哥要從越前來這裡。」

信長道：

「明智家的光秀。很想念他吧？」

「哦。……」

濃姬詫異萬分，信長平時可沒這麼大驚小怪。

「聽說蝮蛇很是喜歡他。蝮蛇的眼光不會看錯，蝮蛇不會單單是欣賞光秀的滿腹經綸吧？」

「鐵砲術也不錯。」

「呃，這倒是頭一次聽說。」

「其他的就不知道了。」

濃姬撒了個小謊。她還是少女時，父親道三時常將表兄帶在身邊，就像師傅疼愛徒弟一般悉心教導，就算閉上眼睛，她也能清晰地記起那個渾身閃耀著光芒的少年。

「不管怎麼說，」

信長自顧自地說道：

「光秀也算得上是譜代之後。」

想當初，信長的丈人道三在長良川畔落難時，光秀的叔叔明智入道光安毅然表明對「道三的友情」而堅守明智城，最後殉節而死。信長即使是出於對道三的孝道，也應該照顧他的遺族。

其實，在光秀這件事上，信長原本並沒有考慮到這些感情因素。他只是爲了讓濃姬高興，才說了這番話。

濃姬到底是女子，不由得熱淚滿眶，哽咽道：

「您讓我想起了從前的事。」

「難過嗎？」

「當然。」

「你得感謝我，」

信長指了指自己的臉：

「我還痛痛快快地幫你報了殺父之仇。」

「光秀大人什麼時候來呢？」

「不知道。」

信長走到門口，正要出去時又回頭道：

「我會派道三的舊臣豬子兵助作爲使節前往金崎御所，參拜公方，順便見見光秀。你找個婢女的名義給光秀捎去點東西吧。」

沒想到，信長還有如此心思細膩的時候。

濃姬的身分比光秀高，自然無法直接送禮。信長的意思是，讓她用婢女的名義。

濃姬身邊的老女大多來自美濃的舊齋藤家，幾乎都認識光秀。

各務野最合適了。濃姬立刻招來各務野講了這件事。

「送什麼好呢？」

「鯉魚怎麼樣？」

鯉魚擅長逆流而上躍龍門，寓意著進織田家的門後平步青雲，自然是再好不過。

下人立即去準備。

幸好找著一條大鯉魚，裝入塗著黑漆的水缸後，交給動身前去越前的豬子兵助。

謁見

光秀花了很長的時間才下定決心。

然而一旦下定決心，此後的行動就像構圖清晰的畫師手下的畫筆一樣，運筆乾脆利落。

他離開越前朝倉家後，並沒有迫不及待地前去投靠織田家。

（太倉促反而讓人看不起。）

光秀暗想。

他從朝倉家的首府一乘谷搬走後仍逗留在越前。

落腳處選在剛來越前時住過的越前長崎稱念寺。

光秀和織田家的使者豬子兵助在這裡見面，並談定棲身於織田家。

「總之，我收拾好以後就去。請代我向上總介大人和濃姬夫人問好。」

光秀告訴同鄉的舊友。

他們還談到已故的道三。

「關於道三大人，還有這麼件事。」

兵助說：

「那時我還年輕，濃姬小姐嫁到織田家後，道三大人想看看女婿什麼樣，便把見面地點定在國境邊的聖德寺，丈人女婿得以相見。那時我也隨同道三大人一起去了聖德寺。」

「這件事很有名。」

光秀道。關於那場戲劇性會面，如今的美濃和尾張可以說是無人不曉。

前面也提到過這個故事。

道三的隨行侍衛看到信長怪異的打扮和舉動，無不認爲：

（國主如此愚笨，尾張遲早會是道三大人的囊中之物。）

他們都喜滋滋地踏上歸程，只有道三一人一路上悶悶不樂。途中到了茜部村稍作休息時，道三向身邊的豬子兵助問道：「你怎麼看我女婿？」

那時，就連豬子兵助也對信長一笑置之，答道：

「實在是個傻瓜公子呢。」

道三卻歎氣道：

「眞的是傻瓜嗎？將來我的兒子恐怕會替他牽馬呢。美濃也將奉送給這個女婿了。」

光秀雖然早聽說過此事，然而當時親臨現場的豬子兵助再次將此事娓娓道來，道三、信長二人的表情和語氣都栩栩如生，光秀彷彿第一次聽說此事，滿是新鮮感。

「想必這件事會流芳百世呢。」

「怎麼會呢，太荒唐了。」

兵助苦笑道。他覺得此事對自己是莫大的諷刺。

「豬子兵助我太慚愧了。有眼不識泰山，竟然藐視上總介大人。你看現在，我還不是當了他的手下。美濃也如道三大人所言，拱手送給信長。一切都被道三大人言中了。」

「沒什麼可慚愧的。」

光秀微微笑道：

「只不過是人各不同罷了。」

光秀一直把已故的道三當作師傅一般敬重。既然兵助遠沒有道三的銳利眼光，感到後悔、慚愧甚至都是傲慢之舉。

兵助回去後，光秀急忙整理家產。用不上的東西都盡悉換成銀兩。

手頭的銀兩增多了。

幸虧在朝倉家當食客時手下人手少，俸祿都換成銀兩存了起來。

（趁著北國還沒下雪。）

光秀把行李抬上貨車，帶著手下人馬離開越前長崎的稱念寺。這天已是秋末，風刮得很厲害。

「去敦賀。」

光秀下令道。無論如何，也要先到敦賀的金崎城向義昭（義秋此時已改名爲義昭）告別。

沿途他又去了不少地方。

爲了給織田家準備禮物。

（越豪華越好。）

光秀想。原本牢人之身是不需要什麼禮品的，光秀的自尊心卻不允許自己空手走進織田家。信長夫人是自己的表妹，那麼自己和織田家就是姻親。而且自己還有「幕臣」的名號。他想極盡自己所能華美地進入織田家。

他來到三國湊。

這裡是北陸路上屈指可數的港口之一，日本海岸的物資大多集中在此。

光秀買了五桶葡萄樽和二十袋醃鮭魚的竹葉包，作爲送給信長的禮物。

順帶一提，光秀此行還到三國湊附近一處叫做汐越的小漁村，觀看有名的汐越松原。每株松樹都由於抵抗海邊的潮風，不斷露出樹根，這些樹根的前方，便能將白浪滔天的日本海一覽無遺。「汐越之松」傳說是以前源義經淪落奧州時，對此景戀戀不捨，喜歡義經的光秀聽後更是感懷不已，作了一首王朝風情的詩歌，情感細膩。

漲潮時分
彷彿洗過的銀白

岸邊的松根
閃閃發亮

（也要給濃姬夫人準備禮物。）

光秀心想，又接著購置物品。

他前往府中買了三十捆越前大瀧的特產髮結紙、上千張府中的特產雲紙，然後又派人到戶口買特產網代組的硯盒、書信盒等，到了敦賀，又買了一具銀製的香爐，以及大大小小的雜品五十餘個。這些東西，幾乎都是爲濃姬準備的。

光秀來到岐阜城下。

豬子兵助聞訊趕來後，立刻幫光秀一行人尋找住處，最後選在這座新興城市裡的日蓮宗常在寺。

「提到常在寺，還眞是親切啊！」

光秀感歎道。

道三還是京都油商的「山崎屋庄九郎」時，懷揣野心來到美濃，最初踏入的就是這座寺院。

「兵助，不管是你，還是常在寺，都與去世的道三頗有淵源啊！」

「也許這正是道三大人的安排呢！」

兵助小聲笑道。

光秀立刻動身前往常在寺，到了門口，讓人掛上「明智十兵衛光秀居所」的牌子。

他借書院作爲自己的居室，去向住持打招呼。此時的住持叫做日威，是繼道三的舊友開山住持日護上人的第三代掌門人。

寺院裡尚留有不少關於道三的傳聞。

「您一定聽說過。」

住持娓娓道來：

「道三大人年輕時，曾在京都的妙覺寺本山剃度修行，法名法蓮房。聽說才智出眾，無人能及。當時，本山的開山住持日護上人也在妙覺寺本山修行，二人情同手足。後來，道三大人還俗離開本山，漂泊度日，當了奈良屋（山崎屋）的上門女婿，整日忙碌奔波，卻未放棄志向，到美濃來找日護上人。他說想當武士，日護上人便舉薦給自己的老家長井家，道三大人得以站穩腳跟。或者不如說是美濃爭端的端緒啊！」

「正可謂是波瀾萬丈啊！如果當初他沒有來到這座常在寺，也就不會有今天的美濃了。」

「所以說啊，要不是他，美濃當今的國主仍然會是土岐家。」

「哪裡的話。正因爲道三大人來到美濃重建了這個國家，才在漫長的歲月中歷經各種風雨，免遭他國的踐踏。倘若不是道三大人守住美濃，恐怕這裡早就落入上總介大人的父親信秀大人的手中，歸織田家所有了。」

「確實也有道理。」

住持若有所思，他始終想不明白，道三此人究竟是妖魔，還是菩薩再世？

而且，道三屢次捐獻常在寺，在他的支援下，常在寺修建得壯觀肅穆，早已不是當年道三來到此地時的光景。道三此舉，似乎是爲了感謝改變自己人生命運的日護上人。

道三死後，這裡曾一時香火蕭條，如今，道三的女兒濃姬不時地派侍女前來爲道三供養上香，多少又恢復了以前的風光。

此時的信長，正在尾張的小牧城。他接到光秀來到岐阜的消息。

「那個人，從越前過來了呢。」

他告訴濃姬：

「我後天有事要去岐阜，順便見一下光秀。然後我會讓他過來，你也見上一面吧。」

信長對光秀滿懷期待。如果把公方的心腹光秀收留在自己身邊，也就等於爲自己統一天下的大夢鋪上一塊堅實的基石。

（會是個什麼樣的人呢？聽說此人既通曉兵法戰陣，又精通詩歌音律。）

兩天後，信長抵達岐阜城，城樓已經快完工了。父親信秀活著時日思夜想的稻葉山城。

（總算弄到手了。）

信長滿心歡喜，他將這些喜悅體現在城市改造中。當他把這座能夠俯瞰濃尾平原的城據爲己有時，不得不打心眼裡佩服道三獨到的眼光和高超的設計能力。

此城以長良川爲天然的護城河，稻葉山的山體則處處爲營，城內外的道路巧妙相連，無論是攻是守都能夠將其功能發揮到極致。在紮營防守上，信長自然不用另外費任何工夫。

於是，信長只是下令修築防守要塞，他把精力都用於山腳新建的城館和改造城下方面。

然而，得到這座城後，信長時不時留宿於此，他開始覺得：

（道三也不過如此而已。）

山上的要塞太不方便了。雖然固若金湯，反過來卻容易禁錮人的心靈，城主由此難免會變得反應遲鈍。

便於防守。

然而過度的話，就像縮在殼裡的海螺一樣漸漸失去新鮮活潑的朝氣，反應遲鈍、意氣消沉，一統天下的氣象也有所消退。

（莫非蝮蛇在建此城時，就已經棄攻爲守了？）

反過來，或許可以說道三正是在這種退守的心境下蓋了這座城。稍微用同情的眼光看待，道三歷經大半生的風雲湧變，晚年才當上美濃的國主。

（我還年輕。正因爲年輕，才不需要這樣的銅牆鐵壁，否則會消磨意志。如果不保持繼續踏平其他領地的野心，那麼我也就不是我了。）

信長下定決心。

因此，信長在改建岐阜城這件事上，對居所更爲用心。

雄偉壯觀的居所快要建好了。宮殿上下共四層。

一樓有二十間會客室。釘隱（爲隱藏建築物下釘之處的裝飾，編按）都是黃金質地。

二樓主要是濃姬的居室，周圍是侍女的房間。客廳鋪著金縷布，搭著瞭望台，可以望見城下和稻葉山。三樓是茶室，四樓的角樓則用於軍事。

「我去過葡萄牙、印度和日本各地，卻沒見過如此精美華麗的宮殿。」

之後來到岐阜城下的傳教士路易士·弗洛伊斯在書信中如此寫道。

這座「宮殿」基本上已經完工。信長來到岐阜，在此住了一晚，次日早晨，在一樓的大會客廳接見光秀。

光秀跪在下方。

（頭髮眞稀疏。）

這是信長的第一印象，他向來對人的身體特徵很敏感。

（像顆金桔。）

腦袋小而尖，皮膚略微泛紅，越看越像金桔。信長充滿好奇地緊盯著光秀的腦袋。

完全是少年的目光。信長的心裡，總是住著另一個調皮的自己。

（眞想摸摸他的腦袋。）

信長甚至想道。換做十年前，他一定毫不猶豫地走過去不停摩挲著光秀的腦袋。現在的信長畢竟是大人，他控制得住自己的衝動。

「光秀，你來啦。」

信長呼道。

光秀按照禮節，聳了聳肩膀又恭謹地彎下腰去。像他這麼擅長室町風格的禮節，絕不會偷窺信長的表情。

（嗓音眞怪。）

他心裡暗想。就像晃蕩於樹叢間的猿猴叫聲。到底是大名家的孩子，不懂得如何控制自己說話的聲量。

猛地一聽，確實聲如其名，像個白癡。然而，桶狹間一戰後，信長的所作所爲絕非一介白癡所爲。

不過，此人的聲音絕不尋常。

（信長也許眞是個天才。）

光秀又想道。

「收到你送的東西了。」

猿猴的叫聲又響起來。

「內人也收到了。都是好東西，我很高興。」

這個人用詞還眞是粗魯。就像個樵夫在說話，絲毫談不上用詞文雅。想必不是不懂言語的應用，就是天生缺乏這種能力。

「你上前來。」

光秀施了一禮，仍舊低著頭，只是微微支起腰向前挪動些許。按照室町幕府的禮法，要的就是欲進非進的效果。這種演技會給對方造成畏懼而不敢造次的印象。

只可惜，從尾張的區區一介小官成長起來的織田家並不懂這些禮法。

信長滿是新奇地望著光秀的舉動，忍不住問道：

「你是不是腿不太好呢？」

他的臉上寫滿問號。

光秀不禁出了一身汗。

（這個蠢貨。）

他甚至覺得自己根本無需表演京都的禮儀規矩，爲了表明「腿沒事」，他立起膝蓋向前迅速挪動兩三公尺後，重新又叩拜在地。

「抬起頭來。」

信長命令道。光秀心想「豁出去了」，便猛地抬起頭。

（挺像阿濃的。）

信長覺得。

道三櫻

信長在和光秀的交談中，完全爲對方所折服。

（這次可得了個寶貝。）

信長心下這麼一想，臉上也就樂開了花。要知道，此人從來都是不苟言笑的。

首先，光秀的知書達理就是織田家清一色的猛將所不具備的美德。選他作爲織田家未來的外交官，再合適不過了。

說到外交官，光秀不僅深得將軍義昭的信任，在京都的公卿、僧侶之間也小有名氣。這些對地方大名的外交而言，都是寶貴的無形資產。

不過，僅憑以上這些，光秀只不過是個具備外交技術能力的手下而已。信長有預感，光秀還擁有決定織田家外交政策的能力。

這麼想的理由是，光秀周遊列國，通曉各國的人物、交通、地形和風俗人情，一說到天下的形勢，他會利用自己豐富的見聞加以明確的判斷。

（光是這項才能天下就無人能敵了。）

信長打量著光秀，暗暗稱讚。

光秀的才能還不僅如此。以上種種，只是明智光秀此人的一個部分而已。

光秀更是一名軍事家。他不光是精通刀槍鐵砲，還罕見地擁有統帥大軍縱橫沙場的才華。信長能看得出來。

而且，他的舉止毫無粗野之處，溫文爾雅，猶如玉樹臨風。

（這次花的代價太值得了。）

信長心想。他這次的接見時間很長，遠遠超過初次會面的時間，到了傍晚才讓光秀退下。

兩天後，信長回到小牧城，來到濃姬的房中。

「我看到光秀了。」

他說。

濃姬臉上立刻浮起兩朵紅暈，緊接著，她又平靜地問起對方的情況。

「長了顆金桔腦袋。」

信長道。

「腦袋？」

「沒錯，有點禿。」

（不會吧。）

濃姬不願相信。在她的記憶中，光秀渾身煥發著光彩，他標緻的五官幾乎獨佔了宮中女性所有的話題。

（難道是上了年紀？）

濃姬暗暗在心裡屈指一算，光秀比自己大七歲，也就是四十前後的光景，還不至於上了年紀。

「可以留下來用用看。」

信長躺在濃姬的膝蓋上。

「是你的表哥對吧？」

「是。」

「和你有幾分相似，不過這點我可不樂意。」

「您不喜歡我的長相嗎？」

濃姬微笑著問道。最近，信長經常寵幸身邊的侍女，爲他生孩子，濃姬痛在心裡。

「不是的。」

信長立即回道。他說的不樂意，是指見到連長相都酷似自己妻子的親戚，不過他懶得解釋這些。自幼他就不習慣爲自己辯解或是解釋行動的理由等。

「你也見見吧。」

信長道。如今濃姬娘家的人已經盡數去世，光秀是她爲數不多的親人之一。信長頗爲用心。

「到了明年。」

「爲何要等到明年呢？」

「我打算把大本營搬到岐阜城去，那時你去見見他吧。萬一我忘了，你就去找福富平太郎吧。」

福富平太郎本是道三寵愛的家臣，濃姬嫁到織田家時他隨同前來，之後一直掌管內院的事務。他的兒子平左衛門驍勇善戰，目前正擔任信長的貼身侍衛，名震四方。

「岐阜城建得怎麼樣了？」

「建好了。」

信長答道：

「還剩下稻葉山山頂本丸的屋頂和山腳下城館的庭園，明年就可以搬過去了。」

（明年——）

濃姬就可以回到自己亡父的國土和城裡了。雖然父親已經不在人世，江山易主，但是舊稻葉山城（岐阜城）畢竟是自己出生長大的地方。她做夢也不曾想到，竟然會以這種方式回歸故里。

「阿濃，很想家吧？」

「沒有啊，還好。」

濃姬搖搖頭，臉上有少許不悅。就算回到老家，父母和故人、以前的婢女都已經物是人非，又有何意義呢。

她黑暗的心情中只有一線曙光，那就是能夠在城裡見到昔日的故知光秀。這麼一想，才發現那時曾經歡聚一堂的家人和舊臣中，也只剩下光秀一人還在人世。

第二年的九月十八日，織田家的家臣團開始大遷徙。

上萬名武士扛著大旗，浩浩蕩蕩地出了尾張清洲城，直奔距離三十二公里開外的美濃岐阜城而去。

織田家的家臣身穿華美精緻的盔甲，名副其實地證明尾張的富裕。槍砲也數目眾多。一行人揚塵北上，行走在濃尾平原上的風景實在是壯觀。

濃姬也從小牧城啓程，女眷的隊伍也綿延數百公尺長。

眾人悉數進入岐阜城。從即日起，織田家的大本營正式搬到美濃的岐阜。

光秀站在城門外迎接著入城的尾張大軍，濃姬乘坐的轎子也從他面前經過。光秀一臉謹慎嚴肅，一直目送著那頂用赤紅和黃金裝飾的華麗轎子離開眼簾。

而他的多愁善感，注定他的內心另有天地。

（要不是造化弄人，也許就成了自己的妻子。——）

他盯著轎子，心潮起伏。以前在鷺山城侍奉道三左右時，道三的言辭用語中總讓他覺得似乎要把女兒許配給自己。沒想到濃姬卻嫁到尾張，如今更成爲全天下的織田信長夫人。

（人的命運眞是無法預測啊。）

光秀也不得不感歎。

織田大軍搬到岐阜後，大概過了十來天，濃姬身邊的老臣福富平太郎來找光秀。

「大人特別恩賜，准許您到內院參見夫人。」

他鄭重地報告道。福富老人原本就是美濃人，自然瞭解光秀的身世，恭敬得如同對待主人一般。

光秀領命前去。他按照男性家臣的規矩，走到正對著庭院的走廊坐下來。

濃姬坐在房中。這天她特別精心化妝，看上去也就二十三、四歲的模樣。

「十兵衛君，很久沒見了。」

濃姬低聲道，嗓音圓潤。

光秀平伏在地，繼而略微直起上身，他用洪亮的聲音先是向濃姬請安，然後對這次推舉表示感謝。

「我可沒有推舉你什麼，你已經名聲在外，尾張對外界消息略知一二的人物都知道你的大名。」

（頭髮不少啊。）

濃姬說著話，心裡想道。光秀的頭髮細，信長說他禿頂一定是光線的關係。在濃姬看來，光秀的唇角仍舊帶著難以形容的高雅，眉目清秀。看不出和年輕時候有什麼不同。

「你也沒怎麼變嘛。」

「哪裡。」

光秀苦笑道：

「這可不是誇獎我的話吧。古人說，士別三日，當刮目相看，男人應該有變化才對。」

「沒有，我說的是相貌，一點兒也沒變。」

之後，兩人聊起齋藤山城入道（道三）的舊事。

「那裡，」

濃姬抬起袖子指了指院裡：

「有一棵老櫻花樹。亡父十分鍾愛，給它起名叫青嵐。如今，也只剩下這株櫻花樹了。」

「提到山城入道大人，」

光秀接過話，他有一瞬間似乎猶豫該不該講，很快便下定決心說道：

「我在京都見過萬阿夫人兩次，每次都受到熱情招待。」

「萬阿夫人，是不是父親大人住在京都的正室妻子呢？」

「正是，油商山崎屋庄九郎的妻子。」

「我聽說過她。」

濃姬露出快活的笑容。

「父親大人經常提起她。」

「山城入道大人嗎？」

光秀愕然。眞不愧是道三，連自己在京都另有妻室都能毫不避諱地告訴女兒。

光秀千思萬想總結出，濃姬是道三唯一的女兒。正因爲濃姬身爲女兒身，道三才會放心地把自己的男女私情講給濃姬聽。

「尤其是快嫁到織田家的那幾日，每天都要講到萬阿夫人的事情。那位夫人……」

濃姬忽然熱淚盈眶。她本想說，「父親畢生最愛的女人是萬阿」，卻被心中翻湧的感情哽咽住了。

「萬阿夫人是個什麼樣的人？她過得好嗎？」

濃姬急切地問道。她急著想要瞭解父親曾經愛過的女人，哪怕是一點點。

光秀簡潔地描述了一遍萬阿的情況，說道：

「萬阿夫人恐怕是天下第一奇女子。」

「此話怎講？」

「她說，我不知道什麼美濃的國主齋藤山城入道道三，也沒聽說過。我的丈夫是油商，叫做山崎屋庄九郎，經常出遠門，時不時回到京城。我只知道這個夫君。」

「是嗎？」

濃姬似乎難以理解。她怔怔地望著院裡的櫻花樹，很快才回過神來脹紅了臉說：

「這位奇女子似乎不食人間煙火呢。」

她的聲音發顫。光秀看穿了她的心情，微笑道：

「要說世上少見，山城入道道三才當之無愧呢。在美濃身爲一國之主，回到京城便是山崎屋庄九郎，集兩種人生爲一身，古往今來絕無僅有啊！」

「那就是男人的理想吧。」

濃姬淡然道。畢竟由於女人特殊的心理因素，她還體會不到光秀感動的境界。

「絕對的。」

對濃姬的話，光秀率直地表示贊許。所謂的男人的夢想，除非具備神通廣大的法力，像道三這樣同一個人可以變換自如地過著兩種不同的人生，簡直是不敢想像。

如此想來，有關道三的回憶越是久遠，就越是覺得他不同尋常的人品、讓人感歎的魅力及滿身的英雄豪氣，恍若神仙在世。

「對我來說，山城入道大人可以說是師傅，也是神仙。這種想法至今沒有改變，想必這輩子都不會變了。」

「那麼你，」濃姬微笑著說：「也有兩個妻子嗎？」

「豈敢，這方面我可不敢效仿，也無法效仿。我的內人阿槇，只要我對她好，她就覺得滿足了。」

「名叫阿槇嗎？」

濃姬頓時笑容收斂，又馬上恢復剛才的表情，她接著說，一定是個美人吧，有空過來坐坐。

「有幾個孩子了？」

「都是女兒。」

光秀苦笑道。他有三個閨女。身在武家，女子自然不便繼承家業，光秀卻遲遲不娶偏房。這一點，他和孜孜不倦追求紅顏的「先師」倒是不同。

「十兵衛君還眞是甘於平穩呢。」

濃姬笑出聲來。光秀似乎不悅，有些厲聲地回應：

「怎麼會呢？有志的男兒怎麼能甘心平穩呢？」

說此話時，光秀並沒有什麼深切的寓意，只是十五年後，所有人都悟出這句話的深意。

此時此地，只有秋日陽光下溫柔的笑語。

光秀告退了。

這段時間，相較於軍事，光秀幾乎埋頭在外交官的工作中，特別是對義昭的外交。

光秀在得到信長封地的同時，還接受著公方足利義昭的微薄俸祿，這在當時是極其罕見的。一人同時侍奉二主，稱得上是奇聞。

然而嚴格說來，也許不能說是兩名主子。義昭是日本國武家的最高領袖，身分無人可及，與岐阜的信長無法相提並論，而且，義昭作爲「武家首領」不過有名無實，即使領取俸祿，也絕不同於普通的主人和部下的關係。

織田家則把擁有這種身分的家臣當作一項榮譽。信長之所以爽快地接受，正是由於他十分看重光秀的這種身分。

光秀當前的任務是，把住在越前金崎、接受朝倉家保護的義昭帶到岐阜的織田家來。

換做織田家來保護義昭，再由信長領著這位將軍繼承人上京繼位，借他的權威俯瞰天下。光秀向信長獻計，強調這是在短期內統一天下的最佳方案，信長也大加贊許：

「你一定要把公方殿下帶到岐阜城來。除了我，天底下還有誰能讓他當上將軍？」

他下令要盡快接義昭過來。

由此，光秀終日奔波在岐阜與越前金崎城之間，沒有半點偷閒。他把自己將來的雄心壯志，盡悉押在足利、織田兩家結盟的這個籌碼上。

天下布武

義昭急不可耐地想早點當上將軍。他藏身在敦賀灣上突起的一座小城中，急得就像熱鍋上的螞蟻。海邊的風景他也早已厭倦。

也難怪他乾著急。

「怎麼還沒來？」

他一天要念叨好幾遍。他指的是——織田家派來接他的人，既然已經決定要投靠織田家，他再也無法等待下去了。

「您再忍耐幾天。藤孝（細川）大人和十兵衛光秀正在爲此奔走呢！」

每次，身邊的侍衛都如此安慰他。

事實上，他們也確實在四處奔走。

不僅僅是他們，信長本人也不例外。他派出織田家中凡是具備外交才能的部將，爲迎接義昭做著各種準備。

在戰國諸豪中，信長算是新興勢力。從實力上判斷，他不得不向甲斐的武田氏和越後的上杉氏打好招呼：

「提出此事雖然實在是有失妥當，我想把公方（義昭）殿下接到岐阜。原是出自一片忠心，請明察才是。」

以便事先得到他們的同意。

除此之外，在北近江的小谷，還有勢力頗爲強大的新興大名淺井氏。從交通上來講，義昭要想從敦賀南下必經此地，就算信長要擁立義昭上洛也必須取道而行。由此，對淺井氏自然要實施充足的懷柔政策。

幸好早在永祿八年，信長就已將妹妹阿市嫁給淺井氏，兩家結成姻親，談判自然也就不費力氣。只是南近江的六角承禎與京都的三好羽黨結爲同盟，似乎不吃信長這一套。

當前的形勢可以用「且慢」二字形容。

「還沒來嗎？」

義昭仍在繼續念叨，到了永祿十一年（一五六八）七月，信長的外交總算有了眉目，義昭終於等到移駕岐阜這一天。同月十三日，義昭從敦賀動身，沿著北國街道南下，兩天後到達近江小谷城，在此逗留數日，受到城主淺井長政的熱情款待。

細川兵部大輔藤孝也寸步不離義昭身邊。

家老柴田勝家作爲岐阜織田家派出迎接義昭的統帥來到小谷城。木下藤吉郎秀吉擔任勝家的副官，明智光秀則兼任足利家的聯絡官和司儀官。

細川藤孝作爲幕臣找到盟友光秀，問道：

「信長是怎麼想的？」

「是認眞的。」

光秀不便多說，只好簡略回答：

「我在織田家任職後才發現，那位上總介大人絕非一般常人。」

「此話怎講？」

「做什麼都是認眞的。如此勇者還眞少見。」

換言之，信長一旦決定接收義昭，就誓死堅持到底。絕不同於朝倉義景採取的那種禮貌性態度。所以光秀說他是認眞的。眼下又擁立義昭上洛，情勢萬分險惡，信長仍是「眞誠」地付諸行動。

光秀所說的「眞誠」，似乎是指──爲了達到目的而進入忘我境界的意思。

「凡事無論大小，他都有這狂熱。」

這個男人具有強烈的目的意識，爲了實現這一目的能夠集中自己的所有，也就是光秀所說的「總是認眞的」。

「在女人身上也是。」

光秀一本正經地接著說。

就算和女人睡覺，他也是戲耍中帶著認眞。他認眞地想生孩子，甚至會想到如果生的是女孩，該如何用於自己的政略上。他在光秀眼裡是這樣的一個人。

「呃？」

藤孝吃驚的是，向來道貌岸然的光秀，竟然破天荒地說起男女之事。

「剛才的話粗俗得很，讓您見笑了。」

「哪裡的話，聽了更容易瞭解上總介大人的爲人。不過，」

藤孝壓低了聲音：

「聽說上總介大人最近用的印章有些怪。」

「印章？」

「就是這個。」

藤孝攤開左手，在上面做了一個蓋章的姿勢。他說的就是那種紅色或黑色的章。藤孝的意思是說，印章上刻的字樣有些怪。

光秀點頭道：

「是『天下布武』四個字。」

「沒錯，就是這個『天下布武』。──雖說是自古以來少見的豪言壯語，你是怎麼看的？不覺得有問題嗎？」

「嗯，這個嘛。」

光秀到底還是沒有發表意見。

當時，各國的武將都流行將自己的理想刻畫在印章字樣上，蔚爲風潮。

號稱關東霸王的小田原北條氏康就製作了一枚「祿壽應穩」的大印。

意思是「祿壽則能安穩」。氏康雖是與謙信、信玄齊名的一代名將，卻是北條家開運之祖早雲的第三代繼承人。氏康的理想便是維持先祖列宗開闢的家運、保全天壽，即對平安無事的祈願。

自認為用兵如神的上杉謙信，大印的把手上刻著獅子像，印文是「地帝妙」三個大字。他從地藏、帝釋、妙見這印度三神的名字中各取一字祈求加護，並篤信不疑。印文恰恰反映了謙信對宗教的信仰。

「這麼看來，上總介（信長）大人是有心一統天下了。」

藤孝說。放眼天下，可以說沒有哪名武將不曾夢想過成為天下霸主的。不過，他們也只是停留在夢想階段，中國的毛利氏採取的是保守主義，堅持不踏出中國半步，關東的北條家也顧慮到領地的安全，並沒有採取任何具體的舉措。

具有明確目標並按部就班實施計畫的，恐怕只有甲斐的武田信玄了。

「天下布武，好大的口氣啊！」

藤孝又重複道。天下布武難道不應該是征夷大將軍的用語嗎？也就是足利將軍。具體而言，義昭才能配得上這份榮耀。

「要真是這樣，上總介大人表面上擁立義昭當上將軍，暗地裡卻打算相準時機自己取而代之。難道不是嗎？」

總之，在身為幕臣的細川藤孝看來，信長的熱情雖然讓其感動，同時他又擔心信長懷揣著野心。

「這可不像兵部大輔講的話。」

光秀笑了起來。讓藤孝吃驚的是，光秀不僅毫不擔心，反而出人意料地說道：

「男兒有志莫過於此。」

「呃，說來聽聽。」

「男兒有志理應如此。正所謂身居片隅，卻有氣吞山河之勢。」

「十兵衛君的意思難道是說，信長要搶奪原本屬於足利家的日本國家的武權？」

「我說的是氣勢。」

光秀急忙解釋道：

「天下布武，表達的是氣勢。——並不是說上總介大人想要搶奪足利家的天下。」

「但願如此。」

「不過我倒是嚇了一跳。沒想到向來機敏過人的兵部大輔，會講出這種不著邊際的話來。」

「從我的立場上的確會擔心。在這點上，十兵衛君同爲足利家的謀臣，應該相同才是。」

「所言極是。」

光秀對此絲毫沒有異議。

「不過，也請理解這是一種氣勢。不才如我，既然在這世上苟且偷生，也暗懷著天下布武之非想。」

「這麼老實的十兵衛君也會這麼想嗎？」

藤孝像是發現新大陸似的，呵呵直樂。

（有什麼好笑的。）

光秀暗想，臉上卻不動聲色。

美濃的西之庄（今岐阜市內）有座立政寺。此處是淨土宗的名剎，寺裡有開山僧人智通親手種下的櫻花樹，故通稱爲「櫻花寺」。

這座位於岐阜郊外的寺院，被指定爲從越前途經近江小谷遠道而來的足利義昭的臨時居所。

義昭到達美濃的這一天，一大早便晴空萬里，城下的百姓紛紛議論道：

「公方要來，大晴天啊！」

大家都看作是祥兆。不管怎麼說，像義昭這種身分高貴的人能來到美濃國，本身就幾乎可以說是奇蹟，人們因此而欣喜異常。在遠離京城的外地，公方幾乎等於神仙下凡。

信長也不例外。

這天早上，他像往常一樣天濛濛亮就去到馬場，揮鞭跑馬足足折騰了一個時辰。

（公方要來了。）

就連信長這樣不輕易流露情緒的人，也有了失控的表現。信長這種躁動不安，說明此時的他仍然只是一介鄉間的大名。

城下的百姓都四處打聽：

「有沒有辦法弄到公方殿下用過的洗澡水？」

大家都深信不疑，將公方用過的洗澡水喝了能治百病。

當然，信長從小就是個清醒的唯物論者，從不相信這些迷信。

不過，他心裡還是挺高興的。

（憑我自己也能請到公方了。）

他躊躇滿志。

更讓他興奮不已的是，請來公方這件事能讓「美濃人完全臣服於自己」。佔領美濃後，總算能夠安撫民心了。

（原來上總介大人如此厲害。）

美濃的士民一定會這麼想。無論是土岐家，或是齋藤道三、義龍、龍興當政的時代，都未能實現這一壯舉。

正午過後，信長率領大軍前往關原迎接義昭一行人。

他又領頭去了岐阜的西南郊，把義昭安置在立政寺。

「明智氏的十兵衛在不在？」

信長一邊讓小姓給自己更衣，一邊著急地喚道。

很快，光秀就過來了。

「怎麼做？」

信長問道。

他的話一向簡短。要想理解信長話裡的意思，要不聰慧過人，要不就是在他身邊伺候很久的下人。

光秀愣住了。

幸好身旁的木下藤吉郎秀吉小聲告訴他：
「大人指的是謁見的禮節。」
替他解了圍。
位居高官的藤吉郎雖出身低微，卻能立刻領會信長發出的各種指令。
「十兵衛，你聽到沒有？」
信長已經等得不耐煩了。像光秀這種總是要慢上一兩拍的反應，是信長最深惡痛絕的。
「是，遵命！」
光秀連忙大聲應道，開始講起謁見時的注意事項。
「進了大殿，您不可妄自靠近公方殿下的坐席。」
「那我要坐到哪裡？」
信長轉過頭來，眯起眼睛從上面俯視著光秀。
「坐在走廊上。」
「你說什麼？」
他的語氣帶著一絲凶惡。光秀慌了，又道：

「這是禮數。公方殿下讓您進去，您也得表現出顧慮。叫您三次後，您再靜悄悄地跪爬進去就是了。」
「靜悄悄地？」
信長學著光秀的語氣，剛才的不快似乎緩和過來了。
謁見的時辰到了。
信長雖說凡事都不喜歡循規蹈矩，這種時候卻收斂得極好。憑著卓越的運動神經和敏銳的反應，他完美地上演了一場室町風格的禮儀。
「這位是織田上總介。」
義昭的貼身侍衛細川藤孝向上座的義昭介紹道。
信長遠遠地跪在下座。
然後他屈膝略微上前，將進貢的禮品單呈給細川藤孝。
藤孝略施一禮後接過。恐怕此時的這兩人都不會想到，有朝一日堂堂的幕臣兵部大輔細川藤孝，會成為跪在下座的信長部下。

藤孝朝著上座微微低頭施禮之後，開始讀起禮品單：

一、國綱（譯注：指鎌倉時代的刀匠粟田口國綱）製寶刀一把

一、灰馬一匹

一、盔甲兩套

一、沉香一盒

一、錦緞百匹

一、銅板千貫

義昭按照禮節回應道。這是收下禮品時慣例的答謝用語，義昭對這種禮節也不是十分熟悉。

「真是令人讚佩。」

僅在三年前，他還只是奈良一乘院一名出身貴族的和尚而已，自然不懂公方的各種作法。這些都是前幾天細川藤孝教給他的。在這方面，義昭和信長半斤八兩。

中途，義昭卻打破規矩。他實在是憋不住了。

「上總介，你的用心我也不言謝了。你要是助我實現重振幕府的心願，我才是求之不得呢。」

他又接著說：

「我可是把你當成我家的守護神了！」

義昭一向喜歡這種極端的表達方法，可能是他的本性。

他還不甘休：

「我何時能回京城？」

這是他最想知道的。哪怕是兩年，或是三年，總之他希望有個期限。

然而，信長平靜的回答卻讓義昭幾乎不相信自己的耳朵。

「下個月或是下下個月吧！」

信長跪地答道：

「擁立公方殿下立即發兵，一路討伐逆賊揮師上

京，到了京城消滅三好、松永一黨，取其首級以血前代將軍之恥，同時將公方殿下送上征夷大將軍的寶座，您看如何？」

義昭一向不擅控制情緒。他頓時手舞足蹈，面露狂喜。

信長絕不是在堆砌華藻之詞，他說的是真心話。

這一年的九月，信長率領三萬五千大軍，奉送義昭開始西上。

這種旁若無人的舉動，讓天下無不戰慄。可以說，戰國時代真正的統一戰役，是從這個時候開始的。

上洛軍

光秀來到織田家後，從周圍人那裡聽了不少關於信長的故事。

包括信長年輕時的軼事。

（眞是個怪人。）

他歎道。

大名或是大名的子女原本就生活在室町風格的莊嚴禮節與規矩之中。家臣拜見時很少發話，其日常生活也只有極少的貼身侍衛才知道，向來都是這種做法。

那個活寶卻與眾不同，光秀想道。信長的舉止在他看來，實在是不可理喻、讓人費解。

信長年輕時，堀田有一家大戶在津島村舉行盂蘭盆節。他男扮女裝去了那裡，還混在人群裡舞興大發，親自敲起小鼓。

津島村的村民得知後無不欣喜，隨後又帶著舞蹈隊一路來到城下，跳舞以作答謝。

信長從城裡奔出來，一本正經地逐個評論著：

「那人跳得不錯。」

「這人跳得不怎麼樣。」

雖然表情嚴肅，其實心裡開心得很。

（就算再有理由，這種性情輕率的男子，縱觀全天下的大名，恐怕再也找不出第二個。）

光秀想。

光秀還聽說了一件事。某個夏日，信長經過一座古老的池塘旁。

「這個池子有主人，是條大蛇。」

當地的老者解說道。信長只要一聽到什麼妖怪、亡靈、神靈、鬼神等話題，就會表現出異常的關心。

「怎麼可能？」

他從來不信這些。他否定所有「肉眼看不見的東西」，堅決主張神仙菩薩都是由人類創造出來的，沒有什麼神靈鬼怪。

「人死後都只是歸土而已，一切皆化爲無，如此而已。」

他反覆掛在嘴上的無神論，在當時實屬稀罕。

因此，他對這座古老池塘的主人是誰感到有興趣，並想實際加以驗證，便下令道：

「把池子裡的水舀出來。」

村民全體出動，想用水桶把池子給舀空了。本來只需打開池塘的堤壩就能清空，卻會導致稻田被淹沒。於是，人們不得不一次次地將舀出的水倒到遠處的河裡去。即使這麼麻煩信長仍堅持要這麼做。可見他的實證精神有多麼徹底。

後來，發現池水不可能舀空，信長三兩下脫光了衣服，背上綁著一把刀便撲通一聲跳進水中，在水裡張大眼睛，撥開身邊的水藻，穿過岩石，查看池底後才浮上水面。

「沒有。」

這就是信長這個人物得以存在的基本精神，同時，這也是信長的一貫作風。

（可得多加小心。）

光秀心想，對方可是個難伺候的主子，想必和普通人從想法上就截然不同。想要跟上信長的節拍很難，他的想法太讓人無法捉摸了，他的行動往往也缺乏常識。
雖說不在常識之類，倒也不是「不合理」的意思。其實世間所說的常識，很多都存在著不合理之處。例如崇拜神靈就是一個例子。人類迷信連見都沒見過的神仙菩薩，並心生畏懼。這就是所謂的常識。信長卻不苟同，他是個徹頭徹尾的合理主義者和實證主義者。
（光這一點就夠難對付了。）
光秀不禁想道。他雖然不迷信，卻是神仙菩薩的崇拜者。他尊重崇尚神佛的世間習慣和常識，不曾有過異議。
說到神佛，道三應該也不曾相信過吧。然而這名出自妙覺寺的和尚，卻巧妙地利用它們。他讓人們相信自己擁有法蓮經的功力，並利用信徒的愚蠢和軟弱。
信長則完全不把神靈放在眼裡。光秀稍有不同，他對待神靈既不像道三那般無所畏懼，也不像信長那般冷酷苛刻。不如說他很虔誠。
（和自己完全是兩種人。）
光秀也看得很清楚。
虔誠這種東西，信長自出生以來就與它無緣。例如對義昭也是如此。
對神佛尚且不虔誠的人，怎麼可能會對天皇或將軍這些所謂貴族的近親虔誠呢？
（絕對不可能。）
光秀心想。將來，義昭會不會被他一腳踹開呢？對信長而言，義昭也許不過是眼下被利用的工具罷了。
然而，可以說信長把這種利用發揮到了極致。
信長在揮師上洛前，提前向通往京都沿途的各國大名進行外交工作。
「敝人斗膽要奉義昭殿下進京，登上將軍之位，絕無半點私心。請諸位諒解敝人之初衷，助一臂之力。」

對待沿途實力最強大的淺井氏，信長則親自率領數名親衛軍前去他的大本營小谷城，拜會妹夫淺井長政，勸誘道：

「我們一道攜手上洛吧。」

二人結成保護將軍的軍事同盟。由於事關義昭，淺井家也無異議。即使是年輕的長政，也對義昭的血統持有一種神聖感。

雖是題外話，其實這次的會面，是信長第一次見到親妹妹阿市的丈夫淺井長政。

長政身材高大，雖說在戰術上並無過人之處，作爲戰鬥指揮官卻是數一數二的年輕武將。

「趁此機會，」

長政的謀臣遠藤喜左衛門湊到長政跟前獻策，此時，信長正在城裡接受款待：

「何不殺了他？」

喜左衛門竊竊私語道。長政笑著說，胡說什麼呀。此人雖蓄著鬍鬚，笑起來卻十分可愛。

「他可是阿市的哥哥，怎麼下得了手？」

最後，淺井氏決定與信長的軍隊一同進京。

北近江一路暢通無阻。

南近江的山區地帶也已經歸順。這裡原本群居著甲賀眾。甲賀眾本來就對將軍家忠心耿耿，再加上首領和田伊賀守惟政又是義昭的貼身侍衛。惟政親自去了一趟甲賀鄉，說服他們歸順。

然而，有個人堅決不接受信長的請求。此人正是佔據著南近江、盤踞在觀音寺城的六角承禎。

「除了義榮殿下，誰當將軍我都不承認。」

承禎對外放話。

正確地說，他應該姓佐佐木，六角是他的通稱。他原名叫做義賢，入道後改爲承禎。自從源賴朝時代起就擔任近江守護職，算得上是赫赫有名的家族。

家臣淺井氏早在幾代前就背叛主家，獨立後當上北近江的大名。六角承禎眼下佔據著南近江一帶。

「信長算個什麼玩意?」

聲名顯赫的六角，根本就沒把織田家放在眼裡。首先，從情理上他們就不可能成爲同盟。六角承禎早就和三好一黨串通，一直支持著三好黨擁立的足利義榮。

「要想從我這兒經過，先問問我的刀槍同意不同意!」

他毫不留情地趕走織田家使者。使者回到岐阜，將承禎的原話彙報給信長。

「承禎入道那麼說嗎?」

信長表情並無太大的反應，只是聲音不同於往常。他高喊了出來。

這一年的九月五日，信長率上洛軍離開岐阜。從宿命論而言，應該說信長邁出了飛黃騰達的第一步。

織田的大軍以譜代的尾張兵爲主，加上最近歸順的美濃兵和伊勢兵，東部的盟友三河的德川家康也派出部將松平信一作爲代理領兵加入，總人數達到三萬五千人。

經過北近江時，淺井長政的八千人馬在此匯合，大軍超過四萬。

這四萬大軍沿著琵琶湖的東岸一路南下，短短幾天就以破竹之勢踏平六角領下的十八座城池，最後信長親自掛帥一氣呵成佔領了湖畔的觀音寺城。

承禎入道棄城而逃，從甲賀抄山道逃到伊賀，賴朝以來的名門望族，幾乎瞬間就被鏟平了。

(太讓人吃驚了。)

隨軍出征的光秀不禁感歎道。光秀精通戰術，當然不會因爲打勝仗而大驚小怪。他只是對信長有了新的認識。

(此人事先做好了充分的準備。)

這一點讓他吃驚。

進攻之前，信長用盡各種外交手段拉攏近鄰的大名，又增加盟友，確保能夠組成四萬人的大軍後才採取行動。

一旦行動，便有如疾風驟雨般席捲整個近江，取得驚人的勝利。就連自己人，都被己方軍隊的強大所震懾。

（不打勝仗才怪呢。信長做好所有準備確保勝利，太有耐性了。）

除了吃驚，還是吃驚。和當初桶狹間一戰時，率領小隊人馬、冒著風雨偷襲今川部隊的信長已經不可同日而語。

（信長絕不因循前例。）

光秀不禁肅然起敬。這一點不是常人做得到的。通常情況下，都會爲自己年輕時立下的奇功洋洋自得，而模仿同一種戰術，恨不得應用於所有戰場，信長卻不是這樣。

——桶狹間的奇功，不過是走投無路的老鼠陰錯陽差咬死貓而已。

信長自己心裡十分清楚。正是他本人過低地評價自己在桶狹間打的那場勝仗。從那之後，他採取徹頭徹尾的合理主義戰術。這次的上洛作戰就是極好的例子。

「誰的人數超出對方一倍，誰就會贏。」

信長立足於這種最最平凡、門外漢的戰術思想之上。光秀怎麼能不驚訝呢。

（我可不這麼想。）

光秀暗自道。他向來自詡爲戰術上的專家，認爲所謂軍事家應該以寡敵眾，帶著藝術般的情緒，這才稱得上是戰術，才是與外行的不同所在。只有能做到以寡敵眾，才能稱得上是專家。光秀一直潛心鑽研，對比古今戰例，熟讀大量古代中國的兵法書。

（信長用的方法完全是外行。）

（眞搞不懂。）

在湖畔的營帳中，光秀悄悄地告訴彌平次光春。

「要說六角承禎入道，從年輕時就是戰術名家。事實上他也很有名，所以才會輕視信長，趕跑他的使者。承禎一定是相信自己會贏。」

結果卻打了敗仗。

「眞是玄妙得很。」

承禎是個內行人。他制定完美的戰術，做好各種佈陣的準備。通常情況下，應該可以開展具有藝術性的防衛戰。

信長的戰術卻全然不同，猶如洪水猛獸襲來。承禎入道苦心準備的陣營轉眼就被衝垮，承禎甚至來不及展現他的「藝術」就朝著伊賀落荒而逃。

「這也算得上是兵法？」

光秀怎麼也想不通。他一直把承禎入道視作弓箭的高手而尊敬有加，因爲他的戰術思想和承禎如出一轍。不僅僅是承禎，就連信玄和謙信，都屬於同一類。

（信長卻與眾不同。）

如果認可信長的方法，那麼自己的戰術思想就變得蒼白無力，不堪一擊了。

然而事實上，信長猶如洪水之勢席捲近江平原，呑噬了這裡的一切。

信長的勝利既成事實。

「也許是時代變了，無需技藝，外行人的做法也行得通了。」

光秀這麼對彌平次說道。

離開岐阜的第二十一日，信長抵達京城。進城前他喚來光秀，命令道：

「你來任先鋒，安撫市內人心。」

雖說是先鋒，三好、松永等主要敵人都在近江吃了敗仗後逃出京城，退避到攝津、河內和大和一帶，城裡連個敵兵的影子都見不到。光秀的任務相當於京都的治安司令官。

總之，光秀被賜予第一個進入京城的榮譽。

（我的才華得到賞識。）

光秀想。事實上，光秀在進攻近江的戰役中表現出色，立下汗馬功勞。攻陷觀音寺城主要歸功於木下藤吉郎的奇略，如果他功居首位的話，那麼接下來就數光秀了，他在攻城戰中一馬當先立下大功。

（光秀眞是厲害。）

信長天生就有看人的眼力，他一定心知肚明。

光秀領兵先行一步，從粟田口蹚過三條的河灘進入京城。

光秀立即吩咐彌平次在城裡各處立起「禁止燒殺搶掠」的牌子。他是奉信長的命令。自己的軍隊到處擾民，是信長最深惡痛絕的。

牌子很快奏效了。

織田家的士兵深知信長的脾氣，違反軍紀是要受到嚴懲的，無人膽敢違反牌上寫著的軍令。

信長自己住進京都南郊的東寺，暫時先把足利義昭安置在京都東郊的清水寺。

要正式繼將軍之位，需要先辦完手續。與朝廷方面交涉的任務，落在見多識廣的細川藤孝肩上，和田惟政與光秀則擔任輔佐。自永祿八年幫助義昭逃出奈良一乘院起，他們就結下患難與共的友情。

光秀終日奔波在公卿的府邸之間，胸中無限感慨。

（總算盼出頭了。）

想到自己曾經爲了重振幕府，硬是憑著一己草莽之身四處奔波，如今轉眼間就成爲現實，反而覺得像是在做夢。

京城人

信長在尚不具備充足的軍事實力時，就如天兵天將下凡一般迅猛地擁立義昭進入京城，實行軍政。

這種行動力非同小可。

而且，一點兒都不魯莽。

織田家幕下的光秀比任何人都清楚，他的行動經過周密的計算和準備工作。

（驚爲天人。）

光秀不得不嘆服。

進京後信長的態度更讓光秀堅信，此人一定能奪取天下。

他的軍紀分外嚴格。

舉個例子，織田家有個下人某某，在城裡對小販施暴。

此人一副仗勢欺人洋洋自得的嘴臉，正好被路過此地的信長馬迴（馬軍護衛）岩越藤藏看見，罵道：

「什麼人敢往大人的臉上抹黑！」

當即在眾人面前將此人綁了，押送到信長下榻的東寺。

信長對他的處置，可說是出自信長獨有的個性，還有對當前政治局勢的巧妙意圖。

「將此人綁到門前的大樹上！」

信長下令道。

於是，那個倒楣的傢伙被綁到門前的大樹上，日曬雨淋，前來拜訪信長的京都顯貴紳士都親眼目睹這一場景。

（不愧是織田大人。）

無論是京都的知識份子還是平民百姓，通過這件事都對信長的人品產生信任感。

這裡無需再舉出遠古時代的木曾義仲（譯注：即源義仲。因軍紀紊亂而落魄至死）的例子，凡是來到京城燒殺搶掠的佔領軍，沒有能夠長期坐穩天下的。

光秀不知道信長是否聽過這個典故。總之，他的軍紀嚴明，廣受好評，很快就傳到外地，大大扭轉了人們心中對這個尾張清洲地方豪族之子的印象。

光秀也知道，要想得到天下，就必須有異常嚴格的秩序意識。這也是最重要的前提之一。

（信長可以做到。）

或許這本來就是信長的天性。從很早以前，信長率領的織田軍就以軍紀嚴格而聞名，不光是織田的士兵，就連織田家的領民對犯罪的意識也比其他國家強烈得多。他們從心底畏懼自己的首領信長。

不過這並不等於織田家的刑罰過分殘酷，只是將士和百姓都很瞭解信長的脾氣。

（他討厭鬆弛紊亂。）

他們切身理解這一點。也就是說，信長天生就對秩序異常敏感。

（——搞不好，信長才是獨一無二的。）

光秀心想，信長也許才是能夠平定亂世重建秩序的天才。不僅是京城的百姓，恐怕全天下的人民都在焦急地盼望著天才降臨。

自從信長上洛以來，前來祝賀的城裡人幾乎踏破了他住處的門檻。

連歌師紹巴也上門求見。這位里村紹巴是日本最有名的連歌師，曾經去過尾張的清洲城，和信長很是熟稔。

紹巴獻上禮物兩把摺扇給信長。扇子尾端能開展，寓意前途開闊。

連歌師的用意自然蘊含在這兩把扇子中。信長即刻心領神會，吟道：

二本（發音與日本相同）得手，今日大喜。

接下來輪到跪在地上的紹巴對出下句。到底是名行家，只見紹巴笑吟吟地對道：

跳千秋舞　持千代扇。

居上座的信長龍顏大悅，連連道了三聲好。

前來祝賀的人連日來絡繹不絕。除了公卿、門跡寺院住持和神官，城裡的醫師和商人也蜂擁而至，就連工匠都手捧自己的作品前來獻禮。

信長絲毫不嫌麻煩，他親切地會見每個人，並和他們一一寒暄。

這使他的名聲大噪。

「原以爲是何方妖怪呢，眞是出乎意料。」

京城裡的百姓爭相議論道。

這天，信長的居所前來了一位年長的尼姑。

「您是哪位？」

門口値班的織田家的家丁愼重詢問道。隨同老尼前來的兩名侍女服裝華麗，男丁肩上扛著高級的禮品，可見此尼門跡門第高貴，不是等閒之輩。

「貧尼來自嵯峨天龍寺，法號妙鴦。」

眼前這名老尼略微發福，白皙的臉上帶著微笑。

「請問妙鴦二字怎寫？」

「妙乃妙法蓮華經的妙，鴦嘛——你知道鴛鴦二字吧。雄性爲鴛，雌性爲鴦。就是那個鴦字。」

「這個嘛！」

負責記錄的武士似懂非懂地笑起來。老尼身上帶著一種明快的氣息，聲音清脆悅耳，武士似乎也受到感染。

「我來告訴你。」

老尼讓武士伸出手掌，用手指在上面比劃著：

「這就是鳶。」

武士聽懂後開始塡寫，他被太陽曬得黝黑的面龐上的微笑還來不及收斂，興許是剛才手掌上的溫度一直暖到這名武士的心裡。

「請問您的階位？」

「沒有，普通的尼姑而已。」

「和織田家有什麼姻緣嗎？」

「沒有。」

老尼的語氣末尾稍稍上揚，她的微笑中充滿慈祥。

這一切都落在站在七、八間開外處的明智十兵衛光秀眼中。

（這不是萬阿夫人嗎？）

轉念間，那名叫做妙鳶的老尼，已經獲准進門。

光秀在外等候。

過了大約一刻鐘，老尼出來了。

「您是萬阿夫人嗎？」

光秀上前打著招呼。

萬阿停下腳步，緊盯著光秀的臉，繼而微笑起來。

「你是明智十兵衛光秀對嗎？」

「曾受到您的款待。」

光秀提到以前曾拜訪嵯峨野的萬阿尼姑庵一事，道謝後邀請道：

「您隨我來。」

他帶著萬阿進入自己借來的寬敞民宅。

「原來如此。」

聽了光秀講述一遍經歷後，萬阿緩緩地點點頭。

（年輕時貌美，老了也是這般清麗脫俗。）

光秀打量著萬阿，心中感歎道。

「您今日特意來賀喜的嗎？」

光秀問道。

「爲何有此舉？」

此話一出，萬阿表情頓時陰鬱下來，她垂下眼簾。

「您怎麼了？」

光秀善於察言觀色。萬阿的心情，他多少也能體會到一些。

萬阿的回答卻出乎光秀的想像，她自顧自說道：

「今天天氣太好了。」

——意思是進京時順便來祝賀一下。

光秀笑出聲。

「您在騙我吧。」

「怎麼會呢。雖說也不是沒有別的理由，要是一個一個說出來，聽起來反倒不眞實了。的確是因爲天氣好，要是下雨的話，我也就不出門了。」

「我明白了。」

光秀凝視著萬阿的臉，心中思緒萬千。

……………………………………

（這名女子在提到丈夫道三時，也說自己認識的是山崎屋庄九郎而不是美濃的齋藤道三。她的心裡比看上去複雜得多啊。）

酒菜和壽司端上來了。

萬阿讓光秀把自己的酒杯注滿，幾杯下肚後開始有了醉意。

「要說起來，」

光秀開口道：

「織田家和萬阿夫人頗有淵源呢。上總介（信長）大人的正室濃姬夫人是您的丈夫所出。剛才您在門口要是這麼說，他們一定會嚇一大跳，對您的態度也會截然不同。」

「您所講的和我毫無瓜葛。我死去的丈夫是京都的油商，生前常常去美濃，僅此而已。」

「還眞是有趣啊。」

「不錯。」

萬阿點點頭，眼睛望向遠處。

「他離開京城第一次去美濃時說，萬阿你等我幾年，我一定當上將軍回來給你看。」

「萬阿夫人眞的信以爲眞了？」

「哪裡呀，他就是那麼個怪人，誰知道是眞是假。不過，就算是騙人，他也會拚命去做。所以我即使知道他在騙我，也樂得信以爲眞。世上不會再有第二個人像他這樣的。」

「萬阿夫人也很少見呢。」

「還有。」

萬阿似乎沉浸在對庄九郎的回憶中，沒有理會光秀的話：

「那人有時候像一陣風似的飄回京城，抱著我說，萬阿，我很快就要領兵上京了，你等著我啊，就這樣反反覆覆，一輩子就這樣過去了。」

光秀感到一絲傷感。

「那個人，」

萬阿略微背過臉去，說道：

「他一定也夢想過要像信長一樣，雄赳赳氣昂昂地上洛。終究還是沒能等到這一天。」

「所以。」

光秀抬起臉來。他想說，所以您大老遠地趕到信長的住處來賀喜的嗎？

敏銳如萬阿，她讀懂了光秀言辭中的含義，點了點頭。死去的丈夫未能實現的上洛之夢，由他的女婿順利地圓夢了，萬阿雖懷著複雜的感傷，卻也爲他感到高興。

「他一直念念不忘的上洛上洛，到底是何等了不得的光景，我一直想親眼看一次。」

「我能理解。」

「人世無常，卻自有奧妙。我萬阿也許就是爲了見證我的夫君山崎屋庄九郎的故事才來到這個世上的。就算我的夫君在美濃的長良川畔身亡後，這個故事仍然沒有結束。」

「沒錯，道三大人的故事在這個世上最受矚目的男人身上延續著。」
「你指的是信長？」
「正是。」
「光秀君自己是怎麼樣呢？」
萬阿試探地看著光秀。過世的山崎屋庄九郎，一定曾對這個男子也寄予莫大的期望吧。
「我可不行。」
光秀搖搖頭，再沒有發話。萬阿凝視光秀良久，說道：
「真是修羅道啊！」
她低聲喃喃道。修羅道是阿修羅道的略稱，佛教中有六道：地獄道、餓鬼道、畜生道、修羅道、人道和天道。自私、疑心重的人將去往修羅道，那裡群居著阿修羅的惡鬼們，受阿修羅王的統治，與善神梵天、帝釋天爭鬥，永無止境。萬阿指的是，死去的丈夫和信長、光秀就是這種情形。
「是嗎？」

光秀不滿道：
「對我而言，除了當下的做法之外，連菩薩也救不了天下之亂。」
「信長大人也如此深信嗎？」
「我想是的。」
萬阿噗嗤一聲笑了出來。
「您怎麼了？」
「沒什麼。萬阿遲早也要去我丈夫的那個世界。那時，我會和丈夫在那邊的河畔相見，告訴他塵世中見到的信長大人、光秀大人的事情，這兩位似乎都認定自己選的道路是菩薩行徑呢。」
「不知道三大人會作何感想呢？」
「不清楚。那個人也只生在修羅道中，尚未見到菩薩的光明就與世長辭了。」
之後，萬阿又講了幾件事，便告辭了。
（她多大年紀了？）
光秀一直送到玄關，心下琢磨著，卻不確定。只是，想必與已經年邁的她再也沒有機會相見了吧。

信長雖然如願以償地進駐京城，局勢卻不允許他在此久留。一旦事情辦妥，他便要馬上趕回岐阜。

在此期間，信長異常忙碌。他接受松永久秀的歸順，同時又對垂死掙扎的山城、攝津的三好黨羽進行掃蕩。

三好一眾擁立的足利義榮從攝津富田城逃往阿波，沒過多久就染病身亡。

對松永久秀歸順這件事，義昭很是不滿。

「上總介，此人殺了我兄長義輝，實乃叛賊。」

然而，此時信長的眼中，看到的不是叛不叛變，而是利害關係。松永久秀在畿內一帶軍事力量頗爲強大，與他樹敵反而會增加討伐的難度，不如拉攏他一同殲敵更有利可圖。

「有毒之物也要講究用法。」

信長回答義昭說。他對松永久秀道：

「要是你能拿下大和一國，那就是你的了。」

當即撥給松永一萬人馬。

攝津的幾座城池紛紛淪陷。城破人亡的攝津芥川城賜給義昭名下的甲賀鄉士和田惟政，攝津伊丹城的伊丹親興原本就有心光復室町幕府，自是投靠過來，攝津的池田勝政也收旗降服。

位於山城長岡的勝龍寺城，原本是細川家歷代的領地，眼下卻被牢人出身、三好黨的岩成主稅助佔據。信長發起進攻降服岩成後，把此城完璧歸趙送給它的舊主人、幕臣細川藤孝。

此時，光秀由於在京城處理市政，故未能參加山城勝龍寺城的攻擊戰，卻爲友人的失而復得感到欣慰。

山城的勝龍寺城，按照今天的地理，位於阪急電車的向日町附近，它的遺址上如今是一片竹林。城下一帶，狹義上被稱作「長岡」，廣義上則名爲「西之岡」。說來也巧，這裡原是道三的故鄉。

大願終成

永祿十一年。

十月十八日這天下起冰雹，預示著京城入了冬。四處流浪的武家貴族足利義昭，在信長的守護下正式就任將軍。

爲了確保儀式安全進行，光秀率警衛嚴守御所。

（沒想到我這半輩子還有如此高興的時候。）

一想到此，光秀禁不住熱淚縱橫。

（官封從四位下、任參議．左近衛權中將，宣爲征夷大將軍。）

光秀默念著足利義昭新任的官位和頭銜，每念一次，都不勝唏噓，眼含淚光。

遠處走來一個身穿盔甲的人，正是織田家的高級將領木下藤吉郎秀吉。

「這不是十兵衛君嗎？」

他湊過來看了看光秀的臉，隨即爽朗地笑道：

——哭什麼呢？

藤吉郎本想損損他，不料光秀並不像自己那般俐圓滑，慌忙從懷中取出紙來一個勁地擤著鼻涕。

藤吉郎也覺得自討沒趣，只好跺著沙子地走開了。

（那種人是不會懂的。）

光秀心裡鄙夷道。

（胸無大志。）

光秀如此評價藤吉郎。雖說此人極其擅長隨機應變，卻看不出有什麼遠大的志向。

（人的價值就在於是否有志。）

光秀認定，在這一點上他對自己的評價甚高。

（這麼多年來，我雖浪跡天涯，卻胸懷重振足利幕府的大志，周遊列國，風餐露宿，才終究成就了今天的大願。這種感慨，縱是今日盛典上織田家的三萬將士，又有何人能懂？不過是我一人罷了。）

相較於作爲一介京都奉行在盛典上防守的光秀等人，足利義昭的興奮之情不知道要多出多少倍。

義昭已經就任征夷大將軍，自然有權按照賴朝以來的慣例成立幕府。義昭一早就有此打算，這本來就是他的夢想。

此前，他從清水寺將臨時御所搬到本圀寺。本圀寺是日蓮宗在京都的本山。

宣告將軍繼位的第二天，義昭把信長叫到本圀寺的臨時御所中，感激涕零道：

「我能從流寓之身當上征夷大將軍，全是您的功勞。從今往後，我就認你作父親吧。」

信長僅比義昭年長三歲，被同齡人的義昭喚作父親，信長一定覺得不太自在吧。

「臣惶恐。」

信長有些遲疑。義昭高興得忘乎所以，信長卻未到那個地步。

而義昭渾然不覺，他只是一心想著如何表達自己的喜悅和感激之情。他又想了想道：

「那就當副將軍吧。」

簡直是開玩笑。難道他以爲，信長眞是爲了給義昭這個不知天高地厚的和尚出身的小才子當手下，才千辛萬苦地奮戰到今天？

（義昭一定是誤會了。）

信長斷定。在信長看來，備受天下武家尊崇的義昭的「血統」才有價值。這才費盡苦心決心上洛，把義昭推上與他「血統」相稱的征夷大將軍寶座。

——成立幕府。

這件事，卻要另當別論。要重現老朽不堪、猶如中世紀怪獸的統治機構幕府，自己則當個小頭目，信長是萬萬不會同意的。

（我會極力尊重義昭的血統，再加以利用。所以才讓他當上將軍。不過不允許建立幕府。要建也得由我親自來建。）

信長漠然想道。能令他動容的，不是單純的權力欲望或是領土欲望，而是打破中世的混沌世界、建立統一國家的革命家野心。要說革命家，像信長這樣鮮明的革命家，可以說在日本史上絕無僅有。他不僅僅對政治，而且對經濟、宗教都具有模糊的改革意識，其中某些部分已經得到確切的實現。

義昭卻不同。

義昭將唯一的熱情傾注在中世最大的權威「室町幕府」的光復一事上，其他一概不聞不問。這位三十二歲的貴族雖然活著，卻已然是過去的亡靈，而信長卻一心一意思考著未來，這個革命家的心思，無人能夠窺視。

兩人截然不同。

只不過目前雙方都有相互利用的價值，才能站在同一條線上。得意忘形的義昭，卻忽視了這一點。

（封他副將軍，還以爲他會歡呼雀躍呢。）

義昭無法理解信長爲何推辭，還以爲是信長爲人謙虛的緣故。

「那麼，」義昭又提議道：「當管領怎麼樣？」他的聲音透露著興奮。管領是幕臣最高職位，有點類似後來德川幕府的大老。室町幕府最興盛時，斯波、細川、畠山三家曾輪流擔任此一職位。

「意下如何？」

「哪裡，請恕推辭。」

信長答謝後，揮手叫來將軍心腹細川藤孝。
「公方雖如此看重，信長卻沒有身居要職的野心。我只想替公方剷除所有與將軍為敵的人。您務必告訴公方，再不用如此費心了。」
他低聲道。
藤孝小心翼翼地繞到將軍座椅一旁，轉達了信長的意思。
「這樣啊！」
義昭心下感動不已，連忙點頭。義昭還在越前金崎城觀望各國形勢時，曾對信長的足智多謀感到不安，真正見到本人，才發現和聽說的大相逕庭。
（此人實在是謙虛得很。）
義昭暗自想道。
當天，信長退下後，義昭召集心腹商議信長的賞賜問題。
「冊封領地吧。」
義昭腦筋一轉，突然叫出聲來。這人還眞是奇怪。

（封地？公方殿下何嘗又有半塊自己的領地？）
心腹之首的細川藤孝，面帶疑惑地打量著眼前的這位新上任的將軍。
到底不過是中世紀的亡靈而已。
以前，將軍確實可以號令天下，任命或是更迭大名，將軍還擁有直轄的領地。
不過這已經是一百多年前的過往了。步入戰亂時代後，各國都是強者稱霸，就算扒光地上的草根，恐怕也找不到一寸將軍的領地。
（當上將軍，就有了這個權力。）
義昭卻沉浸在自己的喜悅中，渾然不覺。
「怎麼樣？這個點子不錯吧？」
義昭接著說：
「把京都附近的某個領國賜給信長吧。近江、山城、攝津、和泉、河內等等，讓他挑一個中意的便是。」
第二天，藤孝被派出傳信。

（這可怎麼辦？）

深諳事理的藤孝感到左右爲難。

（眞是不好辦。新的公方殿下自幼就在寺院中長大，大概是不懂時務。）

就算眞要接受義昭冊封的某個領國，也不是由義昭親自平定，信長必須浴血奮戰親自去奪過來。這麼一來，就不是「封地」這回事了。

藤孝來到信長的住處，轉達了此事。

「領國？」

信長滿臉不可思議。藤孝見狀，出了一身汗。

「在下惶恐，」

藤孝盡量柔和地笑道：

「公方殿下久居僧房，雖說現在還了俗，卻還是不太通曉世事。」

「有道理。」

信長連著點了點頭。想到義昭確實久離俗世，倒也無法生氣。

「明白了，你就回覆說我推辭了就是。」

「遵命。」

「不過，」信長接著道：「將軍既然如此盛情，我倒有個請求。」

「請講。」

「請准許我在堺、大津、草津派官代理。」

「小事一樁。」

藤孝差點脫口而出，這個要求也太微不足道了。

藤孝回到公方的臨時御所後，馬上將此事彙報給義昭。義昭晃悠著瘦小的身子道：

「當然答應。不過信長還眞是沒野心的人哪。」

義昭不禁動容。

這天傍晚，光秀來到本圀寺的塔院，細川藤孝借宿在此。

「沒什麼要緊事。」

光秀讓下人取出帶來的魚乾和水酒，藤孝騰出一間房間，兩人開始飲酒暢談。

「自從上洛以來，我們倆忙著打仗，都沒顧得上好好一敘。」

理由很簡單。

兩名志同道合的老友，先是舉杯慶祝光復將軍家的大願終於實現。

「想當初，我們在朽木谷的一盞燭火下共商將軍家復興這件大事，沒想到這麼快就實現了。」

藤孝握著光秀的手道：

「都是你的功勞啊！」

光秀急忙搖頭，稱自己並無貢獻，謙虛道：

「都是您和眾位幕臣努力的結果。依我看，還是新將軍有這個福分啊！」

「不過彈正忠（信長新官職）的功勞是毫無疑問的。」

「不錯。」

光秀也隨聲附和道。這次的馬到成功，完全是拜信長在軍事上的天才能力和政治謀略所賜，兩人都佩服得五體投地。

「不過……」

藤孝接著告訴光秀，信長拒絕了封地的賞賜，而是希望能夠治理三座城市。

「哪三座？」

「草津、大津和堺。不知道彈正忠心裡打的什麼主意？」

「要說草津嘛……」

可以理解。近江草津位於中山道和東海道的分歧點，在這裡設置代官所，身處岐阜的信長便能遙控京都，軍事上很有必要。這一點藤孝也看得出來。

「那麼大津呢？」

藤孝詢問道。

光秀側著腦袋想了一會兒。光秀是藤孝有生以來所遇到的人之中最智力超群的，只是他缺乏直覺上的判斷，遇事總是喜歡深思熟慮後才下定論。

等到光秀抬起頭來，發現他的臉泛著潮紅，滿是興奮之色。

「大津有錢有財。」

此地位於琵琶湖最南端，以湖港著稱。湖上交通以此為中樞，不僅近江，就連若狹、越前等北國、美濃等東部各國的物資也都要經過此湖，最終聚集在大津的湖港中。

（難道是為了收取運上金〔商品稅〕？）

光秀不禁為信長眼光的敏銳而感到驚詫。

可以說，這種眼力是天才才具備的。眼下，就算是稱霸於各諸侯的上杉謙信和武田信玄、北條氏康等人，經濟理論也都停留在農業上。像信長這樣憑著直覺就瞄準商業的人，卻是再也找不出第二個。

（信長出身的尾張國，自古熱田一帶就商業興隆。是因為這個原因，還是受到商人出身的道三的影響呢？）

如果大津的疑惑被打消，那麼堺就更容易理解了。作為海港的堺在中國大陸、東南亞，甚至遠至歐洲，都是赫赫有名的代表日本的港口城市。

（和那些只知道用幾石米來計算的大名不同，信長懂得金錢這種東西。）

光秀談完以上的想法後，藤孝也贊許地搖搖頭。

「這個人還真是與眾不同啊！」

藤孝的理解力仍然停留在這一階段。

義昭宣佈就任將軍的第四天，信長被獲准參見天子。由於官位低微未能允許進殿，只是隔著簾子參拜，然而如此近距離地接近天子，是武將至高無上的榮譽。

參見結束後的當天下午，義昭將信長請到本圀寺的御所中，設宴為他慶祝。

「恭喜恭喜！」

義昭告訴信長，今天特意為他擺了酒宴。還叫來觀世大夫（譯注：觀世流能樂的鼻祖）表演能樂助興。

「逢有大喜之時，按照吉例要表演十三首曲子。好好欣賞吧！」

義昭說完，信長皺了皺眉道：

「天下尚未平定，各國諸侯競相爭雄，僅僅保住小小的平安京（京都），實在無法安心。雖說三好黨羽被我們趕到阿波，仍虎視眈眈、伺機反撲。這種時候哪還有心情欣賞十三首曲目，五首足矣！」

於是，演出的曲目立即變更爲五首。

觀賞表演時，義昭又雅興大發，要求道：

「聽說彈正忠擅長擊鼓，露一手瞧瞧吧！」

如此輕率，信長不禁心生不悅，他擺手推辭道：

「不行不行。」

義昭卻不死心，反覆催促。信長終於忍耐不住，把光秀喚到跟前怒道：

「我說不行就是不行。」

他說的是尾張話，甚是粗暴。

那天是二十二日。

二十五日這天，信長撇下京都的義昭，自己率領大軍回岐阜。信長在京都逗留不到一個月。

「彈正忠不管我了嗎？」

信長這一突然的舉措，讓義昭惶恐不安。信長一旦做出決定，絕不會輕易改變。

不過，他留下少許部隊駐守。

駐守部隊的將領以木下藤吉郎爲首，另有佐久間信盛、村井貞勝、丹羽長秀等人，共有五千兵馬。

光秀的身分略低於這些將領，他也奉命留下。本圀寺的義昭御所的警衛工作落在他的肩上。

——三好的黨羽不會趁信長不在來偷襲吧？

他隱約感到不安。果然，還不到兩個月，他的憂慮就變成事實。

正月五日這天，三好召集一萬兵馬，以迅雷不及掩耳之勢舉旗上京，包圍本圀寺的義昭御所。

光秀身爲警衛隊長，開始了勇敢的死守戰。

洛中會戰

「三好黨打過來了！」

接到戰報時，光秀正在本圀寺的小院裡歇息。

他聞訊從床上一躍而起，直奔放在屋子一角的盔甲。

（是時候露一手了。）

光秀胸中湧起的自負滲透到全身乃至指尖，他感到渾身熱血沸騰。

「男兒想要成功立業，第一步最關鍵。都給我豁出命去！」

彌平次光春等各隊隊長都在走廊下列隊，聽從光秀的指令。光秀分別做好部署之後，立即讓大家行動。

此時不巧是織田軍兵力最弱的時期。信長已經率領主力部隊回岐阜，留下來防衛京都的各大將領也都分頭前往堺、大津、山城勝龍寺和攝津芥川等新的佔領區，留在城裡的只剩下光秀和他統率的二千兵馬而已。

不過這樣一來，反而爲光秀提供了施展其軍事才華的絕好機會。一旦戰敗，大不了一死。

光秀將大梯子架在大殿，敏捷地爬上屋頂。

夜空中繁星點點。

而寺院外的火把之多，遠遠超過天上的繁星，隊伍一直排到遙遠的桂川附近。

（一萬人。——）

光秀揣測道。自己已經被這一萬大軍團團包圍了，估計一個時辰之後，包圍圈會縮小，敵人就要開始進攻了。

光秀思考著。

（三好黨也不是等閒之輩。）

雖說暫時被信長趕出京城，卻能如此神不知鬼不覺地、就像從地底下冒出來一般，把京都南部包圍得水泄不通，證明有指揮作戰的高手存在。甚至有傳聞道：

「敵軍是受松永彈正（久秀）指揮的。」

一時間謠言四起。不過，這也僅僅是訛傳。松永久秀投降信長後，眼下正在一心一意地從事大和的穩定工作，這個道貌岸然的傢伙，似乎認定此舉才對自己有利。

後來才得知真相，敵軍的指揮官原來是聞名遐邇的戰術家三好長閑，另外，三好日向守、三好下野守、篠原玄蕃和奈良左近等當時赫赫有名的三好黨豪傑也參與了指揮。

（他們的目的應該是要取義昭將軍的性命。）

光秀判斷道。敵人作戰的首要目標是全力突襲義昭居住的本圀寺。殺了義昭後佔領京城，應該是他們的下一個目標。

光秀從屋頂下來後，到大方丈的義昭御座前跪拜求見。

他膝行進屋後，義昭早已沉不住氣。

「光秀，這可怎麼辦哪？」

「您盡可放心，明日就可退兵。」

「僅憑這兩千人？」

義昭緊張得連聲調都變了。光秀不慌不忙地點點頭：

「勝敗不在兵力的多寡。」
「那是什麼?」
「將領的能力。」
光秀破天荒地高聲答道。義昭這才稍稍放寬心道：
「真有你的啊，光秀。」
他想起自己被光秀從奈良一乘院救出後，光秀的種種過人之處。
光秀在義昭御座下的走廊上坐鎮指揮，不斷下達各種命令。
過了一刻鐘左右，偵察兵紛紛回報敵方的軍情。
光秀同時向四處派出密使。首先是岐阜的信長那裡，然後是分散在近畿各地的織田軍將領……
（後有援兵。）
這一點，讓光秀的作戰計畫變得簡單。雖說兵力只有敵人的五分之一，在這一點上，卻比敵人更加有利。

再談談戰術。
——採取籠城戰的手法。
這也是此種情況下最普遍的一種戰術。利用本圀寺的圍牆和護城溝作為屏障抵擋敵人的進攻，不久就能等來近畿各地趕來的援軍。
光秀卻與眾不同，他的戰術超越常規。
（我要一手立下大功。）
他野心勃勃地想。雖然自己是防禦方，也不妨嘗試一下進攻。
他把兩千人馬分作三股，自己率領主力守衛本圀寺。其他兩隊則面向外敵，一支從正面攻擊敵人，另一支則繞到敵人背後攻擊。
負責背後進攻的遊擊隊隊長是彌平次光春。彌平次同時還肩負與細川藤孝的部隊取得聯絡的使命，細川軍有可能從山城勝龍寺趕過來救援。
戰鬥開始了。
黎明時分，敵人開始射擊。敵軍的一隊人馬已經逼近到離圍牆一百公尺處。

光秀把作戰指揮部轉移到山門旁邊緊急搭建的高台上。

「大家勇敢地上啊！」

光秀站在高台上不停大喊道。聲音亮如洪鐘，與他的長相頗不相稱。

光秀所在的高台上，明智氏代代守護的戰旗、白底上印有土岐桔梗紋的源氏大旗在拂曉中迎風招展。

進攻的敵軍一看：

「大將在那兒呢。」

他們從未見過如此暴露自己所在的指揮官，弓箭和鐵砲組輪流射擊，集中火力進攻。

子彈都瞄準光秀的身邊。他卻紋風不動，可以想像其英雄膽魄。

「您退到後面去吧！」

家臣和下屬的武士紛紛勸道，光秀卻只是點頭微笑。有個叫所澤三助的，好不容易抓住光秀盔甲的一角，想把他拽下來，光秀卻猛然掙脫，喊道：

「我自有想法，不用擔心。」

光秀的想法是，親自站在門邊的高台上作餌，將敵軍的主力都吸引到跟前。敵人主力一過來，當中自然會有部將級的人物。這時，光秀便可以憑藉自己高超的射擊技術擊斃對方，趁對方失去將領陣腳大亂時，率軍衝出山門打他個措手不及。

「我會躲砲彈的，砲彈弓箭射不到我的。」

他告訴所澤三助。

（也說不定。）

光秀暗自想道。他想在這場槍林彈雨中，碰碰自己的運氣。

（老天會不會保佑我？）

再沒有什麼比老天保佑更重要的了。光秀的夢想原本就是在當今的亂世中成爲一位英雄。

自己眞能成爲英雄嗎？英雄當然需要器量和才幹，光秀認爲自己二者兼備。然而，光有器量和才幹是當不了英雄的，還需要運氣。光秀相信，有沒有天運，才是最後的決定因素。

不過轉念一想，自己之所以會置身在此槍林彈雨中，不正說明我明智十兵衛光秀並無天運嗎？僅此程度而已，搞不好會死在這座高台上。

再來看看這扇大門。

寺裡把它稱作唐門，朝西而開，是寺裡最重要的一處入口。門柱由巨木製成，門扉極厚，結構宏偉絕不遜色於城門。

順便再提一下本圀寺。這座寺是日蓮宗四大本山之一，東西寬兩百公尺，南北長六百公尺，在京都是屈指可數的大寺院。光是主要建築物就有本殿、唐門、出仕門、高麗門、塔院、寢室、會客室、書院、玄關和五重塔等等，就是一座小城。

話題再扯遠一點的話，這座寺院與足利家的淵源頗深。足利尊氏的叔父日靜在尊氏的資助下建了這座寺，後來，熱衷於貿易的足利義滿又把花費鉅資從朝鮮買來的一切經籍供奉於此。而當代的義昭之所以將臨時御所安置此地，也是由於這些緣故。

（天亮了。）

光秀眺望著正前方的西山山脈，山峰的輪廓正在藍色的天空中逐漸清晰地顯露出來。

本圀寺的南邊緊鄰空也念佛道場，即七條道場。當敵軍像潮水般湧入圍牆腳下時，光秀熟練地舉起鐵砲。

那個時代，雖說士兵已經十分普遍用鐵砲，然而作爲一名大將親自使用鐵砲卻是不可想像的事情。光秀的鐵砲射術被譽爲日本第一，人們自然也就不感到吃驚了。

（我得找個合適的騎馬武將。）

光秀的目光在敵軍的隊伍裡四下搜尋，接著舉起鐵砲開始射擊。

只聽轟隆一聲巨響，白煙彌漫在光秀的四周。彈藥飛出六十間開外，擊中敵人鐵砲足輕的大將。
「下一個。」
白煙中的光秀伸出手來，一旁補充彈藥的士兵們趕緊遞過來。光秀取了鐵砲在手。
隨著一聲聲的巨響，敵軍的騎馬將領紛紛倒下。
這時，山門大開，光秀的旗本隊舉著長槍猛攻出來。
敵軍頓時一片譁然。
同時，光秀事先安排好的遊擊隊開始從側面攻擊敵人的中軍。
（太好了。）
光秀在心底狂喊，又看見敵軍的後方遠遠地揚起沙塵，原來是彌平次光春率領的遊擊隊衝入了敵陣中。
（彌平次年紀輕輕，本事卻不賴。）
光秀看到彌平次隊伍之後也隱隱揚起沙塵，一定是從勝龍寺趕來的細川藤孝的援軍。彌平次一定是和藤孝的援軍取得聯繫，才趕在他們到來之前衝入敵陣中。
藤孝的部隊也加入戰鬥，人數只有四百名左右。對方卻是一萬大軍。無論光秀和藤孝的部隊再怎麼前後夾攻，敵人即使亂了陣腳，卻也不至於潰敗。
「敲鐘！」
光秀下令道。按照事先商議好的內容，光秀一旦敲鐘，遊擊隊和藤孝的部隊便要收兵退回本圀寺。光秀的部隊遵從高台上光秀的指示開始撤退。雖然身處敵軍中，卻有條不紊地撤了出來。光秀從上面俯瞰著，心想：
（看來我的做法成功了。）
他指的是士兵的訓練。那個時代並不重視訓練士兵，光秀卻嚴格要求他們服從指令，而這一仗正是成功的驗證。
（很快大家就會誇我的明智軍厲害了。）

光秀望著明智軍從戰場上井然有序地退下，對未來充滿憧憬。

各路人馬都回到本圀寺後，光秀從高台上走下來。

細川藤孝站在大殿門口，正脫下頭盔擦著汗。

「藤孝大人。」

光秀忙走上前去。

藤孝微笑著，他爲光秀撣了撣走廊上的灰塵示意他坐下。

「不敢當。」

光秀坐下後，二人馬上開始商量作戰之事。光秀估計，晌午時分己方的人馬將增加到五千人。等到各路將領一到齊，就立即轉守爲攻，一鼓作氣將敵軍趕到桂川去。

「行嗎？」

身材魁梧的藤孝側著腦袋半信半疑。

這時，村井吉兵衛貞勝率領五百兵馬從北野天神趕了過來，和田惟政也帶著四百人馬從攝津芥川城趕到本圀寺。

諸將聚集在將軍義昭御前，商議作戰計畫。

「且慢，」

義昭突兀地來了一句：

「信長來之前，先暫時讓光秀擔任大將吧。」

大家都倍感意外，光秀自己也嚇了一跳。

（是誰的主意？）

他環顧四周，發現只有站在義昭身邊的細川藤孝表情冷靜。

（果然是藤孝的主意。）

光秀立即明白了。

藤孝向將軍提的這個主意可以說再確切不過。大敵當前，諸將各行其是的話，必會招致失敗。

（就算如此也不至於選我做大將吧。）

光秀覺得自己能當上一名小將領就足夠了，而藤孝卻借助將軍的權威把自己推到軍權的核心。

（正所謂知己難求啊。）

光秀感慨道。同時，他也佩服藤孝處理事情上的才華。

光秀立即制定作戰方針，配置各路將領，瞅準時機發起攻勢將敵人逼退至桂川岸邊，又匯合從大津方向趕來的丹羽長秀援軍將敵人一舉擊潰。

信長接到消息之後匆匆從岐阜趕來，永祿十二年（一五六九）正月十日他到達京都時，已經是事後第五天了。

他下令清除殘敵，平定叛亂。論功行賞時，光秀被記了一等功。

由此，光秀在織田家的地位得到飛躍性的提升。

九枚貝殼

京都的叛亂平息之後，光秀開始琢磨起信長的爲人。

（此人確實與眾不同。）

光秀總結道。

正月八日這一天，京都的本圀寺將軍御所被敵軍包圍的消息傳到岐阜城信長的耳裡。

「立即上京。」

信長驚得跳了起來。織田軍一向訓練有素，隨時整裝待發，信長的這句話等於是下了軍令。

不巧的是，前天夜裡下起暴雪，無法立即發兵。山野一片銀色，街道上也積著厚厚的雪，甚至沒過膝蓋。

換做是謙信或信玄，一定會「先觀望觀望再說」。等待天氣好轉。就算是出兵也一定是派遣部將前往。

信長卻截然不同。自從桶狹間一戰以來，他總是親自掛帥上陣，衝在大軍的最前面。要論行動力，恐怕無人能及。

信長換上盔甲，披上斗笠。他飛奔出了玄關，寶馬座騎早已等候在外。

他剛才的那句話過於倉促，大軍尚未做好出發的準備。

等在玄關的是他的數十騎旗本軍，另有十匹馬隊馱著信長作戰用的行李。

信長並未表現得粗心大意，他開始逐一檢查馬隊的情況。

「這匹馬上的行李卸下一個來。」

他用馬鞭指著第三匹馬。

「放到這匹馬身上。」

他的用意在於行李重量的均衡。信長銳利的眼光可以判斷出，這些馬是否能完成抵達京都的雪中行軍。事實上，在風馳電掣般的雪中行軍時，織田部隊的其他馬隊不斷被甩在後面，到了近江路，更有幾名人力夫凍死在途中。

信長揮鞭策馬，一路踏雪而馳，僅僅用了兩天時間就趕到京都。要知道，從岐阜到京都，即使是好天氣也需要三天左右。

翻過逢坂山抵達京城時，雪停了，開始下雨。跟隨信長左右的只有寥寥十騎，整整一天後大軍才趕到。

（神速這個詞就是用來形容信長的。）

光秀心想。

叛亂平息後，光秀前去拜謁信長。

「這也是由於將軍沒有官邸之故。」

他主張要建設將軍館。當然，這不僅僅是光秀一個人的想法，信長也早有此意。

此時，光秀的言辭卻過分婉轉。

「快說！」

信長等得不耐煩了。

光秀想說的是，建設將軍館、大修皇居這兩件事可以讓天下遍知織田家的權威。

「而且要加緊。否則會被天下的英雄豪傑搶在前頭。」

光秀的理由是，恢復將軍和天子這兩大代表日本的權威，可以讓天下人認知信長「僅次於這兩者」的地位。

「明白了。」

信長一面不滿光秀委婉含蓄的措辭，一面又爲光秀的素養感到欣賞。

（比權六那些人強。）

這裡指的是首席家老柴田勝家。除了柴田，還有林、佐久間等被稱作「織田家三老」的譜代重臣也不具備這種素養。三老之下的諸將領也都是戰場上的豪傑，有人甚至不識字，要是問他們「天子是什麼」，想必都回答不上來。

「將軍的新館建在哪裡呢？」

信長問。他總是要求具體內容。

光秀早就了然於胸。他掏出事先準備好的京都繪圖，呈到信長的面前。地圖很大，足足有三尺見方。

「這裡。」

光秀指著其中一處道。圖上是一個空白的方塊。

這裡是上任將軍義輝的「二條御所」的舊址。永祿八年，三好、松永等人攻打義輝時，御所被燒毀。地名表述是烏丸大道丸太町上。

「就這裡吧。」

信長道。建設將軍館一事就這樣定了下來。

信長想把新的將軍館建得比歷代更華麗。在他看來，只有讓將軍成爲政治中心，才能成爲恢復亂世的秩序。

（建起一棟雄偉華麗的將軍館，天下人心才會安穩。）

這棟建築物，將成爲鎮定亂世的良方。將軍對信長而言，也只有這一實用價值而已。在這一點上，深受宋學影響的光秀對皇室和將軍則懷有神聖的概念。

（不過，只要達到目的就行了。）

光秀想道。兩人對皇室和將軍的態度，此刻在形式上完全達成一致。

不僅如此，一向只重視實際不搞虛無主義的信長行動力異常驚人。即使光秀處在信長的位置上，恐怕也望塵莫及。

「我要當總奉行。」

信長道。他親任室町御所（將軍館）的建設總管，實際的工作則由村井民部和島田新之助負責。

信長首先把現有的地塊向東向北各擴出一町，並遷走附近的眞正極樂寺和住家。四周挖起護城河，又砌起高兩丈五尺的石牆。

建城的苦力來自尾張、美濃、伊勢、近江、伊賀、若狹、山城、丹波、攝津、河內、和泉、播磨等地，募集了將近兩萬人。

「限期兩個月。」

這是來自信長的最高指示，親眼目睹建城工程的葡萄牙傳教士驚歎道：

「這麼大的宮殿，要是在我們歐洲，得花多少錢啊！沒想到日本的勞動力如此之廉價，一天給六、七合（一合米約一五〇公克，編按）米就能招到這麼多人手！」

信長為了趕工，大膽採用各種方法。

用於砌牆的石頭一般要從攝津的山地中採集，或是從瀨戶內海的島嶼上運過來，信長卻認為「效率太低」。

他命令村井和島田兩人：「到周圍的寺院把石佛搬過來，砸碎了用來砌牆。」

在信長看來，石佛充其量只是石頭，哪管它是不是佛像。他認定人死後「根本沒什麼靈魂」，否定神仙菩薩之說。比起遵循傳統古典守舊的光秀，信長的思想顯然更具有革命性。

（石佛？）

光秀暗自苦笑，嗅到了信長思想中的危險。否認石佛的權威，恐怕將來便會否認將軍的權威了。

（此人眞可怕。）

光秀想。光秀對佛教思想之美充滿嚮往，他尊崇佛教作爲宗教的權威性。也許光秀自己都不曾注意到，自己生來就習慣於尊崇一切傳統的權威。

光秀的心痛，信長自然是毫不理會。

城裡的建築物也是如此。與其重建，不如把周邊大寺院的玄關或是書院什麼的拆了搬過來。信長付諸行動。當然，將軍本人的居所和行禮用的房屋都是新建的，除此之外幾乎都是搬現成的過來。

（簡直胡鬧。）

光秀想。

信長卻認爲不這樣做的話，根本無法在短短兩個月內建成如此龐大的宮殿。對他來說，當務之急是盡可能快速建好將軍的御所，以安撫天下人心。只要有需要，他就會當機立斷毫不猶豫。

例如有人提議要建庭院。

「給我找庭院。」

他馬上下令。聽說慈照寺（銀閣寺）的庭院不錯，他便吩咐人把院裡的石材搬到工地。

當然，僅靠一兩座寺院的石材，遠遠不足以建一座庭院。身爲幕臣幫忙施工的細川藤孝注意到這一點。藤孝集勇敢、謀略、文雅於一身，就像是書中所描繪的理想人物。

（和信長好好相處。）

藤孝早有此意，如今通過光秀，以他自己獨特的溫和方式逐漸拉近與信長的距離。

「我的舊房子裡有大石頭。」

藤孝告訴光秀。細川藤孝的舊邸是京城中鼎鼎有名、具有代表性的武家府邸。

他家中的院裡有一塊小山大的巨大石頭，叫做「藤戶石」，藤孝想借此機會捐出來。

「你幫我轉達吧。」

光秀將藤孝的意思報告信長。

「搬過來！」

信長道。他還帶領數名貼身侍衛，親自驅馬趕到藤孝的舊府邸去看那塊「像小山般」的石頭。這種好奇心來自他的少年時代，凡事都要親眼目睹後才相信。

看到那塊巍然聳立的大石頭後，信長感歎道：

「果然像座小山。」

他馬上吩咐人搬運。

不僅如此，他感懷於如此巨大的石頭，還親自指揮搬運工作。

（眞是個怪人。）

注重體面的光秀無法理解信長的此等舉動。身爲大將，這等小事都要親力親爲，未免太輕率了。

信長從小就對各種慶典深深著迷。他想慶祝這塊石頭的搬運，先是讓人用綢緞將它包起來，又配上所有二月裡盛開的鮮花。

接著，他又令人在上面套上幾張大網，用紅白顏色的布裝飾後，讓自己的部將和京城的富商來拉。

光秀和藤孝自然也在其中。

藤戶石經過的路上都鋪上圓木，石頭從上面滑行過去。

爲了讓搬運更有氣氛，信長還找來四、五十人吹笛擊鼓，一路好不熱鬧。

（太荒唐了。）

光秀雖然不齒，運石頭的奇聞卻傳遍京城，爲人們津津樂道。也許市民好幾百年都不曾見過這樣的熱鬧。

「不愧是織田大人，竟然能想出這招來。」

甚至有人從洛外的愛宕和桂一帶特意趕來觀看，一時人數超過十萬以上，還發生有人死傷的騷動。

這些看熱鬧的忽然間產生錯覺：

（看來要迎來太平盛世了。）

其實，信長不至於能算計到這種社會心理的程度，他只不過是做自己想做的事情罷了。這一點，只能解釋爲信長自打出生以來就具備了這種創造一個新時代的性格。

這裡順帶一提，信長開創的這種搬運巨石的方法，後來的秀吉也曾效仿，再後來，加藤清正輔助德川家修建名古屋城時也使用過。

總而言之，工程以驚人的速度進展著。

「這麼大的工程，需要四到五年。」

葡萄牙的傳教士路易士．弗洛伊斯斷定。然而到了第二個月，工程已經接近尾聲。打破紀錄的速度讓世人對信長的能力感到神秘不已。

信長也親自在現場監督，這是他獨一無二的做法。

他未帶任何兵刃，來到工地巡視。嚴明的施工規定，源自信長最強烈的要求。

信長一邊下台階，一邊俯瞰龐大的工地情況，看見一名小卒正在調戲一名過路的年輕女子。此人湊到女子身旁，要挑下頭巾看她的長相。

這人也真是運氣太差。

信長立即跳下台階，衝到那名小卒的跟前。一聲大吼後，小卒已經身首異處。那人臉上尚且帶著揭下女子頭巾後滿臉的猥瑣之色，便一命嗚呼了。

信長一言不發地轉身離開。

這一舉動，足以表現出他對治安和秩序的強烈態度。

他對遍佈京都城裡的織田軍隊制定了「一文斬首」的刑罰。在城裡，哪怕是從市民那兒偷了一文錢，也要問斬，可以說是史無前例的酷刑。這次的舉動只不過是信長親自實施刑罰而已。

……………………………………

到了四月，室町御所完工，這個月的十四日，將軍義昭告別本圀寺的臨時御所，搬到新館。

光秀也從這一天開始，擔任御所警衛隊的隊長，日夜守護在此。

這天，天剛濛濛亮，光秀在御所四周巡邏時，發現門口擺放著幾件奇怪的東西。

是貝殼。

一共九枚，每枚都缺了一小塊。

（什麼東西？）

光秀吩咐人撿起後，開始琢磨。一定是某人的惡作劇，聽說京都人向來內心尖刻。這九枚不完整的貝殼，可能暗示著對將軍或是信長的怨恨。

（九枚貝殼，九貝……）

他反覆叨念著，發現原來「九貝」是「公界」的諧音。公界這個詞在當時很常用，意思是公共、正式的場所、社會或是公眾人物的意思。

要是說「公界者」，意思是可以現身在眾人眼前的氣派人物。

（「九貝」有欠缺。）

意指「公界有欠缺」，就是反對公界者。換言之，覺得此人「沒出息」。

眞是如此，應該指的是新御所的主人，將軍義昭。

應該是批評義昭：

——現在的將軍眞是個蠢貨，自己住的房子都要靠別人來建。

光秀揭開謎底後，開始思考如何處置此事。還是應該向信長彙報，雖然不是很情願，這天，光秀還是告訴了信長。

光秀嚴肅地將此事講完後，信長突然放聲大笑。

「說得沒錯啊！」

此事也就不了了之。

信長建造將軍館這段時間，將軍義昭百無聊賴。之前靠獵鷹狩獵打發時日，近來開始迷上女色。

「弄個好點的女人來。」

他交代光秀。光秀從法規上講既是幕臣，又是織田家的家臣，幾乎每天都要前往臨時御所請安。

「這……」

光秀感到爲難。也難怪，像光秀這樣自視爲英雄的畢竟是少數。找女人這種事情，大可吩咐其他手下做。

（把我當成什麼人了？）

……………

也許因爲自己原本是牢人，才會被隨心所欲地使喚。想當初，光秀爲了這個流亡將軍挺身而出四下奔走，甚至爲了保護他的性命揮劍殺敵，到頭來，不過是被他利用的工具而已。

（他也太低估我的價值了。）

他心想。光秀原本就對這種事情十分敏感。

「女人的事情，光秀實在是不懂。」

他答道。義昭聽了卻不以爲然，他誇張地咧著大嘴嘲笑道：

「你把老婆孩子看得那麼重，都沒和妓女睡過吧？」

光秀向來不近女色，在織田家也被視爲異類。

「你不喜歡女人嗎？」

「非也。只是妻妾成群，光秀自恃沒有安撫她們穩定內院的能力，倒不如不惹這些事。」

「你還眞不像個豪傑啊！」

義昭說完後打發了光秀，又喚來心腹細川藤孝，提出同樣的要求。

「哦……」

藤孝沉思著。這個深思熟慮的男子向來不喜歡當場作答。

（將軍殿下眞是貪得無厭。）

他想。貪圖女色。

義昭從小就剃度出家，一直擔任一乘院門跡。直到成年，他都沒機會接觸過女人。

然而在流亡途中，他開始蓄髮，對女人的欲望也開始滋長，每換一個住處，他都會招來當地的女子尋歡作樂。有時甚至連有夫之婦都要獵豔，被對方的地侍丈夫臭罵：

「臭要飯的。」

差點兒要被趕出去。長期以來的壓抑一旦得到釋放，他的欲望自然無法控制了。

自從進京當上將軍後，侍女幾乎都遭他染指。也許是義昭本來就缺少桃花運，就連藤孝都看不上他身邊的那些女人。

「眞是奇怪，」

義昭自己也感覺到了：

「我當和尚太久了，連看女人的眼光都有問題。現在當上將軍了，既然當了將軍，就得有將軍的模樣。」

「您的意思是對現在的境遇不滿意嗎？」

「那倒不是，不過還缺幾樣東西。」

最大的缺憾是，尙未擁有作爲武家首腦的權力。

其次，就是「女人」。

當然，這裡指的不是正室。遲早要從與義昭相稱的人家中挑出合適的人選。

「所以我想找個好點兒的。」

人長得漂亮是首要條件，然後是家世，還得有才。這樣才能代替義昭打理女人成堆的後宮。在未迎娶正室之前，需要有一名主婦來照顧足利將軍家的私生活。

「有道理。」

藤孝對義昭的私心一目了然，卻並不揭穿，只是一個勁點頭。

心底卻在嘟噥：

（連個女人都不會自己找。）

可以說藤孝對義昭心生失望。藤孝原先侍奉在義昭的兄長、已故的義輝身邊，義輝凡事都親力親爲。他的劍術登峰造極，直到臨死前都殺了數不清的敵人。

（亂世的將軍就該如此。）

藤孝讚歎不已，正由於他仰慕義輝，才會心生同情，爲了義輝復興幕府而赴湯蹈火。

（比起哥哥來差多了。）

他心下想著，委婉地拒絕了義昭的要求。

退下後，藤孝心中鬱悶不已，便讓人帶上酒菜來找光秀。自己的苦悶，也唯有光秀能懂。

「你我二人歷經千辛萬苦，都是爲了室町將軍家的光復。如今大功告成，可是那位公方殿下卻……」

藤孝漸漸有了醉意，哽咽起來。不是出於對義昭的憐憫之情，而是自己奉獻出青春的對象與他的地位如此的不相稱，不禁感傷不已。

「光秀君你呢？」

「確有同感啊！」

光秀發言一向謹慎。他雖然不後悔自己爲了「復興將軍家」而付出的心血，對義昭卻實在是覺得頭疼。頭腦不笨，但太過於輕浮，顯然不是將軍的合適人選。

「能當上將軍的，不是胸懷大度，就是蠢笨之徒，沒有中間人選。」

光秀和藤孝擔心的是，照此下去，義昭遲早會被趕下台或是人頭不保，沒有中間道路可走。而能決定他命運的人，正是把他推上將軍寶座的信長。

「那時你我就難辦了。」

藤孝和光秀均有同感。從立場上而言，他們注定要夾在足利家和織田家中間。

「你還好。」

光秀道。藤孝身分是純粹的幕臣，不像光秀，同時腳踩兩條船。

「像我這樣，一邊拿著將軍家的俸祿，又接受織田家的冊封，在兩邊的家臣帳上都有名，萬一出了事，一點兒辦法都沒有。」

「我也一樣。」

藤孝說。藤孝雖然未從信長那裡領取俸祿，卻依靠信長的武力收回祖先列宗居住的勝龍寺城，自己還親任城主。實際上，等於是信長的外樣大名。

義昭又指示其他人爲自己物色合適的侍妾，終於如願以償。

這名女子名叫阿慶。

她出生在播州（兵庫縣），掌管播州至備前（岡山縣）一帶的大名是浦上氏。

阿慶出生在浦上氏任命的官員宇野家，算得上是播州的名家。正因爲家世深厚，阿慶精通音律和詩詞，這一點也讓只接觸過鄉間女子的義昭欣喜不已。

「我是頭一次碰女人。」

洞房之夜，義昭如此告訴阿慶。就像古時候的年輕公子，悄悄跑去和朝思暮想的女子幽會般興奮，他們竊竊私語了一整夜。女子的教養，一旦得到對方，就會成爲增加個人魅力的重要武器。

義昭本人的教養並不高，不過他對教養很憧憬，也認爲這是必須的條件。從今往後，他身爲武官的最高將領，要和公卿打成一片。公卿的話題多以古詩和中國的典故爲主，如果不具備這些知識，難免會受到他們的冷落。

正因如此，他才向光秀和藤孝提出：

「我要找個好點兒的側室。」

好女人不光是臉蛋長得漂亮，不知何故，這兩名武士中罕見的有識之士卻無法理解自己的用意。

他每晚都和阿慶膩在一起。

後來，阿慶被冊封爲足利將軍家的女總管，這裡暫且無關。

阿慶進門後過了五個晚上，義昭在床上開始表現出截然不同的一面。

他就像個深深依賴阿慶的孩子，床上的義昭，絲毫看不出任何將軍的威嚴。

（怎麼回事？）

年方十九的阿慶，對這個三十三歲的武家至尊感到不可思議。

（他很信任我。）

雖然心下歡喜，有時卻不知道如何是好。

「男人這玩意大意不得。只有你這個女人能靠得住。」

爲了防止隔壁値班的侍衛聽見，義昭湊到阿慶的耳根喃喃道。

「全靠你了。」

他反覆道。義昭這人還眞有意思，他似乎特別喜歡這句話。不僅是對阿慶，他對信長、滿臉絡腮鬍的武田信玄、偏好男色的上杉謙信，都曾寫過此類的書信。也許對於無法憑藉武力自立的義昭來說，這句話是他唯一處世的武器。

去年十月八日，他借信長之力當上將軍後，從御所回來後對信長感激涕零道：

「你的大恩大德沒齒難忘。你就是我的再生之父。」

他最大限度地試圖表達自己的感激，這就是他的性格。不僅是口頭，他在公文或是私信中都寫道：

「父親，織田彈正忠大人。」

最近，信長被朝廷冊封爲從五位下彈正忠。

（父親？）

信長皺起眉頭啞然失笑。義昭蓄著稀疏的小鬍鬚，比信長不過年幼三歲。被義昭認作「父親」，只會讓信長覺得莫名其妙。

然而，義昭認其作父後還不到半年。

「信長此人居心叵測。」

義昭在新館的房中對阿慶說。阿慶也著實嚇了一跳。

「他當我是擺設。」

義昭道。他說得不錯。信長雖推舉他當上將軍，卻遲遲不建立幕府。

「征夷大將軍是要召開幕府的。身爲天下之將軍卻不建立幕府，有何顏面？」

義昭一心想建立幕府。他可不單單是爲了一個將軍的名號，才顛沛流離忍到今天的。如果只是爲了將軍這一榮譽的稱號，那他以前在奈良一乘院當門跡就足夠體面了。事情就麻煩在義昭想要掌控幕府這一權力機構。

在信長看來：

（簡直就是癡心妄想。）

想要實權，必須有與之相當的武力，而想要擁有武力，就必須先平定盤踞天下的各路英雄豪傑。這一點，義昭卻和沒落貴族所特有的思維相同，似乎分不清夢想和現實的差距。

「信長只是想利用我的權威，別有居心。」

「可是，彈正忠（信長）大人爲將軍建了這麼華麗的宮殿啊！」

「你難道是信長的臥底嗎？」

義昭氣鼓鼓地盯著阿慶的臉。

「怎麼可能呢？」

「我就說嘛，像你這麼善良的女人怎麼可能會是臥底呢？」

「將軍的疑心還眞是不小呢！」

阿慶對著眼前肌膚相親的男人嗔怒著。當然，她並無惡意，只是故意逗義昭玩兒。

「你膽子不小啊。」

義昭爽快地笑了起來。這個不諳世事、和尚出身的新任將軍認定，這麼一句戲言恰恰體現了阿慶的才氣。

「遲早我要叫信長好看。」

「您的意思是？」

阿慶並不太懂天下的政治風雲。

「這個世上還有人比信長厲害。甲斐的武田信玄和越後的上杉謙信等等，和信長這種暴發戶不同，他們打心底崇拜將軍。」

「那又怎樣？」

「我會給他們寫信並派特使，他們就會上洛。有個一天半日，就能把信長趕跑了。」

（有這麼厲害嗎？）

阿慶半信半疑。床上的義昭氣宇不凡，似乎天下之事盡數在他的掌握之中。

「都是些狗罷了。」

義昭接著說：

「這些狗有厲害的也有軟弱的。選什麼樣的狗來牽，由我說了算。」

義昭反覆嘮叨著。他的口氣，聽上去既傲慢，又帶著無奈。

再看看信長……他總是閒不住。新的將軍館剛建成，他就表示：

「我回岐阜去了。」

雖然他向來如此，還是讓人覺得奇怪。似乎他害怕久居京城。

其實，信長確實很忙。與他的大本營尾張相隔著伊賀海的伊勢，成爲他進攻的新目標。

「怎麼，又要走了？」

這天，信長來辭行，義昭幾乎聲淚俱下。他剛搬到新館才七天。

「京城裡的花雖謝了，長出的新葉櫻卻是別有風情，這麼急著要走？」

「葉櫻？」

信長的目光幾乎要把義昭的臉射穿。自己來京城可不是爲了看什麼景色的。這半年來，信長雪中行軍，驅逐三好黨羽的侵略軍，爲義昭蓋了新御所，身兼多職，勞碌不堪。

「我要去討伐伊勢。」

信長簡短辭別後就走了。義昭一看，是不是惹他不高興了？

他慌忙追上前去，哪有將軍的半點風度。

義昭一直把信長送到門口。信長略施一禮後上了馬。

回頭一看，義昭雙眼中蓄滿淚水，似乎十分不捨與「父親」的離別。

義昭戀戀不捨，一直站在門外不肯回去，直到信長的隊伍在粟田口轉彎消失。

這種不同尋常的惜別，倒也出自義昭的眞心。信長一走，京都又變回空城。義昭時刻都在擔心，又會有人趁機捲土重來。

義昭的舉動，都落在京都警衛隊長光秀的眼裡。他憐憫地注視著義昭，這種憐憫，恐怕也唯有長期以來與他風雨共度的藤孝才能明白。

這裡發生了一件大事。

信長離開京都幾天前：

（自己會不會被任命爲信長不在期間的京都守護職呢？）

光秀就在心裡暗暗期待：

（能當上就好了。）

光秀迫切地期待著。

這件事順理成章。光秀的名字在京城無人不曉，上自公卿將軍，和他們身邊的那些京城貴人們，都紛紛稱讚道：

「明智大人太完美了。身爲武士，卻舉止文雅、造詣深厚，就像是古典的京城人。鄉下的織田家中有這個人簡直太難得了。」

他積極地投身與公卿、幕臣的外交中，協助信長的勢力在王城的土壤中生根發芽。光秀將自己定位爲織田家在京都社交界最耀眼的外交官。

（真可笑。）

生性敏感的信長當然注意到光秀的動靜，卻緘默不言。

（這樣也好。）

他又想。他原本接受光秀就是爲了讓他應付外界的禮儀，並欣賞他的能幹和軍事才能一手提拔了上來。然而不知道爲什麼，面對光秀的種種舉動，信長卻無法擊掌爲他叫好。

（我不喜歡這類人。）

信長心裡有種微妙的情緒。他喜歡的是那種性格粗獷、誠實自律的武者類型。

他打生下來就反對世俗的禮儀和教養，腰上總是掛滿裝著小石子的袋子到處溜達。他怎麼可能會喜歡光秀那種類型呢？

——眞是個討厭的傢伙。

雖然信長還未反感到這種地步，然而光秀斯文的長相、言辭和舉止，信長並不喜歡。

關於京都守護職這件事。

「光秀大人來當是再應該不過了。」

公卿和幕臣都私下談論著。

這些京都人也擔驚受怕，信長走後，也許又會發生什麼亂子。

光秀不僅軍事才能傑出，人品性格都很好相處。

「但願會是光秀大人啊。」

眾人都暗自祈禱著，其中不乏有人露骨地向光秀表示：

「您一定能當上的。」

「一切都要聽從彈正忠大人的安排。」

光秀迴避道。只是受到如此的期待，萬一未能實現，豈不是有失顏面？

（要怎麼辦呢？）

光秀左思右想，決定採取主動。

信長還未離開京城時的某一天，光秀上門拜謁將軍義昭：

「有一事相求。」

他提出京都守護職人選一事，打算藉義昭之口向信長申請。

如今可以稱之爲獵官活動，那個時代的武士卻沒有太多這種意識，他們往往習慣於比較直爽地提出：

「唯有我才適合這個職位，當然應該任命我了。」

義昭的反應也很自然：

「不會吧，信長一定會任命你的。」

光秀卻叮囑道：

「務必請您多美言幾句。」

義昭記下後，一天，信長來新館看他時。

「您走後的防衛，」

他向信長開了口：

「一定要派個最高官職的人才行。此人不能光懂武藝，最好是文武兼備。我看明智光秀最爲合適，您意下如何？」

「……」

信長沒答話。他不想讓外人插手自己家的人事。將軍原本只是個「擺設」，一旦賦予他這種權力，開了先例後就一發不可收拾了。

……………………………………………………………………………………

「嗯……」

——讓我考慮考慮。

信長將這句話硬生生地嚥回喉嚨，面帶些許不悅退出新館。

其實，昨天朝廷派出久我大納言送來敕令：

「留一名能堅守王城之人。」

信長一直在考慮著人選。

（光秀確實很合適。）

信長也這麼想。在看穿人的才能這一點上，信長具有非凡的眼力。

（把光秀留下的話，將軍和公家應該會高興吧。）

他心如明鏡。不過信長認爲，京都守護職不能只用來討好這些人，而是應該向他們顯示織田家的威武和權勢。

（這一點，光秀不合適。）

理由是光秀與京都的人士之間距離太近，太受歡迎了。人被過度喜愛，就無法樹立起「權威」。

而且，在京城中備受青睞這件事，對信長而言是個危險的信號。開創鎌倉幕府的賴朝，就是由於駐留在京都的弟弟義經過於受到朝廷信任、與朝廷交往過密而產生嫉妒、猜疑。

（弄不好，會和京都的勢力串通一氣起兵叛變。）

思考後，賴朝決定驅逐義經。此時此刻，信長所處的立場和賴朝是同樣的。

（京都必須派個厲害的武將。）

信長心中盤算著。

然而，柴田勝家、佐久間信盛和丹羽長秀等人都不是合適人選。他們雖是織田家的譜代重臣，戰場上驍勇善戰，但倘若讓他們管理京都的軍政，想必處處會招來京都人士的反感，使得人心背離。

（此人要剛柔兼具。）

這是個極其困難的選擇，卻有一人可以勝任。信長心裡自然有數。

離開京都的兩天前，信長將這一「人選」的姓名通過久我大納言上報天子，又親自前往將軍館求見義昭。

「代理的官員定下來了。」

信長道。義昭身子前傾著問道：

「是哪一位？」

「木下藤吉郎秀吉是也。」

義昭難掩驚愕之色，又道：

「這倒是意外。聽說您的侍大將木下藤吉郎出身微寒，原來不過是一介小卒。這種人作爲京都守護職眞是出乎意料啊！」

「您不願意嗎？」

「哪裡。」

義昭尷尬不語。自己和天子的安危竟然要託付給一個絲毫不知底細的人，他心裡頗爲不悅，表情僵硬。

「木下藤吉郎的能力，我信長比誰都清楚。」

信長不用敬語，毫不客氣地答道。言外之意是，休想介入我的人事權。

「就這麼定了。以後，藤吉郎在京城，就像我信長在京城一樣，您聽清楚了！」

說完，他頭也不回地離開了。

光秀也陪坐在一旁，親耳聽到信長的這番話。

（藤吉郎？）

做夢也不曾想到。

如果是織田家的譜代家老柴田、丹羽、林或是佐久間等其中一人，光秀還能接受這一人選的理由。

「畢竟門第很重要啊！」

然而，信長比起門第高低，更看重人的才能。這正是光秀感受到的信長的魅力之一，而且事實上，正因爲織田家有這種新的作風，初來乍到的光秀和替信長拎鞋出身的秀吉，才能被委以重任，與眾家老職平起平坐。

（怎麼會是藤吉郎呢？）

光秀怎麼也想不通。

光秀承認藤吉郎在軍事上的才能，也承認他機敏過人。但是，比起自己來還是略遜一籌。

（禮儀習慣一概不知。）

而且，光秀不怎麼喜歡藤吉郎的性格。

在路上或是宮中碰見時，藤吉郎總是滿臉堆笑，用他特有的大嗓門粗魯地打著招呼：

「十兵衛大人，天氣不錯啊！」

而光秀總是靜靜地點頭致意，算是回應。

（無知又粗魯。）

光秀認爲，沒有教養才是作爲男人最忌諱的。藤吉郎迎合主人信長的機靈勁兒無可挑剔，之所以能夠一味追從信長也正是因爲他本身沒有教養的緣故。這一點光秀自歎不如。

（此人卻能夠……）

光秀發現，即使是信長這般出眾的男子也需要人的追捧。

這天，光秀回到住處，叫來彌平次光春一同喝酒。

「有件揪心的事。」

他把大致情形說了。秀吉擔任京都守護職，光秀和村井貞勝從旁輔佐。

「我想把阿槙接過來。」

光秀轉換話題道。妻子阿槙還住在岐阜的城下。

「我有些累了。」

光秀疲憊地眨著眼睛。自從來到京城，他每天都爲了軍政市政日夜操勞，甚至不曾好好休息過。

而且，光秀不像別的武將能夠在當地找女人尋歡作樂。他在周遊列國時，曾經和近江朽木谷和村民的女兒同床共枕過，之後就只有阿槙一個女人了。

「想她們了。」

光秀舉杯到唇邊喃喃自語道。

他似乎聞到了阿槙肌膚的芳香。

「恐怕不行吧。」

彌平次應道。武將把家屬留在主人的城下是鐵打的規矩。這種做法，等於是發誓永不背叛，家屬也就是人質。

「您太古板了！」

彌平次年輕的臉上浮出笑容，聲音也提高八度。他想讓光秀心情好起來。

「京城裡女人多得是。」

「你是說，妓女？」

「對啊，妓女。軍中的部將和頭領所到之處都招妓上門，樂不思蜀呢！」

「妓女可不行。」

「有時候也是良藥呢，又解悶，還可放鬆。」

這麼說來，光秀最近顯現出的陰沉和敏感，也許正是因爲長期不曾接觸過女人的緣故呢。

因此，光秀的部下也不敢造次。主人不留戀於花街柳巷，小頭領也有所顧忌，這種氣氛一直延伸到軍中，難免讓人覺得沉悶。

周圍人都議論道：

「桔梗紋（光秀的家紋）的大營雖然擅長作戰，平時從前面經過時，裡面總是陰沉沉的。」
從聽不見裡面傳來的歡聲笑語。不知道是不是因爲這個緣故，偶爾足輕兵刃相見、大打出手時，也都發生在「桔梗紋」的營中。
「大人，要不要我找個女人過來？」
彌平次乘機提議道。在他看來，要想改變明智家的氣氛，只有讓光秀接觸女人。
「您看怎麼樣？」
「算了，下次再說吧。」
光秀有了醉意。他清楚地知道，喝得爛醉就不會那麼思念阿槇了。

兩天後，信長離開了京都。
信長走後，身爲代理的木下藤吉郎便走馬上任了。
藤吉郎把信長一行送到粟田口，打道回府後：
（去室町宮殿。）

他直奔二條。室町宮殿是將軍館的通稱。
藤吉郎以自己的新官職京都守護職的名義叫出將軍的管家上野中務少輔，要求道：
「我想求見將軍。」
這是藤吉郎第一次單獨以獨立的身分拜見將軍。他的用意之一，是想讓人分享自己當上京都守護職的喜悅。
「請稍候。」
幕臣上野中務少輔讓藤吉郎在外等候，自己進去向義昭稟告。
「不見。」
義昭還在爲光秀落選的事耿耿於懷，根本不想見這個名不見經傳的木下藤吉郎。
他還想藉此機會教訓教訓他。
「那個賤民出身的傢伙，根本不知道將軍是什麼吧？拜見將軍是要講規矩的，哪能說見就見呢？你把這話告訴他。」

義昭吩咐管家道。
管家上野中務少輔回到門外，將原話彙報後建議道：
「您趕緊定好日子，將軍會安排的。」
藤吉郎卻緊接著問道：
「剛才這些話是中務大人的意思，還是將軍說的話呢？」
他的嗓門很大。
「請告知，否則我藤吉郎就跪在這兒不起來了！」
藤吉郎很聰明，他早就預料到自己留在京都後將軍和公卿的態度，也看穿信長對他們的眞正用意。
（圓滑應對，樹立權威。）
正出於信長對自己的這種期待，他才特意選在上任的日子上門挑釁。
只見他兩眼似要噴出火來，大聲叱喝著總管。要說將軍家的總管，好歹也擁有相當於大名的「中務少輔」這一官職，藤吉郎卻尚未擁有一官半職。
「到底怎麼樣？」
藤吉郎追問不休，總管嚇得渾身發抖。
「當然、當然是將軍說的。」
他只好回答說。
「那就不對了。將軍所說的規矩是指什麼呢？我藤吉郎身爲信長的代理負責守衛京城。那麼，將軍家豈不是對信長也要立規矩呢？莫非信長前腳剛走，就忘記他的大恩大德嗎？」
藤吉郎立起膝蓋，一副要拔刀殺人的氣勢，上野中務少輔嚇得屁滾尿流地滾下台階，向義昭做了彙報。
「什麼？」
義昭也嚇得戰戰兢兢。
他馬上鄭重其事地邀請藤吉郎進屋，自己也不敢怠慢，馬上坐在大殿上。
「剛才之事，總管多有失禮之處。」
義昭剛開口，藤吉郎便搖頭道：

「不過是些誤會罷了。」

一副毫不在意的樣子。

隨後，義昭吩咐擺上酒席，藤吉郎不時地講一些戰場上的趣聞或是市井的花邊新聞，惹得義昭龍心大悅，兩人足足暢談了兩個多小時。

陪著義昭出席這場首次拜謁的侍衛，也一直對這件事津津樂道。

藤吉郎走後，義昭連聲長歎，面帶畏懼之色喃喃道：

「信長的手下也不簡單哪！」

不用說，他一定在將光秀和藤吉郎做著對比。

時運

「京都守護職」

木下藤吉郎秀吉受到信長提拔，一舉躍上這個要職，卻未能持續太久。

藤吉郎畢竟是個軍人，至少信長是這麼看的。

（猴子不在，真是不方便。）

身在岐阜大本營的信長開始覺得。

（把猴子留在京城和公卿和將軍打交道，太不划算了。）

也就是說不值得。藤吉郎只有在戰場上才足以發揮他破敵奪城的神勇。

（京都還是交給光秀吧。）

這才是最適合的人選。

信長改變了主意，他馬上派人召回藤吉郎。

「光秀留下。」

當然不僅僅是明智光秀一人，村井貞勝和朝山日乘等文官也都留下來。藤吉郎回去後，立刻加入信長於永祿十二年夏季開始的征討伊勢的陣營中。

光秀留在京城。

「信長這人靠不住。」

義昭向他最信任的光秀吐露出這句話時，室町館庭院裡的楓葉剛剛染上血色。

光秀愣住了。他一直在暗地裡擔心，害怕義昭遲早會說出這句話。

「你靠近點，我小聲告訴你。」

他從靠椅上支起身，壓低嗓音。院子裡正在曬太陽的麻雀嘰嘰喳喳，吵得讓人聽不見。

「該死的麻雀，吵死人了！」

義昭瞅了一眼院裡，勃然大怒。此刻他的表情倒有點兒像麻雀。

「連談個話都聽不見。」

他有些歇斯底里。

「原來是這些麻雀。」

光秀巡視著院子，目光停在一棵老黃楊樹上。五、六隻麻雀，正忙著在茂密的枝葉中飛進飛出。

「那棵黃楊樹，」

光秀笑著說：

「結著黑果子。麻雀一定是盯上它們了。」

「快趕走！」

「我嗎？」

「雖說讓明智十兵衛光秀這等人物去趕麻雀不是人主之道，我可是指望著你呢。事無巨細——不管是麻雀還是老鷹，我都希望由你親手趕跑牠們。」

（老鷹？）

義昭話中指的是信長，光秀也能聽得出來。他慌忙答道：

「老鷹我可趕不走，麻雀還可以。」

他故意裝作著急的樣子跑到院裡，驅趕著麻雀。

「哈哈哈……」

看到老實的光秀忙亂的模樣，義昭樂了。直到光秀回到座位上，義昭仍在笑個不停。

「你還真小心啊。」

義昭嘲笑道。到底是害怕「老鷹」呢，還是無法謀反呢？

「沒錯，侍奉主子一定要時常小心，這樣才能日夜護全主子的安危。」

「這麼說來，我也是你的主子啊！」

「當然。對待將軍，我也是盡心盡力，不敢有半點閃失。」

「是嗎？」

義昭又支起身子道：

「我想建立幕府。」

（呃。）

光秀一愣。信長讓義昭當上將軍，還爲他建了御所，卻沒有要建立幕府的意思。

（信長的確是沒有這個打算。）

如果爲義昭成立幕府，天下就成爲義昭的了。那麼，信長如此大動干戈才平定京都，將無任何意義可言。

（信長一定想親手成立織田幕府。讓義昭當將軍，不過是信長爲了樹立政權收買人心的障眼法而已。義昭應該滿足現狀才是，就像小孩得到了玩具，應該心滿意足才對。）

義昭已經當上將軍。

連將軍館都讓信長給建好了。義昭自己半分氣力也沒出，就有了今天的地位。

（應該滿足了。如果還要提出建立幕府獨攬大權的話，信長一定會翻臉不認人的。）

「得寸進尺。」

光秀本想提醒他，卻忍住了。

「您再忍耐一段時間吧。」

他說。

看著光秀模稜兩可的態度，義昭的表情漸漸陰沉起來。

「我說光秀，當初你把我從奈良一乘院救出來時，不是親口說過——光秀一介草莽之士，仍要重建幕府平定天下嗎？難道那是騙我的？」

「不，」

光秀額頭沁出冷汗：

「當然不是。但是凡事都要順其自然，等待時機才行。」

（當年從奈良一乘院把這個足利將軍的血親偷偷救出來的時候，我不過是一介牢人之身。既沒有責任，也不懂現實。然而，如今我是織田家的家臣。再也不能不切實際、像孩子般做夢了。一旦義昭建立幕府，那麼一直扮演著足利家最忠心臣子的信長一定會扯下面具，化身爲魔鬼。）

對此，光秀再清楚不過了。

「您不要勉強。」

「勉強什麼？」

義昭氣得吹鬍子瞪眼：

「難道你不知道我這個征夷大將軍的官職是誰封的嗎？」

「臣惶恐，自然是當今天子。」

「你知道就好。既然這樣，又有什麼好猶豫的。不用再顧慮其他的，我已經當上將軍，接下來就該建立幕府了。」

「……」

光秀的立場很是爲難，他既是將軍家的臣下，又是織田家的家臣。

「光秀，怎麼不說話了？」

「這種時候，我只能選擇閉嘴。」

「我懂了。」

義昭忽然歡快地喊了一聲。按照他的理解，自己建立幕府的計畫，已經得到織田家的京都代理光秀的「默認」了。

義昭的舉動逐漸頻繁。

他未經過信長的許可，不斷開始向各國的強豪寄去「將軍手諭」。

內容不外乎是「別再打仗」了。

且不論戰亂平息已久，今後也要避免與他國交戰。尤其是對支持義昭的越後上杉氏和豐後的大友氏、安藝的毛利氏等人，他更是語氣親暱。

「如有不和我願意從中調停。」

義昭寫道。他也知道光靠調停是於事無補的，然而，這種表明自己從天而降的態度，卻能讓人們知道：

「世上還有將軍。」

從而給人們留下印象，事實上室町幕府是存在的。

義昭沉迷於他的「陰謀」中。他還與大坂的本願寺和越前的朝倉氏暗渡陳倉。這些人都是舊秩序的守衛者。他還搭上了舊勢力的大本營比叡山。

他們一致認定：

「信長此人不善。」

「信長之所以立將軍，正是出自謀權篡位的狼子野心。」

當他們看到信長以擁立義昭為名，搶先佔領京都後，又是嫉妒、又是害怕，生怕明天會輪到自己，便一致決定：

「只有離間義昭將軍和信長的關係才有出路。」

於是也向義昭派出回禮的使者，讓雙方的關係更加密切。

終於——

義昭壯著膽子，開始向各國的豪族徵收召開幕府的經費。越前的朝倉氏率先送來銀兩。

這一切都沒把信長放在眼裡。

（這可了不得了。）

光秀深知信長的脾氣。

這天，光秀來到幕臣細川藤孝的府邸，和他商量這件事。

「我也頭疼得很哪。」

藤孝說：

「我多次進諫，他都不聽。給個梯子他就爬上去，就像是爆炒的豆子到處蹦，淨耍一些小花招。」
「話雖不錯，這樣下去的話，遲早會被岐阜大人（信長）的大鐵錘給砸死。您爲何不好好勸勸他？」
「沒用。」
藤孝搖搖頭。
「今非昔比，將軍已經和我漸漸疏遠了。」

這段時間，信長一直與伊勢處於交戰狀態。他時不時瞅準空隙上洛，短暫停留幾日後又匆匆離開，來去就像一陣風。
這一年的十二月十一日，信長平定伊勢後上洛報告，拜見義昭時開門見山地進諫道：
「請您自重。」
義昭也發火了：
「什麼意思？我是征夷大將軍，我只是在履行職責而已。」
他辯解道。
信長沉默不語。他本來就不是能說善道的人，對他來說，沉默遠遠勝過雄辯。
他一言不發地退下。
（這個將軍什麼玩意？）
他不由得怒火中燒。他開始發現，擁立義昭是自己的敗筆。
他上了馬，迎著寒風馳向自己臨時下榻的妙覺寺。一路上他都在思考，要怎麼辦，越想越生氣。
（這一步走錯了。）
他反省自己當初爲何擁立將軍，而不是天子。
（天子的地位更高。）
父親織田信秀生前狂熱地追崇天子，信長從小就知道這個道理。信秀這種生活在鄉下的地方豪族之所以能有如此覺悟，是因爲他喜愛連歌，這些知識都是從京都來的連歌師那兒得知的。
信長小時候，父親問他：

「吉法師，你可知道日本國誰最大？」

信長立即回答：

「將軍。」

父親卻出人意外地搖搖頭：

「是京都的天子。」

這也是父親信秀引以爲傲的見識之一，他還經常問家臣同樣的問題，然後得意洋洋地告訴他們「是天子」。各國的大名中，懂得這些的人寥寥無幾。

「拿什麼證明呢？」

信長問他的父親。他向來都只相信證據。

「就拿官位來說吧。伊勢守或是彈正忠什麼的，我們這些鄉下人都要向將軍進貢錢物才能買官。但是，譬如武藏守之類的官位，將軍卻是無權任命的，必須由將軍上奏天子才行。也就是說，將軍不過是天子的傳話筒而已。」

「天子打仗厲害不厲害？」

信長又問。

「天子才不用兵呢，他平時只需要供奉神靈即可。」

（原來是神職人員的頭領。）

信長的理解不過如此。

然而，他注意到每次來京城，周圍的人都具備一種常識，那就是：

「天子比將軍更尊貴。」

於是，信長也不得不改變想法。

手下的藤吉郎最先注意到他的心理變化，他進諫道：

「比起將軍，天子要尊貴得多。在京城裡，就連賣花的、挑土的都知道。」

藤吉郎的意思是，不如索性改做擁護天子。越是地位高，越是有利用價值。

而且，無論怎麼擁護，天子是絕對不會提出「我要開幕府」的。

這一點，天子的存在就像神仙，根本不稀罕人間的統治權。沒有比這一點更讓人欣慰的了。
不過，信長擔心的是，天子眞的能成爲統一日本的核心所在嗎？
將軍作爲「武家的領袖」而受到大名的敬畏。天子究竟如何呢？只憑一句「日本萬民的宗家」的口號，能不能震懾得了人民呢？天子才是最尊貴的這一意識，如果全天下的大名不接受，天子的利用價値終究有限。
再說，天子住在破敗的築地宅邸裡，連日常生活都成問題，自然受到世人的冷眼。
（比起將軍館，應該建一座更雄偉的皇宮。這麼一來，世人一眼就能看出天子地位的尊貴了。）
信長的思想總是能落到實處。
而且，他履行思想的行動能力，更是讓人瞠目結舌。四月，將軍館剛剛落成，他馬上下令撥出一萬貫鉅資修建皇宮，預計第二年年底前就能完工。
信長從將軍館出來後直奔妙覺寺，途中卻突然改變心意。
「前往皇宮。」
隊伍馬上調轉方向。他想去看看皇宮工程的進展情況。
巡視了皇宮的施工現場之後，他向一旁的光秀問道：
「你知道天子爲何更尊貴嗎？」
光秀冷不防嚇了一跳，他正要解釋王者和霸者之間的區別，信長卻接著說：
「不錯，天子更尊貴。你看，我隨時都能見到將軍，卻從來沒見過天子。」
信長的官位尚太低，還沒有踏入皇宮的資格。
「懂了嗎？」
信長斜眼瞅著光秀。他的眼光帶著警戒，光秀畢竟也是將軍的臣下。
這一年的正月，信長是在京城度過的。
正月二十三日這天，信長叫來京都的司政官，光秀也在其中。

「你們告訴將軍。」

他明確下令要限制義昭的活動。大家根本無暇辯解，只好默默聽從信長的指示，最後歸納爲書面條文。

條文共分五項。大意是：

「之前下達各國的手諭一律作廢。」

「向各國下達手諭前必須與信長商量，並附上信長的文書。」

等等內容。

光秀等人只好按照信長的指示，來到義昭的御所一一彙報。

「將軍倘若不聽，恐怕後果不測啊！」

日蓮宗的僧侶、織田家的文官朝山日乘開口道。

光秀俯首跪地，默不作聲。

「我聽便是。」

義昭臉色蒼白，還勉強擠出微笑討好日乘道：

「務必讓父親大人彈正忠（信長）消消氣啊。」

他一面說著，一面取出黑印章蓋在文書的右上方。

（重建幕府的願望成了泡沫。）

伏在地上的光秀感慨萬千。想當年，自己爲了重建幕府的理想四處奔波，諷刺的是，現在卻又從義昭手中接過發誓「不開幕府」的保證書。

（伴君如伴虎，這句話再恰當不過了。）

他不禁爲自己的時運不濟感到悲哀。

一枝梅

（既然如此，我要宰了信長。）

這件事過了不久，將軍義昭便下定決心。

順便一提，這一年是永祿十三年（一五七〇），改元爲「元龜元年」。從元龜過渡到天正的這一歷史性階段，各國諸豪爲統一天下而相互爭鬥，元龜元年正好揭開了戰亂的序幕。

「除掉信長。」

下定決心的將軍義昭，點燃了各國諸豪戰亂的導火線。

義昭向各國派出密使，短短時間就成立了「反織田同盟」這一巨大的全國性組織。

盟友如下：

越後・上杉謙信

越前・朝倉義景

甲斐・武田信玄

安藝・毛利元就

攝津・本願寺

近江・叡山

不言而喻，這個同盟是背著信長悄悄成立的。

盟友之一的越前朝倉義景與京都鄰接，將軍義昭對他期待甚高，不時地派出密使。

（越前這次一定要打頭陣。）

義昭滿懷期待。事實上，身在越前首府一乘谷的朝倉氏，早就被信長的做法激怒，不滿道：

「遲早要討回公道。」

並伺機行動。也難怪他的反應這麼激烈，當年，義昭來投奔自己，卻被信長耍花招帶去京城，當上將軍。

「上當了！」

他憤憤不平。

之後，信長禁止義昭將軍建立幕府，把他當作自己的玩偶肆意操縱，他的野心已經暴露無遺。

……………

敏感地捕捉到這些風吹草動的，不是別人，正是信長。

不過，信長太忙了。他不可能從早到晚監視著義昭的一舉一動。

這一年的正月，信長一如往常，在京都停留短短幾天後就趕回自己的根據地岐阜。臨走前，他把光秀等京都的官員叫來：

「將軍好像要脫韁了。」

信長說。脫韁的意思是，馬掙脫了韁繩後恣意到處轉悠。

「你們得把繩子拉緊了！」

他嚴厲地下令道。

光秀聽在耳裡，心裡極其不是滋味。義昭是自己帶到織田家來的，此刻信長的話聽起來像在挖苦自己。正因爲這一點，他爲信長工作起來格外賣命。

然而，太爲信長盡力的話，又對不住義昭。

事實上，信長回岐阜期間，義昭曾經責備光秀道：

「光秀，你到底站在誰那一邊？」

光秀答道：
「光秀只能祈禱雙方都能滿意。」
「雙方？」
義昭被噎住了。雙方這個詞，豈不是把身爲將軍的自己和小小一個彈正忠信長相提並論了？
謹慎的光秀立刻意識到自己的失言，連連道歉。
幾天後，義昭的心情好轉，喚來光秀：
「光秀，有樣東西要賞給你。」
他遞過來一張蓋著紅印的紙張。定睛一看，上面寫著要把山城（京都市與郊區）的下久世莊賜給光秀。
「如果事先不告訴信長，單單是我的冊封，他一定會不高興吧。你放心吧，我會跟信長好好說的。」
義昭很是爲光秀的立場考慮。
「感謝將軍如此費心。」
「你別忘了我這個恩人就好。你原本就侍奉著足利和織田兩家，那就應該處處優先考慮我，然後才是織田家。要把握好分寸，知道了嗎？」

義昭也無法忽略光秀的存在。說不定有一天，他要團結光秀對信長倒戈，出於此種考慮，他才決定給光秀封地。
光秀退下後，回到自己家裡翻開山城國的土地帳本一查，才發現下久世莊根本就不是將軍家的土地。
（什麼呀。）
他想。別人的地盤。
下久世莊的領主是京都最大的眞言密教東寺（教王護國寺）。
爲了謹慎起見，他又派人到當地和東寺核實，發現確實無誤。
（義昭殿下淨幹這種事情。……）
他並沒有生氣。也許義昭並不是存心騙他，而是他的性格本來就粗心大意。
（想讓我感恩戴德對他盡忠。）
對方的言辭雖然沒有如此露骨，光秀還是因爲義昭輕率的舉止，逐漸失去對他的耐心。

這一年二月初，岐阜的信長又沿著琵琶湖東側的湖畔奔往京城。

他從大津的住處出發時，突然吩咐身邊的福富平左衛門道：

「到了京城，就住在明智家裡吧！」

福富嚇了一跳。主公住在家臣家中，實在是史無前例。

「十兵衛的家裡嗎？」

「別讓我重複第二遍。」

信長一向不喜歡家臣反覆確認。換句話說，他不耐煩面對那種需要反覆確認才能理解命令的遲鈍部下。

這項命令立刻得到落實，先遣隊的數騎人馬率先向京城出發了。

（又突發奇想了。）

軍中的木下藤吉郎不免感到迷惑。他從沿道的農家院裡折下一枝梅花，叼在嘴裡策馬而行。

（主子有不少讓人費解之事。）

首先，信長在京城沒有自己的府邸。雖然他爲將軍和天子分別建了御所，卻始終不爲自己蓋府邸。

（正所謂志向遠大。）

藤吉郎如此理解道。理由之一就是，一旦建了京都府邸，各國的諸豪便會認定：

——信長這個傢伙，果然露出眞面目，想要永居京城獨攬大權。

他們一定會由此而滋事。從外交而言，也應該避免給他們造成不必要的敵意。

還有一個理由是，如果要建京都府邸，當然規模不能超過將軍館，這樣一來，京城裡的孩童就會以爲：

——還是將軍更尊貴啊！

讓將軍的權威凌駕於自己之上，從操縱社會心理的角度來講也沒有好處。

另外，經濟問題也是理由之一。如果有錢在京都蓋這些沒用的房子，倒不如用來充當軍費。

（天下遲早會是我的，那時候京城裡隨處可以建館。在此之前何須無謂的浪費呢？）

話雖這麼說，每次來京城時都要臨時找地方住，沒有強大的意志是絕對做不到的。

（不愧是主上啊。）

藤吉郎心想。

信長慣常的住處是京都日蓮宗本山的妙覺寺。後來，他又增建本能寺作爲自己的固定旅館。直到信長臨終，在京城都沒有自己的府邸。

他之所以選擇妙覺寺本山作爲自己的固定旅館，一是因爲此地位於京都的中心，交通便利，二是因爲自己的老丈人齋藤道三曾在此度過自己的青少年時代，與自己頗有淵源。

當初，信長在妙覺寺的庭園中乘著暮色散步時，曾對左右道：

「這座寺裡曾有名叫做法蓮房的學徒，聰明絕頂。後來他離開此地成了油商，又前往美濃將之占爲己有，他就是我的丈人齋藤山城入道道三。」

要知道，信長從來不喜歡講這類懷舊的事情，可見有多麼的稀罕。

然而，這次他不選在妙覺寺。

而是光秀的家中。

（那個禿頭傢伙還眞走運。）

藤吉郎不禁嫉妒起光秀的運氣來。

最近，光秀得到信長的許可，把三好長慶住過的豪華別墅修復一新，對外當作辦公地點兼自己的住所。畢竟是上一任京都統治者住過的地方，圍牆、護城溝都建得堂皇富麗，裡面的茶亭和庭園更是巧奪天工、精緻無比。

（主子喜歡品茶，看上這點了吧。）

藤吉郎猜想道。

「我家？大人要住嗎？——」

接到使者的急報，光秀大吃一驚。

「大人現在到哪兒了？」

「已經過了大津，應該很快就到了。」

（不得了了。）

光秀打發了使者，立刻指揮家臣做好迎接信長的準備。

（要不要準備飲茶呢？）

光秀念頭一閃，又覺得這麼做會越界，便打消了念頭。信長向來不允許家臣擺弄茶道。

（就按照武士的簡樸風格好了。）

他心下決定，做了統一部署。他把自己所有的手下都安排在屋外，自己也親自在大門口等候。

（不管怎麼說。）

光秀等待著信長，心潮起伏。

（信長要來我這裡住，心裡還是很看重我的。）

……信長一定很賞識自己。否則，是不會選擇住在危險分子或是討厭的人家裡的。

（一定是這樣的。）

很快，信長的隊伍到了，信長在門前下馬。

光秀率領彌平次等重臣跪地迎接。

「十兵衛，快點帶路！」

信長大聲吩咐道。

光秀站起身，帶頭進門。信長看起來心情不錯。

直到深夜，信長仍然興致不減。他喚來光秀，讓他彙報京都的局勢以及義昭的近況等。

「那人還在耍伎倆嗎？」

他問光秀。他指的是義昭之前的陰謀。

「最近收斂多了。」

光秀答道。他又舉出幾個具體例子，證明義昭最近老實多了。

「你太大意了。」

信長並沒有生氣。

「你也是將軍家的人，倒也可以理解。不過你的看法未免太樂觀了。」

「臣惶恐。」

「我有證據。」

信長說。義昭向越前的朝倉家派出的密使，被信長的部將在南近江和北近江分別抓獲一人並斬首，密信也自然落入信長的手中。

「而且都是最近的事。」

（向朝倉派出密使？）

其實光秀並不意外。最近義昭不斷拉攏朝倉，光秀也早有察覺。只不過，他覺得程度尚輕，如果現在就向信長彙報，總是對不住義昭。

「將軍的習性難改啊！」

信長道。他並沒有責怪光秀作爲在京官員的失職。光秀這才放下心來。要換作往常，信長一定會以「怠慢」怪罪下來，還不知道要發多大的脾氣呢。這次卻出人意料地和善。

進京後第二天，信長前往將軍館向義昭請安。

（不懷好意……）

義昭發現，信長的心情好得反常，平時從來不苟言笑的他始終滿臉笑容，扯著茶道等無關痛癢的話題談笑風生。

在京都停留兩天後，信長便回去了。

（到底目的爲何？）

京都的消息靈通人士紛紛揣測。義昭和光秀也都不明所以。

信長走後，義昭又傳喚光秀。這天，光秀被領進茶室裡。

（有什麼悄悄話要說嗎？）

光秀反而覺得害怕。和陰謀家獨處一室會談，在這個節骨眼上尤其怕別人說閒話。

「殿下，至少也應該請沏茶的下人作陪吧！」

「那是爲何？我們的關係還需要外人介入嗎？」

肥頭大耳的義昭說。這位將軍一笑起來，表情就好像五、六歲的孩子。

義昭親自盡主賓之禮，爲光秀倒茶。光秀雙手接過，一飲而盡。

義昭卻沒有問：

「味道如何？」

而是壓低聲音說：

「信長要完蛋了！」

光秀嚇了一跳。義昭卻渾然不覺光秀的反應，接著說：

「攝津石山（大阪）的本願寺將起兵，中國的毛利會跟在其後。同時，北部的越前兵會打過來。」

「將軍殿下！」

光秀幾乎發不出話來：

「您這樣做太冒險了！」

「冒險？我要讓信長這個傢伙看看，將軍有多厲害。」

「殿下！」

光秀跪倒在地剛要接話，義昭卻搶著說：

「你的任務是殺死信長。」

他沉醉在自己言辭的快意中。

「您將此事告訴藤孝（細川）大人了嗎？」

「當然沒有。藤孝雖是幕臣的名家之後，最近卻疏遠我，不斷和信長親近。告訴他豈不是太危險了。」

（……）

光秀默默地看著義昭。義昭的奇妙之處在於，他竟然對明智十兵衛光秀這個牢人出身的自己絲毫沒有疑心。

（畢竟是自己冒著生命危險，把他從奈良一乘院救出來，又歷經槍林彈雨才走到今天。）

自然而然，義昭對救過自己性命的光秀的信任，已經不能用常理來解釋。

（考慮到義昭的心情。）

……光秀不禁心生憐憫，對義昭就像帶有父愛一般。

「各國的英雄豪傑都會齊心協力討伐信長。幸虧你是他的心腹，找機會殺了他！」

（難道這就是我對信長的回報？）

光秀垂下頭，覺得身子陣陣發冷。他的背上、腋下和胸前都沁出冷汗。

「光秀，臉色怎麼發白？」

「呃，可能是對茶水不適應吧！」

光秀答道。他從懷中取出手紙緩緩地擦拭著唇角。眼前地板的暗處插著一枝白梅，正含苞怒放。共有五朵花瓣。

（義昭，還是信長。……）

要想不得罪任何人繼續生存下去，光秀是再也做不到了。

遊樂

這天夜裡，明智彌平次光春被叫到光秀的房中。
「大人，發生什麼事了？」
光秀的模樣讓彌平次嚇一跳。只見的眼圈發黑，肩膀低垂，看上去像得了什麼大病。
「身體有恙嗎？」
「還好。彌平次，有個差事勞煩你，今夜就出發去一趟岐阜城吧！」
「那還不容易。」
「你把這封信帶上，途中千萬別讓人搶走了。」
「實在不行我就把它燒了。裡面是什麼內容呢？」

「義昭殿下想要謀反。」
「啊！」
「不用緊張。岐阜大人早就察覺到義昭殿下有此一舉，你這次要帶的密信便證實了此事。」
……光秀的意思是，將會成為決定性的事實。
「義昭殿下不喜歡岐阜大人，所以他與上杉、武田、北條、毛利、本願寺、朝倉、比叡山等聯手，將他們的勢力聚集到京城，一舉驅趕織田的部隊。義昭殿下最大的後台是越前的朝倉。」
「大人……」

彌平次靠近一步。這個敏感的年輕人頓時明白了光秀的立場和心境。

「大人，您一定很痛苦吧？」

「我嗎？苦啊！」

光秀笑起來。

彌平次卻覺得他像是在哭。

要說起來，將軍義昭的存在就像是光秀的一件作品。他付出多年的心血，才把他推上將軍的寶座，有了今天室町將軍的榮華富貴。如今，他卻要親手摧毀這座自己建起來的樓閣。

「這是密信。你把這封信交到岐阜大人手上時，我多年的夢想也就破滅了。」

「那就別送了。」

彌平次答道。

「不錯，可以不送。如果不去報信，加入義昭陰謀的話，我將成爲室町幕府建起後最有權勢的大名。義昭殿下也承諾了這一點，毫無疑問。」

「大人反正也不是織田家的譜代老臣。而且，常言道，一身不侍二主。您想好是擁立足利還是織田，爲其中一人盡忠就行了，不必多慮。」

「彌平次，」

光秀開口道：

「你要我甩掉織田，擁立足利家是嗎？」

「這難道不是大人從青年時就立下的志向嗎？您孤劍奔走天下，不正是爲了光復室町幕府嗎？」

彌平次的本意並不是說捨棄織田、跟隨足利對光秀更爲有利。他只是覺得，人倘若能實現自己年輕時的心願，該是多麼幸福啊。

「就算失敗，也不枉在這世上走了一遭。」

「的確沒錯。」

光秀道：

「就因爲如此，我在寫信前才無比煩惱。」

「這樣您就得捨棄幕府之夢了。」

「義昭殿下成不了大器。」

光秀說：

「而且，岐阜大人比我想的還要厲害。如果他只是像越前的朝倉義景那種程度的蠢貨，那麼義昭殿下也會順其自然當上將軍，室町幕府也有可能重新實現。岐阜大人卻不一樣。」

光秀的臉色益發陰暗。

「岐阜大人到京城後，發現世上還有比將軍更尊貴的人物，那就是天子。」

信長的亡父信秀比誰都崇拜天子，信長很小就知道。不過眞的到了京城，信長發現將軍的地位要比天子差一大截。

「岐阜大人遲早會甩掉義昭殿下，直接擁戴天子的。那樣更足以讓日本萬民臣服於腳下。」

……光秀也不得不承認，將軍的權威時代已經一去不復返了。

「到了今天這個地步，我也只能選擇岐阜大人。」

光秀滿臉痛苦之色。像光秀這樣崇尚古典的人，本期望各國的武士能在將軍與幕府的統治下形成井然有序的政體，不過這終究是期望而已，目前的局勢根本與期待無關。

（跟著那個只會耍小聰明的義昭將軍，我也會一起完蛋。）

他不得不計算起利害關係來。

「明智光秀還不想就這麼消失。」

「看來大人也有爲難的時候啊！」

彌平次笑了起來。世上平常的武將都根據利害得失採取行動，只有光秀總是採取形而上的方法。沒想到他反覆理論化的結果，仍然雷同於世上一般武將口中的利害論。

「您要是一開始就這麼說，敝人二話不說就去岐阜了。」

「都怪我不乾脆。」

光秀苦笑道。

「您太有學問了！」

「哪裡。我的缺點，就是不能像藤吉郎那樣，幹什麼都不猶豫。」

「藤吉郎充其量不過是個小卒出身，哪能和大人您相比呢。」

（是嗎？）

光秀無奈地搖搖頭。

（越是出身卑微沒有教養的人，越是能在亂世中生存。我的主意還沒想好，他早就開始行動了。他對信長那種唯唯諾諾，我可做不到。）

「那我就出發了。」

彌平次起身離去。

一刻鐘後，彌平次挑了十名勇猛的騎兵，朝著岐阜進發。

岐阜城裡，信長正在看那封密函。

看罷，他喃喃自語道：

「來了！」

便猛地抬起頭。他早就預料到會有今天。

不僅僅是預料，他早就做好行動部署，就等著確切消息傳來。

「平、平！」

他喊道。信長手下一向能幹的傳令將校福富平左衛門急忙跪下。

「去遠州濱松。」

「請問有何事？」

「去見德川大人。」

「只是見面？」

「嗯，事情我之前就告訴德川大人了。快去。」

信長催促道。

信長的盟友「三河大人」原名松平家康，去年改名爲德川家康。他爲了改名特意請信長做中間人，通過將軍得到天子的批准，可以說費盡心思。要知道，改變自己的姓氏並不至於要得到天子的許可。

最近，家康開始自詡：
——自己乃源氏的後代。
當然，他並沒有什麼有力的證據，只是那麼說而已。爲了讓此姓氏得到公認，他才採取「經天子批准改姓」的手續。自己不過是三河松平鄉豪族出身的暴發戶，無論拜見足利將軍或是天子都不具備資格。上一任足利將軍的大名尾張斯波氏、美濃土岐氏、三河吉良氏、駿河今川氏等人，歷代族譜都出自源氏，將軍和身邊的心腹大臣也不會起疑道：
「松平到底是從哪兒冒出來的？」
總之，福富平左衛門匆匆趕往家康的新城遠州濱松城。
「彈正忠（信長）大人那麼說了嗎？那你回去稟告，就說我會盡快做好準備。」
家康告訴福富平左衛門。身爲使者的福富到最後也沒弄清他們話裡的內容。
不光是福富一人。

信長的重臣無一人能懂。
「上京！」
信長只是一聲令下。
——又去京城拜謁將軍嗎？
重臣如此以爲。他們已經習以爲常了。
從岐阜出發前，信長發話道：
「到了京城要辦將軍館的落成大典，要盡量搞得熱鬧一些。」
於是執行官員提前出發好早做準備。
「要盡量熱鬧」這一命令，也傳達到織田家的盟友那裡。
也就是說：
「大家都聚到京城來。」
盟友分別是德川家康、飛驒的姉小路中納言、伊勢的北畠中將、河內的三好義繼以及大和的松永久秀等。
日子定在四月十四日。

那時候京城的氣候也轉暖，舉辦慶祝落成的大典再合適不過了。

只是，信長下令部隊出發卻是在二月二十五日，離大典尚有一個多月的時間。

（應該有什麼事情。）

信長的重臣隱隱約約感到不安，卻難以揣測信長的心思。

另外，一向雷厲風行的信長此次卻下令道：

「春天到了，大家慢慢行軍吧！」

部隊便悠悠晃晃地向前行進。這個男子的想法總是變化莫測，讓人無法捉摸。

織田部隊緩緩行過琵琶湖東岸，行軍的第二天在常樂寺紮營住宿。

如今這裡叫做安土。

安土鄉位於琵琶湖的一個大湖灣邊，水鄉的景色聞名遐邇。

「這一帶的春色眞美啊！」

信長每當途經此地進京時都不忘欣賞美景。

常樂寺便是坐落在此的一座巨大寺院，僧侶用的房屋眾多，正好用作軍隊駐紮。

信長進屋坐了下來：

「反正不著急。就在這住下等德川大人來吧。」

他似乎很中意常樂寺（安土）一帶的風水，後來又在此建造安土城。

（到底是何用意？）

信長長時間在此逗留，讓群臣丈二金剛摸不著頭腦。直到三月也不見他動身，當然也不急著進京。

（爲何要待在這種鄉下？）

就連足輕們也沉不住氣了。

很快他們就發現，信長是眞心實意地想在此遊山玩水。

「舉辦相撲比賽吧，去把附近的力士叫來。」

信長發話道。

（這麼多年來一直在戰場上拚殺，的確是應該休息了。偶爾玩樂也不爲過。）

家臣們也有所鬆懈。

臨時舉行的相撲大賽中，一名叫做木瀨藏春庵的力士被選爲頭領。木瀨精通相撲之術，他積極地向近江的各村派出使者，在街頭豎起佈告牌，到處募集選手。

預賽中選出的精英，隨後在長樂寺裡進行決賽。信長坐在高欄的後面觀看比賽。他從小就酷愛相撲，竟然也跟著人群爲選手的每一場勝負一喜一憂。

力士的名字很有意思。

叫做百濟寺鹿和百濟寺小鹿的兩兄弟實力很強。還有叫做大刀、正權、長光、宮居眼左衛門什麼的，尤其是那個眼左衛門，眼睛果然大得讓信長暗暗吃驚。

其他的河原寺大進、橋小僧、深尾又次郎、鯰江又一郎和青地與右衛門等人中，鯰江和青地尤爲突出，信長把他們叫到高欄下稱讚道：

「你們二人就當我手下的力士吧，今天就過來，負責相撲活動。」

消息傳到兩人住的村裡，村民都覺得無比光榮，一路敲鑼打鼓到常樂寺來道謝。於是，近江的街道沸沸揚揚，都說：

「岐阜大人玩得好不開心啊！」

消息一直傳到鄰國。適逢戰亂的高峰期，信長的舉動想必給路過的行人留下無比深刻的印象。

直到三月四日，信長才從近江常樂寺動身。五日，部隊來到京城。

這回的旅館沒有選在往常的妙覺寺。而是個人的家中。此人是京都的郎中，名叫半井驢庵。

「我要住在驢庵家，趕緊準備吧。」

留守京都的光秀接到這項命令是在前一天。他覺得倉促得很，只好立刻前往半井驢庵家中準備。

（爲何要住在一名郎中家裡呢？）

光秀百思不得其解。

雖說是個郎中，半井家由於身爲天子的御醫，官位頗高，再加上也爲將軍和富豪把脈，收入豐厚。他的房子相當大，但畢竟比不過大寺院。

（這個人怎麼哪兒都想住呢？）

光秀心下無奈。

很快的，信長就到了。

「驢庵，給我看看你的茶具。」

信長這麼一說，光秀才明白這是怎麼一回事。驢庵是畿內地區屈指可數的茶道專家，收藏的茶具多爲稀世珍品。

信長酷愛茶道，尤其是對茶具著迷。

驢庵馬上派人傳信給堺一帶的茶友，讓他們帶來自己的寶貝家當給信長觀賞。

這些茶友馬上就聚齊了。

信長果然眼饞，讓他們出售給自己，並支付相當金額的費用。

家康也到了京城。

很快就到四月，織田家的大名悉數聚集在京城，十四日這天，將軍館舉行盛大的落成慶典，還請來能樂師表演。

信長瞞過了所有人。

幾天後，他離開京城沿著琵琶湖畔急行北上，進入越前向朝倉方面的手筒城發起進攻，以迅雷不及掩耳之勢奪下。距離能樂表演不過十天。

對朝倉家而言簡直是晴天霹靂，他們根本猝不及防。

（原來，琵琶湖畔和京城的遊樂都是爲了掩人耳目。）

隨軍出行的光秀一面攻打敵城，一面感到心驚肉跳。

信長並未對義昭採取行動，而是先瞄準義昭的靠山越前朝倉氏。

敦賀

看到越前的敦賀平原上猶如潮水般湧來的織田大軍，越前的朝倉將兵不敢相信自己的眼睛：

「莫非是天兵天將下凡了？」

信長的突襲讓他們措手不及，而織田部隊華美的軍裝也讓他們產生錯覺：

——簡直就是天兵下凡。

越前朝倉雖然算得上是大國，充其量也就是生產力低下的北國，光是盔甲穿著上就落後於太平洋沿岸的國家。

這一點，織田軍的根據地尾張（愛知縣）恐怕是日本全國最富裕的地方了。特別是到信長父親這一代，灌溉技術飛速發展，境內沒有一寸荒蕪之地，向伊勢灣方向的開荒也進行得如火如荼。

不僅如此，尾張還是海陸交通的樞紐，不但商業發達，貨幣儲備也是日本海沿岸的越前所無法比擬的。

越前的將兵震驚於他們華麗的盔甲也不足爲奇。

身爲元帥的信長，穿得更是花俏。

（這人眞喜歡標新立異。）

織田軍中的將領之一明智十兵衛光秀也爲信長的

元帥裝束感到驚訝。標新立異指的是，信長不喜歡穿正統的衣服，而是新穎時髦的，甚至可以說有些流裡流氣。

信長的軍裝是藍底金邊的盔甲，頭戴鑲著銀質星星的頭盔，護頸由三枚鐵板綴成，腰間佩戴著黃金質地的大刀，座騎寶馬「利刀黑」跑起來像是一匹黑龍。

馬的四周插著十支元帥用的大旗，旗幟的顏色是清一色的赤黃。

信長的親衛隊中，足輕分爲弓箭、鐵砲和三間柄的赤紅長槍三百支，騎兵隊五百人均穿戴著統一的盔甲，煞是壯觀。統一的軍裝，也許最早就起源於信長。

信長是個樂盲。

但是他在繪畫和工藝等造型藝術上卻慧眼獨具。正因爲如此，他大概才會把自己部隊的軍容視爲藝術品。

手筒城瞬間就攻下。光是看到織田大軍的陣容，朝倉部隊就鬥志全失。

下一個目標輪到敦賀平原的本城金崎城。

進攻前，信長叫來光秀。

「你對金崎城很熟悉吧？」

信長問道。

豈止熟悉。光秀原是朝倉氏家臣，金崎城作爲附屬之城，當初義昭將軍四處流浪時曾在此逗留過。爲了接待義昭，光秀無數次地從越前的首府一乘谷前往當地並留宿在那裡。

「繪地圖吧！」

信長吩咐道。

光秀只好取來紙張，借了從軍畫師的筆墨立即開始繪圖。信長一向追求速度。

「有意思。」

信長罕見地笑出聲來。

金崎城利用細長的海角懸崖作爲天險。海角懸崖的起點即爲大手門。大手門前只是挖了兩道溝，城的另外三面都朝海，清一色的懸崖峭壁。

光秀在海裡畫上波浪，甚至點綴了兩三艘揚著白帆的小船。信長似乎很是欣賞光秀的這份文雅。

「對你來說是討伐舊主，什麼心情呢？」

信長一本正經地問道。

「臣並無什麼悲喜，只是盡一名武士的本分而已。」

「無悲也無喜，也就是說既不是醋也不是酒，那麼應該是水囉？」

「對，像水一樣。」

光秀只好應道。人活著，怎麼會有像水一樣的心情呢？越前的山河，是光秀流浪時期回憶最多的地方，而且那段時間，是朝倉家發放的糧食養活了他的一家老小。

舊識也不少。

還有他傳授過兵法的徒弟。雖然有不少辛酸的往事，也有暗中照顧過他的朝倉家老臣。越前的人情味很濃。

（不想和他們在戰場上兵刃相見。）

來到敦賀平原後，光秀一直帶著這種情緒。怎麼可能會像水一樣平靜呢？

進攻號角響起。

光秀被安排在最前線。眼前的金崎城的柵欄上架著鐵砲，子彈不斷掃射過來。

織田軍受到打擊，全軍從遠距離射擊，子彈紛紛落在護城河中，敵人卻毫髮無損。

光秀再也無法平靜，他翻身下馬親自選了五十名鐵砲足輕，大聲喝道：

「要前進到距離敵人三十間、四十間的地方才射得中。」

他自己也端起鐵砲，奔跑過草地靠近敵人：

「看好了！」

他連射了兩次。

鐵砲足輕受到鼓舞開始前進，其他隊伍的足輕也逐漸向前逼近。

如此一來，在火力上織田家佔據了絕對優勢。

正面攻擊的鐵砲就有二千挺之多，一併集中在金崎城狹小的大手門、柵欄和角樓上。小城在槍林彈雨中已經不堪重負。

（奇怪。）

光秀一邊指揮著作戰，一邊琢磨著。城東木之芽峠的尖頂像是一座屏風。越前的大部隊完全有可能翻過這道屏風趕來救援，卻未見有絲毫動靜。

（一乘谷到底在幹什麼？）

光秀不僅爲敵方作戰水準的低劣感到焦躁，此刻心情更是五味陳雜。

（還是對舊地抱有懷舊之情啊，到底是做不到像水一般平靜。）

光秀暗自嗟歎。

當天，金崎城淪落。

守城大將朝倉景恒無法忍受一乘谷不發援兵，主動向信長提出開城投降。

信長應允。他之所以沒有堅持全部殲滅，是想盡快拿下金崎城作爲進攻越前的根據地。

朝倉景恒投降後，率領敗兵朝著木之芽峠方向逃去。

（眞是不堪一擊。）

當天夜裡，軍營中的光秀對這個不爭氣的北國老大哥恨鐵不成鋼。

「明智大人以前在朝倉家待過對嗎？」

陣營中，其他將校經常提起這個話題。如果朝倉勢力尚強大的話，光秀還可以挺起胸來回答說：

「是啊！」

曾經待過的武門力量越是強大，光秀的履歷也就越有光彩。然而此時的情況卻是截然相反。

據織田家的探子報告，越前首府的一乘谷接到事變的消息雖然震驚不小，總帥朝倉義景卻不以爲然道：

「怎麼回事？難道要我親自出馬去敦賀嗎？」

他詢問周圍的老臣，似乎覺得要親自出馬太過麻煩。

輔佐他的老臣水準太低。光秀也清楚得很，由於淨是此同族的門閥，無人有膽有識。不僅如此，光秀當年在朝倉家奉公時，作爲一名新人吃盡了門戶之見的苦頭。

「您說什麼呢？」

也沒有一名老臣叱責義景，只是其中有一人說道：

「元帥親自出陣是慣例，就請您照做吧！」

義景迫於這種「慣例」，才不情不願地出了門。然而，他在行軍途中又找了各種各樣的藉口，最後折回一乘谷。

全軍士氣頓時一蹶不振。

同族的朝倉景鏡負責指揮援軍，他也不願意收拾這個爛攤子，到府中（武生）後就按兵不動了。

這些消息都傳到織田軍的野戰陣地中，光秀也聽聞了。

金崎城城門大開後，信長將光秀喚到營帳裡，親自下令道：

「你對木之芽峠以東一乘谷方向的地形很熟，就由你來輔佐先鋒大將三河守大人吧！」

由於部隊分散在越前的原野四處，戰鬥行軍通常會被部署爲先鋒隊。光秀爲自己的好運喜出望外，忙謝道：

「多謝大人提拔。」

先鋒部隊來自織田家的盟軍德川家康。家康手下有五千名三河兵。

與三河的盟軍同行的光秀可以行走在全軍的最前方，雖然危險，卻有數不清的機會可以立功成名。

「真羨慕您啊！」

有個人滿臉嫉妒地前來祝賀自己。

光秀至今也無法忘記。那是接到命令的第二天早晨，地點在將軍營帳柵欄邊的露根松下。天氣一早就熱得很，晴空萬里。

「哦，是藤吉郎大人啊！」

身材高大的光秀，幾乎是俯視著個子矮小的藤吉郎。

別看藤吉郎個子不高，身爲織田家將領穿戴卻不俗。只見他在藍色盔甲上套著一件時髦的輕紗陣羽織，輕紗質地輕透，看上去十分清爽。

「哪裡。您也知道，我對越前的山河多少有些瞭解，大人才會派我去。」

「翻過木之芽峠到一乘谷，需要走多長時間？」

「十六里。」

「中途要經過幾座城呢？」

「包括敵人的砦在內，共十六處。」

「一里地就有一座城，國土果然堅固啊！」

藤吉郎晃了晃腦袋又問道：

「最要緊的是哪一個？」

「應該是府中城。」

光秀答道，他馬上反應過來，藤吉郎向自己盡可能地打聽地理情況，是爲了便於選定自己立功的地點。

（眞是用心良苦啊！）

光秀暗自驚歎道。但凡習武之人都想功成名就，不過大家都是順著戰爭的走向，尋找立功的機會而已。

藤吉郎卻不同，他會預先猜想信長的戰略，然後從中積極尋找對自己有利的地點。

「是不是因爲這個？」

光秀問道。

藤吉郎卻爽朗地笑了。

「不愧是十兵衛大人，讓你看出來了。告訴我府中城的情況。」

他雙手合十表示感謝。即使是這種玩笑動作，在藤吉郎身上卻感覺不到絲毫的卑賤。

「那你蹲下來。」

光秀自己也蹲下身，撿起地上一根斷裂的釘子開始畫圖。

「這是本丸，這裡是二之丸。」

他繼續畫著，很快地上就浮出一幅精密的城郭圖。

（此人看來瞭若指掌。）

藤吉郎揚起眉毛看著光秀。他懷疑光秀是不是連磚瓦的數量都能記得。

其實，藤吉郎並未全神貫注地傾聽光秀的講解。這位出身卑微卻機靈過人的將校，腦中已經閃現攻打府中城時自己出場的角度和行動。

「太感謝了。」

藤吉郎站起身，再度言謝道：

「您能和德川大人一同打頭陣真是太讓人羨慕了，這種運氣可是用錢都買不來的。」

他說完便離開了。

藤吉郎走後，光秀整理好自己的隊伍和行李便向敦賀出發了。

先鋒隊的德川軍已經行進到木之芽峠山腳下的深山寺鄉村附近，光秀要趕在太陽下山前追上他們。

明智軍頂著烈日前進。山路陡峭，甚至時不時發生馬失前蹄滑倒的事故，行軍極其艱難。

爬了四里路的山坡趕到新保的村落時，德川軍正巧在此休息。

光秀立即下馬，徒步穿過三河兵的人群來到家康的帳中，鄭重行禮。

「這就是明智大人啊！」

家康說話很慢，他比光秀還要多禮。

今年的元龜元年，家康正好滿二十八歲。他的下顎豐滿，圓圓的眼睛看上去像個孩子。這名年輕人舉止彬彬有禮，在織田家的將校中口碑很好。對待光秀這樣的織田家的中級將校，這位三河的國主也未流露出怠慢之態。

「我來給您帶路。」

光秀剛說完，家康連忙搖著胖乎乎的手掌道：

「哪裡敢有勞明智大人。不過敝人對越前尚不熟悉，還要請您多指教才是。」

在家康看來，既然是信長派來的聯絡將校，就要像對待信長那樣接近才行。

當天夜裡，他們在新保附近紮營歇息。

第二天，光秀先行一步偵察敵情，爬到峰頂稍作停頓。

（前方有危險。）

光秀判斷道。山那邊有朝倉的小部隊出沒的跡象。

「今晚就在這附近紮營吧。」

他向家康提議道，並派出探子偵察前方。

就在二十八日的同一天夜裡，織田軍隊遭到從未經歷過的巨大變故。此前一直與織田家結盟、擁有三十九萬石的北近江淺井氏突然倒戈，與越前朝倉氏遙相呼應切斷織田軍的退路，把他們困在敦賀企圖一網打盡。正在敦賀戰場上的信長得知這一變故後：

「怎麼可能會是淺井？——」

剛開始他怎麼也不肯相信。當年，信長把自己的妹妹阿市嫁給淺井家的年輕當主長政。長政性格憨厚，不像是那種背後捅刀子的人。

不過，這個消息很快就證實了。

那時，信長已經離開敦賀。

他來去就像一道閃電。他沒有把出逃的消息通知全軍，僅有幾名馬迴跟在後面藉著夜色的掩護得以逃脫，一直沿著淺井境外琵琶湖西岸的小山道，逃往京都方向。

被丟下的大軍依次聽說了元帥蒸發的消息，開始陸續撤出敦賀。

天亮時，大部分的織田軍都從狹窄的敦賀平原上消失了。

不知情的，只有最前線的光秀和家康。

直到木下藤吉郎派人前來傳令，德川部隊才得知此事。

「呃，彈正忠大人動作可眞快。——」

家康驚得目瞪口呆，馬上下令撤退。軍隊開始下山。

光秀走在隊伍的末尾。

藤吉郎考慮周到，也派人通知了光秀。這道傳令原本出自藤吉郎的好意，與信長無關。

「請轉告他多謝！」

光秀在馬上施了一禮，問道：

「請問藤吉郎大人身在何處？」

「金崎城裡。」

來人答道。藤吉郎居然自告奮勇留守金崎城斷後，全軍都撤退後，藤吉郎的部隊才能後退。那時恐怕朝倉、淺井的軍隊早已漫山遍野，等著他的只有死路一條。

（此人怎麼會選這樣的任務呢？）

光秀左思右想。

看來藤吉郎極其看重功名，爲了僅僅百分之一的希望，便賭上自己百分之九十九的生命。

（他肯定難逃一劫。）

光秀催馬疾馳。此時山上已經出現朝倉的追擊部隊。

退卻

太陽照在光秀的後背上。

從山上的朝倉軍角度而言，正在撤退的織田部隊是絕好的射擊目標。

（這場仗打得太慘了。）

光秀不停地勒馬。山道崎嶇不平，處處露出岩石的稜角，騎馬而行很是艱難。

太陽升起，頭盔被烤得灼熱。

「到底要退到哪裡？」

彌平次問道。一般情況下，應該後退到某個易於防守的地點。彌平次問的就是要後退的目的地。

「怎麼可能呢？」

光秀用護臂擦了擦額頭的汗珠，護臂上的鐵片灼痛他的皮膚。

「您的意思是？」

「哪有什麼地方可逃。仔細想想，我們誰都不如大人反應快。」

「您是說？」

「大人早就忙不迭地逃回京城了。」

「從越前這裡嗎？」

「正是，就是越前此地。」

光秀絲毫捉摸不透信長的想法。想必這是戰術家的頭腦。

「要是我，肯定不這麼打仗。」

光秀心想。

信長確實神出鬼沒。大家都以爲他還在京城，沒想到瞬間就降落在越前的平原上。

動作快的確是好事。正因爲如此，朝倉的屬城手筒城、金崎城才會短短一兩天就被攻陷。如此之快的破城速度，古今中外都屬罕見。

然而沒想到的是，北近江的淺井氏叛變了。他切斷織田軍的退路，把信長圍困在狹窄的敦賀平原，並與朝倉軍裡應外合企圖將他們一網打盡。可以說戰術上十分高明。

眼下，信長和他麾下的數萬大軍所處的敦賀平原三面環山，正面朝海。此時的織田大軍，活像漁網裡打撈上來的魚，要想一舉殲滅，這種地理環境實在是再好不過了。

信長覺察到危險。

與此同時，他選擇消失。扔下自己的部隊，隻身一騎逃之夭夭。

他的目的地是京都。

如此遠距離的退路，恐怕也是古今未聞。且不說忽然飄落到敦賀平原上的矯捷身手，轉身逃得乾乾淨淨這一點，也絕非常人能及。

（我就說他是個怪人。）

光秀心想。一般的兵法家是不會這麼做的，就像彌平次光春所說那樣，先暫時從戰場逃脫，尋找一個適當的地方防守，不時派出小隊人馬探查敵情，敵人弱小時則展開反攻，強大時則繼續撤退，這種戰術越是精巧就越像是名將所爲。

（要是我就這麼做。）

光秀雖然心下想著，卻也無法否定信長的做法。信長此舉打破了戰術上的既成概念，或許這正是他具備的天賦。

（雖然我不願承認，但也許眞的是這樣。）

當身處敦賀平原的信長得知後方淺井氏的叛變時：

「取消這場遠征。」

他立刻做出決定。眞要打，倒也可以仗著人多勢眾一拚勝負，然而信長天生就不喜歡拖泥帶水、糾纏不清，於是他選擇不戰而逃。

從戰略上來講，把軍隊集中到京都然後突襲越前（福井縣）的朝倉，原本就過於勉強。

然而，也不是說完全沒有勝利的可能。正因爲有可能信長才有此舉，這種可能，完全建立在一個不算保險的條件下，那就是北近江的淺井氏是同盟軍這一點。雖然淺井氏並沒有十分積極地加入戰爭，卻允許織田軍在境內通過，態度如事先預料一樣十分友好。因此，淺井不應該會成爲後方的威脅。

正因如此，信長才突發奇想地決定從京都突襲遙遠的越前。而這一奇想成功與否的關鍵，完全取決於一個脆弱得如同一根絲線般的條件。

那就是「淺井氏不會叛變」。

然而，線還是斷了。

即使如此，既然已經採取行動，通常還會有所留戀，畢竟是一路大獲全勝。僅僅兩天時間就佔領越前國土的一部分，包括兩座城池。這些戰果再加上大舉進攻的滿腔熱血，應該持續打下去才對。

（一般人都會這麼做吧。）

光秀想。而且在一般情況下，戰爭越是持久越是會被拖入泥淖。

（沒錯，會適得其反。所以才需要技巧。要是我的話，這種時候一定會發揮技巧。）

可是，信長卻放棄了一決勝負。

他匆匆忙忙地逃跑了。這樣就不會留下任何後遺症，連交戰都沒有自然談不上什麼「戰敗」。對現在的信長來說：

——在越前打了敗仗。

這種不利的輿論一旦傳出來，畿內地區剛剛加入自己陣營的地侍就會對織田家的前景感到不安而發生動搖，轉而投靠例如攝津的本願寺等其他敵人。

信長害怕這種輿論。

（這麼一想，信長像一股煙似的蒸發，全軍向京都大撤退，也許是連諸葛孔明都想不到的絕妙戰術呢。）

光秀反覆思量著。

這段時間，他疲於指揮撤退。

退出一町便停下向後方射擊，然後再後退一町。這種靈活的戰術，恐怕織田軍的將領中無人比得上光秀。

要說高明之人，家康也是其一。

這位年輕的三河國主，雖然被同盟的信長甩下不管，卻沒有半句怨言。

（三河大人也是個奇人。）

光秀眼裡的德川家康，與信長又不盡相同。

（憨厚得出奇。）

這是光秀對他的印象。

家康得知信長把自己扔下獨自逃跑後，只說了一句話：

「呃，彈正忠已經走了嗎？」

家康膚色白皙，生著一雙圓眼睛。

他長得肥頭大耳，卻腿短體胖，天生一臉喜相。就連此刻驚愕的表情，看上去也讓人覺出幾分滑稽之色。

（眞是位好青年啊。）

光秀望著家康的背影感歎道。人逢末路便會暴露不爲人知的弱點，這名年輕人卻絲毫不減天生的大家風範。

下山來到平原上，敵人的追擊益發激烈。

光秀騎在馬上靈活地指揮作戰，家康亦是如此。

對方的武士在後面窮追不捨，家康便從馬鞍上親自舉起鐵砲迎擊，一連射擊了好幾次。

按照當時的習慣，大將是不會親自射擊的。家康也非出於自願，而是當時敵人的猛烈追擊讓他無可奈何。

家康和光秀的隊伍合併作戰。

不久就來到敦賀金崎城的柵欄外。

這座城的守將，是自告奮勇要掩護全軍撤離的木下藤吉郎。

（此人忠心耿耿。）

光秀此刻全無惡意。恐怕藤吉郎會死在波濤般洶湧的朝倉大軍鐵蹄下。

所有人都這麼想。

之所以這麼說，理由是在最末尾部隊的家康、光秀到來之前，經過這座城的將領就已經傳出數不清的光榮事蹟。

將領們都深受感動，藤吉郎爲了信長和大家能夠安全撤退，不惜犧牲自己的生命。

「辛苦您了！祝您好運！」

將領紛紛下馬，向柵欄裡的藤吉郎敬禮道。

不僅如此。

藤吉郎手下只有兩三百人馬，戰鬥力薄弱。於是其他的將領都從自己的隊伍中挑選出三、五名最厲害的武士留給藤吉郎。這是對目前的藤吉郎最好的禮物。

眼下，家康的隊伍和身爲織田家聯絡將校的光秀的隊伍到了。

「這不是三河大人和十兵衛大人嗎？」

柵欄裡的藤吉郎大喊道。

「你們一定要平安回到京城啊！祝你們好運！」

他的聲音響亮有力。然而此時聽在耳裡，光秀覺得說不出來的悲痛。

一路追趕的朝倉軍隊也逐漸逼近。

家康和光秀只好應對，他們時而全軍反擊，時而後退。

柵欄裡的藤吉郎也給予支援，他下令所有的鐵砲向朝倉部隊射擊。

（雪中送炭。）

光秀對藤吉郎的舉措感到無比欣慰。

家康一定也有同感。

只是家康此人與晚年給人的印象不同，既擁有三河農夫樸實的一面，又極其循規蹈矩。

「十兵衛大人，不能扔下他不管啊！」

槍林彈雨中，家康對光秀喊道。

「他是誰？」

「木下大人呀！」

家康的意思是，把藤吉郎置於戰場而不顧，自己卻撤退的做法實在於心不忍。

（你自己不也被信長扔下了嗎？）

光秀不由得想道。家康對此事不僅沒半句怨言，還想著把藤吉郎也帶走。

「你看怎麼樣？一起進城嗎？」

「完全同意。」

光秀也舉手贊成。

從戰術上來講這個主意也不賴。與其各自七零八落地四處奔逃，還不如三人齊心協力一起逃脫，盡可能地減少損失。

家康把這個想法告訴藤吉郎。

柵欄裡的藤吉郎興奮得跳了起來。

「太感謝了！」

他馬上令人開門。家康、光秀的隊伍魚貫而入。

如此一來，他們的防禦火力加大了。

德川、明智和木下把各自部隊的鐵砲都集中起來一齊射擊，鐵砲發燙時就用水桶降溫，如此反覆。

當然不光是射擊。

他們還瞅準機會開門出去突襲，甚至有時候把敵兵追出十町開外。

對這一場戰鬥，《東照軍鑑》等書中對家康等人做了如下激昂的敘述：

> 此乃信長一生中至難之戰，家康公加入使秀吉如虎添翼，戰鬥中，親自用鐵砲抵抗朝倉一眾。

想必對德川家也是畢生難忘的經歷吧。

藤吉郎秀吉也沒有忘記這一天。幾度風霜後秀吉平定天下，與家康和睦相處，並招其上京結成主從關係時，秀吉拉著家康的手感慨道：

「當初在金崎城撤退時多虧德川大人相助才得以死裡逃生。我做夢都不曾忘記此事。」

不久，朝倉軍被趕出老遠。

藤吉郎、家康和光秀都同時判斷，目前是衝出柵欄逃脫的最好時機，於是各自部署開始撤退。

剛走出半里，朝倉軍又開始緊追上來。

家康、秀吉和光秀三路人馬井然有序地與後方的敵人作戰，他們時而迎戰，時而退卻，應對自如。

通常撤退戰是最難打的，這三支隊伍卻配合得天衣無縫。

而先行撤退的織田軍的其他隊伍中，有的士兵卻四下走散了。陣腳一亂，往往會出現大量不必要的傷亡，然而壓陣的最後三支部隊卻幾乎毫髮無損。

將近黃昏，他們終於抵達越前、若狹的國境線上。

三支部隊不斷收留中途走散的先行部隊的落伍士兵，在黑夜中繼續行軍。

「大人平安無恙否？」

藤吉郎每見到落伍士兵都要打聽，卻無人知曉。

事實上，他們得知信長安全逃脫的消息是在回到京城之後。

逃跑時的信長的確是狼狽不堪。

在敦賀戰場上的信長決定「逃跑」那一刻，立刻脫下盔甲。沉重的盔甲只會加重馬的負擔。這裡離京城路途遙遠，恐怕馬會先倒下。信長只穿一件窄袖和服，外面披了一件雪白的薄羽織便上了馬。

薄羽織上點綴著蝴蝶的圖案。織田家的家紋原本是木瓜，蝴蝶紋來自木瓜切面的形狀。當時的信長對蝴蝶紋的花紋極其中意，這件薄羽織便是佐證。信長策馬飛奔時，羽織迎風飄起，看上去就像蝴蝶翩翩起舞。

到若狹邊境時，不少部下追了上來。

一路上都是山間小道。琵琶湖東岸的平原是淺井氏的領土，於是他們特意選擇西岸的險路。

撤退的光景很是慘澹。

路上遭遇了當地的豪族，搭起城砦攔截他們，尚且分不清是敵是友。

信長先去了一趟若狹佐柿城中，委託城主粟屋越中守帶路進入朽木谷。

朽木谷的領主是朽木信濃守元綱。

「朽木谷城就交給我吧，那裡的城主信濃守是我的老朋友。」

主動請纓的是松永彈正久秀，他正巧在信長軍中。彈正曾經殺了將軍義輝而臭名遠揚，此時想必是爲了給信長報恩。

「倘若朽木信濃守敢有異心，我當場就要了他的性命。」

他丟下這句話便逕直前往朽木谷。信長望著他的背影高聲笑道：

「看來，我命不該絕啊！」

他之所以這麼說，是因爲像松永彈正久秀這麼勢利的人，還肯爲打敗仗的信長賭上身家性命前去說服朽木，證明窮凶極惡的久秀覺得自己尚有前途，信長笑的就是這一點。

朽木氏果然提供了方便。

四月三十日，信長回到京都。之後，織田軍也陸續回歸，落在最後的家康、秀吉和光秀比信長晚了許多，他們回到京城時，已經是五月六日。

清水坂

京都一年四季分明，其中最絢麗多彩的要數五月前後。

信長從越前逃回京都後，一直在東山綠蔭環繞的清水寺中靜養。

（京城裡滿眼翠綠之色，和越前的敗仗恍如兩個世界。）

光秀每次爬上清水坂向信長請安時都會這麼想。

他多少有一些吟詩作曲的習慣，這種習慣在那個時代是毫無用處的。光秀沿著坡道向山上走去。

光秀一邊走，一邊想著前幾天發生的事情。

那天是他從越前回來後第一次到室町御所去看望將軍義昭。作爲京都守護職的禮節是再應當不過的了。

「呀，光秀回來了！」

義昭撫掌而笑，甚是開懷。只見他臉色紅潤，滿面笑容。織田軍頭一次吃了敗仗，義昭卻高興得像遇上喜事。

也難怪。

光秀一眼就能看穿他心裡在作何想。信長這次出人意料的潰敗，可以說正合秘密召集反織田同盟的義昭的下懷。就算不是他的計謀顯出效果，至少眼前的形勢正是義昭一直期望的。

（指日可待。）

義昭一定是這麼想的。由此往後信長開始走下坡路，最終一蹶不振的話，那麼足利將軍將不再是信長的裝飾品，而是名副其實的征夷大將軍，到時候就可以如願以償開幕府了。

（光秀，太讓人高興了。）

義昭高興得想要大叫。想當年他們志同道合，曾經夢想要重建室町幕府。

直到現在，義昭都把光秀當成戰友。正因如此，織田軍破天荒地打了敗仗後，義昭卻能夠在光秀面前笑得如此開心。

（這不是惹麻煩嘛。）

光秀不得不提高警惕。義昭身邊有很多幕臣，這些人最近和信長的家臣沒什麼兩樣，還不知道會在背後嚼什麼舌根。

「快講講越前大仗的事情來聽，你是不是又打了一場漂亮仗？」

「哪裡，這次不像以往，我方的部隊吃了敗仗，不是什麼光榮的事情。」

「是不是只有你打了勝仗？我聽別人說了。」

「不敢不敢。」

光秀心中湧起一陣恐慌。義昭剛才說的話要是一字不漏地傳到信長的耳裡，還不知道會引起多大的誤會呢。

（這位將軍真是喜歡惹事。）

雖然人不算笨，卻行事草率口無遮攔。義昭的這種性格，讓光秀感到越來越沉重的負擔。

「您說的是金崎城的撤退嗎？」

「對呀，掩護撤退的那場仗。」

「並不是我的功勞。要論首功，應當是木下藤吉郎，第二位是三河大人（德川家康），我只不過是跟隨在二人之後而已。」

「太謙虛了。」

「將軍殿下，我說的是實話。您一定要聽好了，我跪下求您了！」

光秀平伏在地。他是認眞的。其實不是他謙虛，他確實是跟隨在後，還輪不上邀功請賞。而義昭卻不這麼認爲。

「你以前就這樣，行事低調。」

義昭自認爲是光秀的保護人，要加以寵愛才行。而且，他不願意讓光秀輸給木下藤吉郎或是德川家康之流。

「這件事我要跟信長說說。」

義昭的這句話恍如響雷一般，光秀趴在地上，懊喪得想要放聲大哭。

他抬起頭，臉色慘白。

他本想說：「我確實沒什麼功勞。」

然而再繼續申辯的話，就不合禮節了。

光秀靈機一動，當場作了一首描繪自己心境的詩歌。內容並不出奇，意思是說去了越前的海邊卻兩手空空回來，不過親眼見到詩詞中著名的氣比松原也算是收穫吧。詩歌中古今的修辭用得恰到好處。

「不愧是光秀啊！」

義昭撫膝而笑。

（什麼呀，頭疼死了。）

光秀在清水坂上邊走邊想。

（人的運氣眞是難以預料。）

——運氣是要營造的。

以前，道三這樣說過，光秀一直銘記在心，並以此作爲自己的處世原則。事實上，道三就是自己親手營造的。奈良屋的萬阿，還有發動政變當上國主的土岐賴藝，都是出自道三之手的作品。這些作品爲道三開運闢道，直到道三當上美濃的國主。

（我的作品是將軍義昭。）

此話不假。他把一文不名的和尚義昭從奈良一乘院中救出來後遍訪諸國，最終得以和信長聯手使其當上將軍。光秀的命運也從此改寫。

（道三有那麼多的作品，我卻只有義昭將軍一個，而且現在還束手無策。）

換作是道三，不知會如何處置已經無用的作品。也許嫌他礙事，早就殺掉了。

（這點我可做不到。）

光秀繼續上山趕路。

信長從上座盯著光秀。

（聽說這傢伙幾日前在將軍面前作了一首奇怪的詩歌。）

這首歌，是從義昭那裡得知的。聽上去，像是在嘲笑信長攻打越前大敗而歸。

「十兵衛，你喜歡松樹是嗎？」

「不知從何說起？」

「氣比的松原。你不是告訴將軍，到越前敦賀就是爲了看它們嗎？」

「那只是詩歌而已。」

光秀的意思是那不過是詩歌的意境罷了，信長對他的語氣感到不快。

「大人不懂詩歌吧。」

似乎話中有話。信長天性本來就不喜歡這些中世紀的辭藻遊戲，可以說是深惡痛絕。他總是與過去的舊事物決裂，喜愛前衛的東西，並全心投入。

「你是詩人嗎？」

他反問道。

他的語氣中多少帶有幾分厭惡。他討厭的傳統藝術來自他討厭的規矩方圓。就拿詩歌的規矩來說，比如歌枕或是古典名詩等等。傳統藝術便是成立於這些規矩之上的。一字不漏地死記硬背下來，就成爲所謂的京都教養。

信長對這些一竅不通。他天生就抗拒這些東西。不光抗拒，他還厭惡它們，想盡方法破壞它們。

換而言之，它們都是信長的敵人。除了詩歌，所有中世紀的權威都是，當然也包括遍佈南都北嶺的佛教。

「你是詩人嗎？」

言下之意是：「你這傢伙與我的敵人是同一夥的嗎？」當然只是有這種傾向而已。說這句話的信長本人，也並沒有清晰地意識到這一點。

「我說，」

信長接著道：

「你這就出發，去北部的近江，看看淺井軍什麼情況。十日後回來。」

他讓光秀去偵察北近江的敵情。當然，信長已經派出不少探子偵察淺井氏的動靜，卻還是不充分。最好派有作戰指揮經驗的將領去更有效果，信長認定光秀是合適的人選。

信長的心思從他的話中就能聽出來：

「用我的眼光去對待淺井吧。」

意思是讓光秀站在總司令官的角度偵查對淺井作戰的事情。

（信長很信任我。）

光秀放下心來。

他馬上告辭，回到自己的京城家中，喬裝打扮成修道者模樣。

他一邊穿上粗布衣服一邊想：

（一到緊要關頭，織田家中能代替信長的，也只有自己和木下藤吉郎了。）

光秀認爲，信長對譜代家老柴田勝家等人，不過視之爲戰鬥指揮官，而光秀和藤吉郎這兩人，既能打仗，又具有戰略頭腦，信長肯定覺察到這一點。

「彌平次。」

他擊掌叫喚著彌平次光春。彌平次跪在走廊待命時，光秀已經換上一身修道者打扮。

彌平次吃了一驚，急忙詢問緣由。不聽還好，這一聽更加不能理解。

「大人身爲堂堂織田家的將領，爲何要打扮成伊賀忍者的模樣呢？」

「這就是那人的別出心裁之處。」

信長總是不在意常規。只要他認爲有必要，哪怕是讓老虎去抓耗子、用茶壺來煮飯也不足爲奇。他總是如此率性而爲、固執己見。

「我十天後回來。如果沒回來，就說明我在淺井境內命喪黃泉了。」

「可是，大人。」

彌平次一心想勸阻這次近江之行，光秀卻已經從走廊上跳下院子。

「放心吧！你看我從來沒被別人的刀槍傷到過皮毛。」

他的身影消失在後門外。

從粟田口翻過逢坂山，黃昏時一路眺望著琵琶湖下山，夜裡到了大津。

大津雖然地處近江，卻屬於織田的國土。當天晚上，光秀借宿在素有交情的臨濟禪養禪寺裡。道三也在此住過兩三次，老方丈宗源至今年還清晰記得道三的風采。

光秀突然造訪，再加上一身異樣的打扮，宗源雖吃驚不小，卻什麼也沒問。

晚飯時，宗源說道：

「眼下的淺井是第三代了。最初的淺井亮政大人和道三一樣，也是窮困潦倒。」

第一代的亮政出生於明應四年（一四九五），和道三同庚。

他的生平也和道三相似。

亮政出生在北近江守護大名京極家的下級武士家，擅長玩弄權術，費盡心思後奪得主家京極家的地位，最後一躍成爲近江北部擁有三十九萬石的領主。

關於他的逸聞極多。

他在二十三歲那年，用武力驅逐主家的家老上坂泰舜，奪得其領土之後，新興的淺井家尤以兵強馬壯聞名。

他不憑藉家世來採用武士。只要是勇猛善戰，哪怕是平常百姓也可以當天變身爲士官。而膽小者即使是家世顯赫也會被取消領地，換作供應藏米。藏米通常是分發給足輕的一種報酬方式，不以石來計算，因此人們以此爲恥，爭相習武。

他待人接物的方式也是一絕。據說淺井家的國土內，就連農民拿鋤頭的樣子都和其他地方不一樣。無論百姓或是商人，只要年滿十六歲，亮政就會把他們召到城裡逐一接見，他會主動向他們發話。

他往往會問：

「都喜歡什麼啊？」

人到了十六歲都會對未來抱有希望和志向，喜歡什麼的意思是，將來想幹什麼。

倘若有人回答道：「我喜歡練武。」

亮政便會點點頭說：「明年讓我看看你的武藝。」

意思是，這一年好好練習，明年考考他的水準。如果考試合格的話便留用家中。因此，淺井家的階級並不固定，只要有本事就能當上武士。

「除了種田，我別無所長。」

對於這種回答，亮政也會點點頭說：

「到了秋天我去看看你種的田。」

意思是要當個本分的百姓。

「我只懂得經商。」

倘若對方這麼回答，亮政便會向他打聽物價的行情。這種對話的方式，即使是商人的幼子，聽了後也會發憤圖強。亮政由此深得人心。

要說人心，亮政年輕時還叫做淺井新三郎的時候，有一天到近江木之本的地藏堂參拜。這座地藏堂的正式名稱叫淨信寺，京極家的武士歷代祖先都信奉此寺。

「聽說，這裡的地藏菩薩可靈驗了。」

他上前和看守寺院的和尚套交情，打開對方的話匣子。

「有什麼證據呢？」

「當然有。」

和尚掏出信徒名單，開始滔滔不絕地介紹起來，例如「某某地方的某某人得了某種病快要死了，向地藏菩薩許願後大病痊癒了」等等。淺井新三郎亮政也一一耐心地聽著並記在心裡。

他在舊主公京極家內部培植自己的勢力時就利用上述這些。比如說，當他見到信徒名單上有姓名記載的武士時，便會說：

「您的母親很早就信奉地藏菩薩。您就是地藏菩薩顯靈來到這個世上的，一定要善待自己啊！」

對方會爲他如此熟悉自己的情況而感到驚詫，於是很快就感到親近，成爲他的黨羽。

當然，亮政收攬人心的方法決不僅限於地藏菩薩這一種，可以說他用盡各種手段。

不過，在地藏堂看守和尚看來，他堅信亮政之所以能當上三十九萬石的大名，完全是因爲背下自己透露的信徒名單的緣故。

每當有人參拜時，他便會絮絮叨叨地說個不停：

「你看看我。伺候了地藏菩薩三十年，點燈奉花，屋頂漏了要修，早晚擦拭清潔佛殿，卻還是逃不脫食不果腹的窮和尚的命。可你看看新三郎那小子，只不過來過一次，從我這騙走信徒名單，搖身變得了不得了。」

亮政死後，久政繼位。

久政過於平庸，淺井家的家臣心生不滿，最終久政被迫退隱，久政的長子長政被立爲國主。

長政從少年起就英姿颯爽，家裡也都期待他能夠把祖父亮政的基業發揚光大。

——淺井家如何準備與織田家開戰？

這就是光秀偵查的目的。

千種越

打扮成修道者模樣的光秀佩戴著鐵製大刀，迎風衣袂飄飄行走在近江的土地上。

大道上有很多淺井家設置的關所，尤其眼下處於備戰狀態，人的進出審查更是嚴格。

每個過路人都要被叫停下來，「你是哪個寺裡的？要去哪兒？幹什麼去？」盤問得很仔細。

「大人您辛苦了！」

光秀總是從容不迫地應對著。他長期奔走各國，如何與這些當差的官人打交道他再熟悉不過了。而且他此時的裝束舉止沒有絲毫漏洞。

「我在大和國吉野山藏王堂修行，此次遊走各國是爲了籌集香錢修復金峰山寺的房頂。此番前去美濃，途經三河、遠州路的濱邊再到駿府，化緣滿四十九天後便返回大和。」

要論修道者的言行舉止，光秀簡直可以以假亂眞，他的聲音洪亮，就連關所的官員都差點大喊一聲「太好了！」

在北近江木之本的關所，正巧遇上北方來的其他修道者。

「你幫我看看他們是不是眞的？」

看守們懇求光秀。

就這樣，光秀輾轉於淺井國內。

他詳細地察看主城小谷城之後，又打聽所有的分城，還遠遠觀望其他所有的戰略據點，有時還靠近過去觀察。

他得出結論。

（淺井氏比預想的要厲害。即使是信長的實力，也不可大意。）

和老國越前的朝倉氏不同，淺井氏是剛步入第三代的新興國家，足輕和百姓都會挺身而出保衛國主。兵強馬壯，而且將領團結一致。據光秀觀察，淺井家的重臣中，無人會被利誘而投奔織田家。

（不簡單啊！）

即使對方是敵人，光秀也不得不嘆服於這片領土上洋溢著的生氣勃勃的鬥志。三代前的淺井亮政獨特的統治法仍然滲透在各個方面。

淺井共三十九萬石，兵力大約一萬人。

雖然稱不上是大規模的大名，要論實力足以匹敵一百萬石。

而且，淺井氏並不是孤家寡人。他們與北部的朝倉結盟，共同對敵。朝倉家的將領雖無能者居多，但畢竟是擁有八十七萬石和兩萬多兵力的日本海強國。朝倉和淺井兩家聯合，就算是信長也不容易對付。

光秀冒險潛入淺井國北方邊遠地區，即北國街道的木之本、余吳和柳瀨等地，詳細調查越前朝倉兵入境的情況。

之後他南下前往野洲，借宿於此。野洲雖地處近江卻屬於織田的勢力範圍，到了這就不會有性命之憂。

他借宿在當地族長立入閑齋家中。閑齋十分瞭解流浪時期的光秀，以及將軍義昭還是和尚覺慶時，光秀是如何掩護他奔波在這一帶的。

「十兵衛大人眞是事業有成啊！」

他爲光秀的升遷感到高興。
「哪裡，稱不上什麼事業。」
在這一點上，光秀可以說是缺乏趣味。別人恭喜時，誠懇地接受才顯得率性可愛，光秀卻是面無表情。
「不是挺厲害的嗎？」
「才不是，閑齋大人才眞的厲害呢！」
「此話怎講？」
「您看看這座三上山。世間紛爭統統無關，院裡對著這麼一座山，每天都能飽覽美景。正所謂世外桃源，不正說的是閑齋大人嗎？」
「您說話可眞風雅。」
（裝模作樣的地方一點兒也沒變。）
閑齋心想，微微地皺鼻笑了笑。
讓閑齋驚訝的是，這一絲不易覺察的微笑竟然落在光秀眼裡。這種機靈，或者說太過於反省，也是光秀的特點。

……

「您是不是要說我裝模作樣呢？」
光秀笑著問。
「看您說的。」
閑齋狼狽地想要轉換話題：
「您好不容易光臨寒舍，我得擺出家當來沏茶招待才是。」
「那再好不過了。」
府邸裡有茶室。
太陽已經西斜，閑齋讓人在院裡到處點燈，把光秀帶到茶爐前。
「聽說岐阜大人（信長）很是喜愛茶道啊！」
「是啊，喜歡得很呢。」
光秀神色微妙地點點頭。
要說到信長的教養，恐怕就是茶道了。他對茶具的眼力也不同尋常。
（一定是濃姬教他的。）
光秀心想。

信長的父親信秀唯獨喜歡連歌，其他並無什麼愛好。清洲織田家一向以殺戮爲家風。信長從濃姬那兒學會茶道後便上了癮，早些年一到京都，就像餓虎撲羊一樣到處物色茶具。

（濃姬從父親道三那兒受到茶道的薰陶。信長又學了過來。信長從道三那兒得到的眾多東西中，最大的要數美濃國和茶道吧。）

在戰術上有時候也極其相似。道三的戰略思想可以用一句話歸納：如波濤般襲來又如波濤般退去，道三還由此設計了二頭波頭紋，用於家紋和戰旗上。而此前信長在攻打越前金崎時，就像在陸地上施展同樣的戰術，從京都千里迢迢如波濤般湧來，又如退潮般撤回。

（這不正是道三之流嗎？）

光秀邊飲茶邊思索著。此刻，他腦海裡浮現的不是道三，而是濃姬的種種姿態。

（初戀的情結吧。）

他苦笑著，然而對得到濃姬的信長的那份嫉妒，卻至今未能隨著時光減退。

「不管怎麼說，岐阜大人，」

閑齋又說道：

「如此喜愛茶道，想必家中老臣也樂於此道吧！」

「並非如此。」

「哦？」

閑齋很是好奇。

「織田家中只有主人信長才能擁有茶具。」

這是信長定下的規矩。他不允許部將擁有自己的茶具，禁止他們舉行茶會。

這項規定頗爲嚴格。

「原來是這樣。」

閑齋似乎立即猜出信長這麼做的理由。織田軍隊志在奪取天下，應該隨時處於備戰狀態，信長不允許他們放鬆懈怠。

「像織田家如此嚴格的家風，恐怕再也找不出第二家了。」

「正是。」

光秀仍然面無表情。此刻他在想信長的運氣如何。

（信長今後也會一帆風順嗎？）

運氣在判斷各國大名能力上十分重要。有才幹卻沒有運氣，最終還是成就不了英雄大業。

（自桶狹間一戰之後，信長確實是一路暢通無阻。不過，這次金崎城失利後，未來會怎麼樣呢？信長的好運會不會走下坡路呢？）

「十兵衛大人，」

閑齋打斷他的思緒：

「再來一杯怎麼樣？」

「哦，不用了。」

光秀頷首謝過：

「已經足夠了。」

光秀回到京城，向信長彙報北近江的偵察情況。

他的彙報可以說是巨細靡遺。

「首先，情況是這樣的。」

他先把所有見聞不分巨細原原本本地描述一遍，從他的嘴裡說出來，都無色無味，不帶有任何感情色彩。這樣有利於信長自己判斷。

然後，他才說：

「光秀以爲……」

用同樣的素材加上自己豐富的主觀色彩，再次傳達給信長。

（簡直是對牛彈琴。……）

中間有好幾次，光秀都不想再說下去，可見與信長的對話是何等艱難。

他顯得心不在焉。

不時看看院子，或是讓兒小姓拿來面巾，不停地擦拭著臉。光秀甚至不知道自己在對著誰彙報。

然而，信長內心卻並非如此。

（這個金桔腦袋還挺厲害的。除了藤吉郎外，織田家還眞沒有此等人物了。）

他轉念又想：

（下次對淺井和朝倉出兵時，可以提拔這個金桔腦袋當一號大將。）

他腦中閃過各種想法，都足以改變光秀的命運。

隨後，信長像頭一次認識光秀似的打量著他。

光秀沉默不語。

「怎麼沒聲了？」

信長的口氣像是在說某種樂器。雖然這是信長說話時一貫的口氣，光秀到底是不習慣，聽在耳裡很不舒服。

「已經說完了。」

「完了嗎？」

信長站起來，一言不發地就進了內院。

（什麼地方惹他不高興了？）

光秀心裡充滿不安，同時自尊心也受到極大的傷害。

（他是織田家的當主，我是家臣，這只是老天的安排而已，不是因爲別的。）

光秀覺得，他們的能力不相上下，或許自己還占上風。主次由天命而定。就算是命好，需要那麼傲慢嗎？

光秀憤憤不平。

也許信長確實地位顯赫，他卻從來不考慮自己的言行會給別人帶來多大的傷害。打他一出生，就不具備這種替他人考慮的素質。

其實，信長回到內院，只是單純因爲肚子餓了。

他讓人準備泡飯，一連吃了三大碗。

他一邊動筷子，一邊思考著光秀的報告。依靠這些資訊，他要決定下次的行動計畫。

吃完後，信長又走出來，坐回上座。

他絲毫沒有留意到，明智十兵衛光秀是何等屈辱地跪在地上。信長坐定後馬上問了光秀兩三個問題，得到答覆後，便揮手道：

「行了，退下吧！」

他的手勢就像驅趕一隻蒼蠅。光秀退下了。

（這小子。……）

光秀難掩胸中怒火。信長待人處世的方式，換做是織田家的譜代家臣，都已經司空見慣了，而新來的光秀卻無法忍受。

之後，信長又叫來木下藤吉郎等人：

「明天出發去岐阜，你們先行。」

他立即下令。他們也早已習慣信長的雷厲風行。

——你們先行。

一句短短的命令，他們卻知道信長不喜歡重複，便立刻回應道：

「是，這就去。」

各自分頭準備去了。「先行」這個簡短的命令中包含著重大的軍機，要知道信長回岐阜的途中也許會遭遇到淺井部隊的阻礙而無法通過。如果延伸為整個內容的話，應該是「尋找近道，並買通沿途的地侍」。

藤吉郎等人立即分頭率領大軍奔赴近江，尋找能讓信長通行的近道。

剛開始，投靠織田家的近江武士紛紛搖頭說：

「哪有什麼近道？」

卻無人敢斷定：

「是嗎？沒有嗎？」

因為藤吉郎等人抵達近江草津時，信長已經從京都出發了。

他們四面八方打聽到的是，有一條叫做千種越的險路，可以從近江神崎郡通往伊勢三重郡。這條路頂多只有近江東部山區的樵夫或是獵人知道，甚至不能算作路，不過是條貼著山谷、穿越山脊的所謂羊腸小徑而已。按照現在的地理來說，千種越附近高一千二百一十公尺的御在所山由於建了纜車，才多少有人知道。

這條路被選作信長的近江通道，當地的織田家地侍負責領路並保證安全。順帶一提，這名地侍，就是後來飛黃騰達的當時蒲生家當主蒲生賢秀。

信長選定這條路。

那天是舊曆五月二十日，山中的密林酷暑難耐，信長騎在馬上光著上半身，只披了一件薄羽織，沿著山道蜿蜒行進後進入險路。

就在這座山裡，之前的南近江國主、眼下正在近江甲賀鄉逃難的六角承禎（佐佐木義賢）派出的殺手正試圖狙擊信長。

此人是來自鐵砲聞名的紀州根來的遊僧，蓄著頭髮，一襲白衣肩背竹簍，身揣兩顆子彈藏在林中。

他的名字叫做杉谷善住坊。

他瞄準信長後射擊，兩顆子彈都飛向信長卻沒有命中，只是射穿了衣袖。

信長並不慌亂，繼續前行，也未直接命令手下人搜查。之後，他屬下的部隊抓到善住坊。

光秀並未參加此行，而是留在京城擔任守護職。

後來他聽說這件奇聞後，只好瞠目結舌：

（信長的運氣竟然好到如此地步。）

要知道，杉谷善住坊的鐵砲射術在根來眾中都赫赫有名，當時的距離不過十二、三間遠，射不中才是怪事。

（信長應該能打贏淺井和朝倉吧，之後他的運氣還會蒸蒸日上。）

光秀猜想道。

私語之里

「五月二十一日，歸營濃州岐阜。」

《信長公記》裡簡潔地記載著。

千種越的死裡逃生，信長似乎毫不在意，他若無其事地回到岐阜。

「阿濃，我回來了！」

他把手伸到等候在裡屋門口的濃姬臉上，「嘣」地用指尖彈了一下。

（疼死了。——）

濃姬就算想說，也只能忍住。這是信長表達愛意的方式之一。

……

到了晚上。

「阿濃，你睡在我這裡吧！」

信長站在走廊裡大聲嚷嚷，到處都聽得見。屋裡的濃姬在侍女面前很是尷尬，卻也只好馬上站起來，聽從信長的指示。

他們睡下後開始竊竊私語。

「說說近江的千種越一事。」

濃姬想問問當時的險情，信長卻打斷了。

「沒什麼大不了的。」

按正常情況，沒有比這個話題更大的了，信長卻覺得不值一提。他向來如此。自己身上發生過的事，他沒有任何興致去回味。他只對下一步將要發生的事情感興趣。

「阿濃，」

信長說：

「結果你也變成說無聊話的女人了。」

「什麼叫做結果也變成？」

濃姬不滿地說。她比信長小一歲，已經年滿三十五了。「結果」這個詞用得太過分了。

「難得我這麼關心你。」

「真讓人搞不懂。」

「什麼意思？」

「人嘛！」

信長答道。他向來說話簡短，讓人費解。這裡的意思是說人活一輩子會發生很多事，所以是人嘛。

「這是五十年的樂趣啊！」

信長說。他把人生看作一場夢，下一步將要發生什麼，他懷著期待新出的狂言般的心情興奮不安。

「說起近江，」

信長轉身靠近濃姬的頸項，濃姬靜靜地躺著：

「有個叫做私語之里的村子。」

「村子的名字嗎？」

「沒錯。」

信長嚴肅地點點頭。

美濃（岐阜縣）到近江（滋賀縣）要穿過美濃關原，途中要翻山越嶺。邊境處近江方面有座小村叫私語之里。

「聽上去還真有情調。」

濃姬說。

這裡說點題外話，比信長的時代稍晚數年，千家第三代的宗匠以製造茶勺而遠近聞名。

茶勺的商標便是：

——私語。

而且，竹筒中裝有一對茶勺的包裝也很少見。大家會以爲，兩支茶勺在一個筒中親密同寢是命名的由來，其實卻並非如此。要眞是那樣的話，茶也未免太「香豔」了。它的由來另有典故。

竹筒底部刻著的理由如下：

由近江與美濃的竹子製成

這裡就點出原因了。一支茶勺用近江的竹子製成，另一支由美濃的竹子製成。兩地的邊境村莊便是「私語之里」。

不過，濃姬那個時代還沒有這個典故。

這座村莊爲何會有如此奇怪的名稱，其實和色情並沒有什麼關係。

村裡的民居多爲長屋（連排房子），和鄰居家僅有一牆之隔，所以鄰居可以一邊躺著睡覺一邊聊天。

這座村莊還有另一個名字，這個名字也別有趣味。

たけくらべ（比高）

漢字寫作長競，這個村就叫長競村。這個名字也是有由來的。

旅人前往時，要經過美濃，越過近江。到了這座邊境的村莊，會發現街道兩側的山一般高低。

——哪一座更高呢？

一路上會思考這個問題來打發時間，由此可以解釋爲「比高」。

信長當然不會對這些咬文嚼字的東西感興趣，他滿腦子都是如何和淺井氏打仗的事情。

近江的淺井氏在長競村和附近的刈安村兩座山上，迅速建起砦。雖說規模不大，卻加派兵力駐紮，配置大量槍砲，意在阻擋信長由此通往近江的行軍。總之，長競砦和刈安砦可以說是淺井氏的邊防陣地。

（這兩座砦眞礙事。）

信長要說的私語便是此事，濃姬當然不會明白。

（要是用弓箭硬拚，肯定贏不了。）

信長想。如果把大量兵馬集中到邊境這條狹窄的街道上，淺井朝倉聯軍一定會乘機發起襲擊。狹路上的戰爭通常都是一對一的單打獨鬥。

（單打獨鬥的話，尾張兵可能不行。）

信長心下判斷。相較於土地富饒、文明進步的尾張，北國的朝倉和北近江的淺井兵顯然強壯得多。織田軍之所以強大，完全是因爲統帥信長以及他選用並培養出的各級將領傑出的緣故。這一點，信長再清楚不過了。

（要用計略搶過來。）

信長打定主意，接下來就是人選了。

（藤吉郎不錯。）

他立刻做出決定。憑藤吉郎的才能，一定能巧妙地誘使兩座砦的守將投降，關鍵時候讓他們發揮不了作用。

「你不是要說私語之里的事情嗎？」

「哦，這個嘛。」

信長從沉思中醒來：

「用計搶過來。」

「什麼，用計嗎？」

濃姬笑了起來。雖然她尚未弄清楚是怎麼回事，然而男女之間的私語要用計偷到手這種說法，就算詩人或是茶道師也是古今未聞。

「太有意思了。」

「那可不。」

第二天，信長喚來木下藤吉郎，下了指示。這兩座砦由淺井家下屬的官員堀氏和樋口氏看守，藤吉郎的任務是勸降。

「在下遵命。」

藤吉郎回答得乾脆利落，此人的反應總是讓人覺得放心。

「這就去吧。」

「立刻動身。」

藤吉郎退下。

之後，信長再也沒有考慮過長競和刈安砦的事。即使自己忘了此事，想必藤吉郎也會處理好吧。

信長接下來開始思考戰場。北近江淺井氏的大本營小谷城一帶應該會成爲決戰的主戰場，信長的腦子裡已經繪出一幅鮮明的戰略戰術地圖。這幅地圖描繪的不是戰場，而是飄揚著旗幟的大小城樓，甚至能清晰地看到城牆上有幾個人在走動，而這些都是基於光秀描述的情況。有了這張地圖，信長才能夠思考對策。

（總之全仰仗藤吉郎和光秀二人。——）

換做普通人，一定會這麼想。——然而，信長卻沒有空閒發出這些無謂的感想。就像人意識不到能用兩個鼻孔呼吸是多麼幸福一般，信長也沒有意識到這兩個人的重要性。他只是像工匠使用斧頭一般不斷地研磨刀刃和刀柄，爲的是讓它們用起來更加得心應手。

說到岐阜城，還有一個小插曲。和作戰無關。

……………

信長身邊有個叫菅屋九右衛門的人，類似現在的秘書。此人擅長處理雜務，深得信長的器重。

這個菅屋原是織田家的同族織田信辰的兒子，也算是名門望族，信長卻不像其他大名，不肯讓他領兵作戰。

信長只把他用作秘書。菅屋雖然做起總務來無所不能，打仗方面卻是一竅不通。這個菅屋九右衛門後來在本能寺的大火中喪生。

有一天，負責信長和他家人用膳的伙食總管市原五右衛門來找菅屋，要求道：

「打擾了，有事要找您說說。」

他有事和菅屋商量。

「什麼事？」

「關於坪內石齋的事情。」

伙食總管答道。可是，菅屋一時想不起石齋是何許人也。

「想不起來。」

「就是那個在坐牢的京都人石齋呀，他做菜的手藝可是京都最好的呢！」

這麼一說，菅屋才有了印象，奇怪道，那個石齋還活著呢。

「是啊，沒死。別看已經坐了四年的牢，連個病都不曾得過。」

「這人還真能熬。」

菅屋感慨道。

坪內石齋並沒有犯罪。他曾經是京都前統治者三好家的伙食總管，織田軍進京驅逐三好等人時，不幸被抓住當了俘虜。不過考慮到他是個做飯的，倒也不至於問斬。於是便被送到岐阜城內的牢房裡。想必信長也忘了此事。

飲食總管市原的意思是，把石齋這麼個手藝高超的廚子關在牢裡實在是太可惜了。

「石齋可是日本國的國寶啊！」

他擅長京都料理，對武家首領將軍家的料理手法尤爲熟悉，不論是室町風格的鶴、鯉料理，還是七五三（譯注：日本的傳統禮節。男孩三歲和五歲、女孩三歲和七歲的年份，十一月十五日要舉行儀式慶祝）等慶典時的宴會料理，樣樣拿手。

「您看這樣行嗎？把他從牢裡放出來，重新召回織田家負責伙食怎麼樣？」

「言之有理。」

菅屋同意了。他立刻請示信長，信長點頭道：

「那要看味道怎麼樣。」

雖說是日本最好的京都菜名師，信長卻表現得不以爲然。

很快的，石齋就從牢裡放出來，換上一身乾淨裝束，站在廚房裡。要是菜做得不好吃，他將再次被送回牢裡。不用說，就連廚房裡的其他人，都爲石齋捏了一把汗。

飯菜做好了。

下人把飯菜端到信長的面前。信長舉起筷子。他一口氣喝乾湯後表情有異。隨後又吃了烤魚、燉魚和蔬菜，吃了個碗底朝天。

隨即，菅屋進來問他味道如何——信長大喝道：

「那是人吃的嗎？石齋這傢伙還敢端上來。廚子不會做飯還留在世上幹什麼——處斬！」

菅屋無奈只好退下，如實告訴石齋。

石齋是個腦袋又大又禿、身材矮小的老人，他緩緩點著頭，沒有絲毫要起身的意思。

「怎麼了，石齋？」

「沒什麼，只想求您再讓我做一次試試。如果再不合口味，那就是我石齋無能，立即獻上項上人頭。」

石齋答道。菅屋也覺得合乎情理，便通報信長。

信長也不是個輕易讓步的人。

「那就做明天的早飯吧！」

他稍微退讓一步。

第二天早晨，石齋做好的飯菜擺在信長面前。他喝了一口味噌湯後，側著腦袋問道：

「這是石齋做的嗎？」

「正是。」

一旁伺候的兒小姓答道。信長繼續吃起來。他本來飯量就很大，一會兒工夫就吃得乾乾淨淨。信長放下筷子說：

「赦免石齋，和市原五右衛門同爲總管。太好吃了！」

他笑逐顏開。不光是因爲合他的胃口，信長最喜歡的就是發掘人的才能。

菅屋把信長的原話轉告石齋。石齋卻淡淡地回了一句客套話：

「是嗎？那就謝過了！」

他施了一禮便退下。

廚房裡當差的人都迷惑不解：爲什麼第一次做的飯菜那麼難吃呢？

「太不像石齋的手藝了。」

他們私下議論道。後來，聽說石齋和別人提起此事時是這麼說的：

「第一頓飯，才是我拿手的京都菜呢。」

所以味道清淡。盡量保持材料原味，而不用鹽、醬油等調料來遮蓋。京都的達官顯貴喜歡這種淡淡的風格。

而第二次受到信長稱讚的飯菜，卻是加了濃厚的調料，鹽、醬油和糖放得很足，芋頭什麼的都煮得變了顏色。

「農村菜的做法。」

石齋說。他暗指的是，充其量信長不過是尾張鄉下出身的豪族。

這件事越傳越開，最後傳到信長耳裡。

信長卻出乎意料地沒有生氣。

「這樣就對了。」

信長說。

他並不是不懂京都的風味，將軍義昭、公卿、御醫和茶藝師都招待過他，這些經驗已經足以讓他瞭解。不僅是瞭解，淡得讓人覺得索然無味，才是信長最厭惡的。

所以當他嘗到石齋做出的飯菜口味清淡時，便勃然大怒：

（此人也不過如此。）

下令處死，理由是對方太無能。就算他是京洛最厲害的廚師，對信長無用的話就等於無能。

「不正是我要的廚子嗎？」

他取悅信長，激起信長的食欲，保持其健康的體魄，才能成為信長的廚子而發揮作用。

「第二天早上換了風味，這樣石齋才能當上我的廚子。」

信長說。

他對一個人有無才能的判斷方法，同樣適用於文官身上。

藤吉郎就具有才能。

對信長來說，光秀也頗有能力。不過，藤吉郎同時具有石齋的應變能力，至於光秀有沒有，還有待觀察。

姉川

信長揮鞭出了岐阜城，朝西直奔近江而去。

這天是元龜元年六月十九日，他率領著三萬大軍。

信長一出城門，就吩咐下人道：

「今晚住私語之里。」

並令人準備。私語之里別名長競村，這在上一節提過。地處邊境的這座名稱奇特的村莊，設在此地的城砦已經投降織田軍。

按照原計畫，當天夜裡在私語之里借宿一晚，第二天二十日，大軍以迅雷不及掩耳之勢侵入敵人的領地。

淺井方面卻按兵不動。既不發一槍一砲，也不出一兵一卒。全軍都籠在城裡不見動靜，只有旗幟迎風飛舞。這天，近江晴空萬里，湖面和平原上刮著勁風。

「淺井沒什麼動靜嘛。」

信長幾度喃喃自語道。

在敵人的沉默中，織田的三萬大軍就像一條降落大地的巨龍般橫貫在這片國土上。

可以說是全軍的威力偵察，作爲侵入敵國的戰鬥這種形式極其罕見。被侵入的淺井方面像是一隻縮頭烏龜，只是一味地聽任敵人在自己的國土上肆意妄爲。

當然，他們也不是束手無策。

主城小谷城一接到信長從岐阜出發的消息後，就立即派人前往同盟國的越前朝倉。使者十九日黃昏如閃電般衝出小谷城的城門，沿著北國街道一路疾馳，目的是請求朝倉家派出援兵。

「朝倉部隊來之前按兵不動。」

淺井方面下達命令。年輕的將校都十分焦急，上級卻不允許他們發出一槍一砲。

在此期間，信長不慌不忙地派人偵察淺井方面的第二大城橫山城的山麓，做了充分的瞭望後留下一部分部隊防守，大軍繼續北上，一直行進到敵人的主城小谷城。

小谷城的大本營建在群山中的一座山峰上，其他各峰都分別建有營帳，通過山脊緊密相連，整座山都防守森嚴，稱得上不落之城。

……………………

「放火燒了山腳。」

信長下令道。如果燒了山腳下的武士房屋，城裡的將兵或許會蜂擁而出。信長想試一試。

敵軍還是沒有動靜。

「還挺沉得住氣的。」

站在虎御前山山頂上的信長不禁喃喃道。虎御前山在小谷城的斜對面，海拔高二百一十九公尺。之前光秀偵察過此地後，向信長彙報道：

——佔據虎御前山對我方有利。不過，小谷城不宜猛攻，否則會損失慘重。

此山與小谷城直線距離不過一千二百公尺左右，視力好的人甚至可以望見敵方城牆上的動靜。

「要如何行動？」

信長召集開會商議。各將領都到齊了，秀吉和光秀也在其中。

重臣佐久間信盛上前問道：

「主上要攻打小谷城嗎？」

信長面無表情，只是沉默不語。這一點，也讓家臣很難開口。

不過，佐久間是織田家的譜代重臣，相較於光秀更敢發話。

信長終於擠出幾個字：

「要攻打，是什麼意思？」

「那樣可欠妥啊。如果現在急著攻城，我們會喪失三分之一的兵力。而且攻城的時候，一旦越前的朝倉大軍從後面包抄，我軍將腹背受敵，陷於困境啊！」

「快說重點！」

信長仍然面無表情。即使不說這些，信長心裡也早已有數。信長想聽的只是結論。

「立即從虎御前山撤軍，遠離敵人的小谷城，保持相當距離後再觀察敵人的動靜。」

這是佐久間信盛得出的結論。信長點頭道：

「和我想的一樣。」

信長召開軍事會議時向來如此。讓眾將領各抒己見，當有人提出的意見最符合自己的心意時，便點頭道：

——和我想的一樣。

立即予以採用，並當場散會。在這一點上，信長果然是個天才。

二十二日這天，信長從虎御前山下來，整頓好行軍佇列後，離開小谷城，幾乎退到邊境處的彌高村。

淺井方面的年輕將領從小谷城上看到信長退兵之後，便開始嚷嚷：

「現在應該出城追擊才是。」

敵人正在背向而馳，追擊的話，確實對己方有利。

然而，老臣們卻主張：

「不行，要自重。總之要等到朝倉的援兵到了再說。」

而不肯讓步。

年輕的當主淺井長政也壓不住怒氣道：

「難道不應該追擊嗎？」

他氣得拍案而起。老臣們卻頑固地堅持己見。淺井家的不幸，就在於老臣把當主長政看作是「少當家」，不相信他的能力，又把前任當主久政視爲愚鈍之人而令其隱退，所有方針都由重臣集體商議後決定。

而且這些重臣中並無英才，都是些經驗主義者，他們提出的意見也都沒有任何新意。平庸的經驗談總是占上風，決定一件事往往要花很長的時間。打仗時遇有緊急情況到底是來不及。

「群臣言之有理。長政，你要三思啊！」

就連退隱的久政也附和著平庸的重臣，長政只好作罷。

長政不得不妥協。

但是，血氣方剛的麾下將領卻忍不下這口氣。他們開始懷疑上面的能力，總是對軍令持有懷疑態度。

「嗤，膽小鬼。」

他們個個像吃了炸彈。年輕人已經無視軍令，他們召集身邊的手下衝下山去，要和敵人一決勝負。

一行五百人下了山，沿著街道疾馳，追趕織田軍。

織田軍的後衛部隊由梁田政辰、中條季長和佐佐成政三名大將率領。

話說梁田政辰原是尾張沓掛的村長家出身，父親政綱隨軍出征信長的開運之戰桶狹間戰役時，途中他派出的探子探聽到：

——今川義元正在田樂狹間休息，吃著午宴呢。

將此消息彙報信長後，他提議道：

——現在突襲怎麼樣？

信長便一鼓作氣殺到田樂狹間，取了義元的項上人頭。

「他才是最大的功臣。」

戰後，信長賞賜給梁田政綱沓掛城和三千貫的俸祿。政辰乃政綱之子，信長雖然不相信什麼緣分，卻對梁田家另眼相看。

淺井兵追了上來。梁田的部隊雖然英勇反擊，卻終是敵不過淺井兵，瞬間就陣腳大亂。

中條和佐佐二將也指揮部隊回擊追兵，到了下午才得以擺脫他們，與信長的大軍會合。

翌日二十三日，信長將大本營轉移到叫做龍鼻的山丘上，包圍敵人的第二大城橫山城並發動全面進攻。

卻攻打不下。

（橫山城該不會是敵人的誘餌吧。）

攻擊部隊裡的光秀突然心生疑念。敵人的戰術莫非是把織田軍吸引到橫山城的山腳下，等到朝倉的援軍一到，便從背後包圍織田軍吧？

「會不會是這樣？」

恰好藤吉郎從前面經過，光秀對他說出自己的疑惑。

藤吉郎點頭道：

「確實有道理。」

他丟下一句不痛不癢的話就走了。

（自以爲是的傢伙。）

藤吉郎心想。藤吉郎向來都這樣看待光秀。

信長不可能沒有注意到，藤吉郎判斷道。打仗就像用一根絲線吊著一塊石頭。風吹動石頭時，絲線就有斷裂的危險，這道理再明白不過了。在藤吉郎看來，光秀總是講著理所當然的話。打仗的關鍵就在於要斷不斷時所採取的行動。信長只不過是冒著險，在它斷裂之前急著攻打橫山城罷了。藤吉郎是這麼看的。

但是，光秀擔心的事情果然發生。

二十七日午夜過後，織田軍的背後出現無數支火把。

只是相距甚遠。

距離光秀所在地兩三公里開外的北部丘陵，山腳下成了一片火海。
（朝倉軍終於到了。）
他想。
據他觀察，朝倉的援軍到了之後，小谷城的淺井軍隨即出城與之會合，開始進行野戰準備。而且，他們選擇在夜間行軍，想必天亮之前就會從織田軍的後面發起進攻。
（信長會怎麼做呢？）
他用批評的眼光猜想著。
就在這一刻，龍鼻山上大本營中的信長也在觀望這片火海。而且探子不停地回來報信。
有人說是五萬，也有人說是一萬。從淺井、朝倉的動員力量來看，五萬過於誇張，一萬又過於保守。
「一定是想趕在橫山城陷落之前。」
信長自言自語。這樣一來，絲線就斷了。此時，柴田權六勝家和木下藤吉郎等人在一旁待命。
「我好像中了敵人的詭計了。他們明早就會過河（姉川）打過來。」
如果在這裡按兵不動，等於是坐以待斃。信長必須轉變思路扭轉戰局才行。
「反守爲攻。」
信長拿定主意，召集了母衣武者。
母衣武者指的是傳令將校，信長身邊有十九名，都是經過精挑細選的鼎鼎有名人物，不僅武藝高超，同時也才略過人。
這些母衣武者被分爲兩組。一組身披黑色母衣，一組則是紅色母衣。
「傳令各營。」
信長開口道。隨後，柴田勝家代替信長發出詳細的指示。
要重新佈陣，把攻城陣勢改爲野戰陣勢。要在晚上完成這些簡直就不可能。
母衣武者都舉著大火把，四處報信。
信長留下五千人攻打橫山城，將剩下的兩萬三千織田軍分成六個分隊，給六位大將分別配置三千人到五千人不等。其他人則直接聽從信長指揮。

六位大將中就有木下藤吉郎，他在級別上已經和織田家家老柴田勝家、佐久間信盛等人平起平坐。光秀卻不行，他還排在這些人之下。

織田軍還有一件幸運的事。這天白天，三河的德川家康率領五千人馬趕到戰場。這時，家康虛歲不過二十九歲。

信長正在思考野戰如何部署時，家康上前問道：

「我要負責哪個方面？請指示。」

信長冷冷回答道：

「都已經安排完了。」

他的意思是，都已經部署完畢，沒有德川軍插足之地。

「這樣吧，」

信長讓他擔任預備軍。預備軍通常安排在後方，隨著戰況進展，需要新的人手時才予以補充，對家康而言不是什麼光彩的任務。

「這樣恐怕不妥吧。我們大老遠專程從三河趕過來，怎麼也得助上一臂之力啊！」

家康誠懇地請求道。

信長熟知這名三河年輕人的性格。他早就料到，讓他當預備軍肯定會不服氣。

「那你就去打朝倉軍吧！」

信長的話出乎眾人的意料，身邊的人無不大吃一驚。敵人雖說是淺井和朝倉的聯軍，朝倉軍占了多數，而且單打獨鬥起來都個個強悍。

家康要和他們打的話，至少需要一兩萬的兵力，可是，家康帶來的三河兵只有五千人。

信長身邊的眾人都以爲家康會拒絕，沒想到家康卻面露喜色，當場痛快地答應道：

「多謝您的指示！」

此時也顯示出這個圓臉的年輕人對信長的一貫忠誠。

「敵人可是人多啊！」

信長說：

「你還需要多少人？大將也由你來挑。」

「——這樣啊！」

家康思考了一會兒，只選了一名美濃出身的織田家侍大將稻葉良通。稻葉手下不過一千人，家康的兵力從原來的五千人增加到六千人而已。

「這就夠了？」

就連信長也感到意外。家康卻一本正經地低頭道：

「夠了。我來自小國，用慣了小隊人馬，您借給我大軍我也指揮不了。」

家康年紀雖輕，在對待信長這種難以捉摸的盟友方面卻極懂得分寸。

三河兵驍勇善戰。如果在這個戰場上讓越前、近江、尾張、美濃和三河五國的士兵相鬥，恐怕要數三河兵實力最強。家康也知曉這一點。

「不管越前朝倉的人數有多少，我都能用手頭的人馬打敗他們來見您。」

家康道。

「那就看你的了。」

信長回了一句後再無二話。

時間流逝。凌晨三點，信長又派出母衣武者，下令各隊進攻。

織田軍向北行進。

北部，可以看見姉川的堤壩向西延伸。

戰塵

姉川匯入琵琶湖，發源於美濃和近江邊境的山區，途中經過山中的岩石堆形成瀑布，又繞過伊吹山西部的山麓流經琵琶湖東岸的村落，水流也忽然變得平緩起來。

戰場西邊，就靜靜地流淌著這條姉川。光秀正率領人馬朝著河堤走去，天色很暗。

還沒到天亮。

「彌平次，要打起精神來，這可是立功的大好日子。」

他對身旁的彌平次光春說道。戰馬和士兵摩肩接踵地向北而去。

光秀被分到第二分隊的池田信輝手下，指揮著千餘人馬。參加規模這麼大的戰鬥，對光秀來說還是頭一回。

北進的織田軍野戰隊形分爲六支分隊，也可以數成十二段。如果算上最末尾的信長率領的隊伍，總共有十三段。光秀指揮的是前面數來第四段橫隊。

（我要向全天下露一手。）

光秀暗下決心道。至今爲止，他在織田家受到器重的主要還是作爲行政官的才能，而自己的天分絕不僅僅是文官。

（我的天分是帶兵打仗。）

光秀這麼想。

夜霧漸漸散去，對岸敵人的火把清晰可見。敵人就在咫尺之外。

中間流淌著姉川。太陽爬上伊吹山時，戰鼓就該打響了吧。

這天是六月二十八日。過了凌晨四點，天際開始發白，平原在眼前展現開來。

「衝啊！」

光秀大喊道。東西一里地的戰場頓時戰鼓聲、吹號聲大作，隨後鐵砲聲和武士的吶喊聲響徹天際。

「衝啊！」

光秀繼續喊道，卻無法衝出去。前面還有五千名士兵。

太陽漸漸升起，敵我雙方對峙在河的兩岸，開始鐵砲射擊。

衝在最前面的是左翼部隊德川軍，他們已經和對岸的朝倉軍隊交上火。

北國的士兵很是強悍，他們無心射擊，都急不可耐地跳進河裡蹚水過來。水深不過一公尺左右，水流也不急。

他們上了岸，與德川軍交戰，很快就陷入混戰狀態，德川軍開始節節敗退。

光秀此時還在東部距離一公里的戰場。

他的情勢也不容樂觀。

正面敵人的淺井軍發揮得相當出色，穿過織田軍的鐵砲火力蹚過河，轉眼間就衝破織田軍的第一段防線，攻入第二段。

（眞是不堪一擊。）

織田軍的軟弱讓光秀都暗自覺得狼狽。前面的先鋒隊阪井政尚敗退後，光秀的隊伍也被捲入其中，無法支撐。

「彌平次，把士兵召集到旗下來！」

到了這個時刻，光秀反而異常冷靜。他豎起桔梗大旗，在混戰中靜靜地原地不動，集中精力召集兵將。

直到湊齊六成人數，他猛踢馬腹喊道：

「給我上！」

便揮旗衝了出去。他瞄準的是揚塵而來的淺井軍兩翼。

兩軍激烈交接，立即演變爲混戰。光秀親自揮舞著長槍，不時伏在馬背上前進，終於到了淺井軍的後方，開始反攻。

淺井軍一心想襲擊信長所在的大本營，他們衝破織田軍的重重障礙一路向前。光秀聚集了身邊的小部隊切斷敵軍的後方，從背後開始反擊。

光秀大旗的動靜，都落在大本營山丘上的信長眼底。

（十兵衛還懂得打仗。）

桔梗旗的靈活移動，讓信長感到佩服。

戰況對織田軍很不利。防守佈陣已經被衝破至第三層，第四層的柴田勝家還在勉強抵抗。

信長卻不慌不忙，和之前從越前敦賀的金崎逃跑的他簡直判若兩人。

（會贏的。）

他冷靜地盤算著。自己這方還有充足的預備軍，敵軍卻幾乎全部投入戰場。在信長看來，這場仗能否勝利取決於預備軍的多寡。

敵軍開始衝入第五層的森可成部隊。森可成原是齋藤道三的家臣，齋藤家滅亡後信長收留他，封他爲美濃兼山的城主。後來深得信長寵愛的森蘭丸即是可成的二兒子。

淺井軍的進攻來勢兇猛，森可成的第五層部隊也開始露出敗象。此時，織田軍已經從前線後退了十幾町。

（難道要輸了嗎？）

信長也不禁動搖起來，他把視線收回來，抬頭望著天空，又眺望著右邊的伊吹山。這種情況下，倘若統帥本人感覺到：

——輸了。

那麼這場仗就會以失敗告終。信長不願意看到如此局面。就在這時，奇蹟出現了。

製造奇蹟的人，正是作爲織田軍的左翼與朝倉軍交戰的家康。

這裡也一敗再敗，朝倉軍已經逼近家康的馬前。

家康揮舞著采配，讓人擊鼓，頑強抵抗著敵軍，突然心生一念：

（要是有人手從側面襲擊朝倉的話。）

然而敵軍的人數要多出自己一倍，而且現在防守都顧不過來，上哪兒去找人手。

（否則就只有死路一條。）

這個念頭促使家康採取行動。他在混亂中喚來榊原康政，說明用意後大聲下令道：

「快去！」

康政立即率兵蹚過水田，直奔遠處的下游過了姉川。那一帶遠離戰場。

對岸是高達三公尺的斷崖，一行人登上後湊齊了岸上的人馬，直搗朝倉軍的右翼。

朝倉軍一陣騷動。

敵軍正面的家康瞅準時機，鼓勵士氣道：

「衝啊！衝啊！」

各隊發起猛攻，朝倉軍陣腳大亂，開始四下逃竄。

信長從山上望見這一場面。

（時機已到。）

他馬上派人通知橫山城的預備軍出動，襲擊淺井軍的左翼。

稻葉良通也加入家康的隊伍襲擊淺井軍的右翼。

淺井軍一舉崩潰，士兵紛紛逃跑。

「上！」

信長下令全軍吹號，又撥出大部隊的人馬乘勝追擊，散落在四周的織田軍敗兵又重新找回陣勢，從農田中跑回來參加追擊。

戰局瞬間扭轉。

信長親自衝在前頭追敵，蹚過姉川，又追出老遠。敵軍逃回小谷城，信長也不再緊追。再追的話，弄不好會被包圍在城下的盆地中。

他馬上整頓人馬，向後方撤退，做出戰後部署。

「這時候應該乘勝攻打小谷城，徹底掐斷淺井的咽喉。」

柴田權六勝家等人獻計道，信長卻不爲所動。

（要上京城去。）

確實不得不去。三好黨從四國的阿波侵入京都對面的攝津、河內方面，在信長的佔領地段上胡作非爲。

對信長來說，與其在這裡決一死戰，倒不如贏得「姉川大勝仗」的名聲，轉向別的行動。否則，信長苦心建立的地盤將會崩潰。

身處近江的信長著手進行各種部署。首先包圍並攻下淺井方的第二大城橫山城，留下木下藤吉郎在此防守，又在號稱第三大城的佐和山城建立防禦砦，由丹羽長秀鎮守，還在淺井境內的各座山上派兵留守。七月四日，信長抵達京城。

他馬上拜見將軍義昭，報告姉川的勝仗。

「眞是大喜事啊！」

義昭表面上看起來拍手稱快，心裡卻不是這麼一回事。信長的勝利就是義昭的不幸。按照義昭原先的構想，這一戰應該是信長滅亡才對。

（此人的運氣究竟要好到什麼時候？）

他心裡恨得要命，臉上卻滿臉堆笑地說道：

「擺慶功宴吧！」

信長卻冷淡地拒絕了。

「以後再說吧！」

他扔下這麼一句。

信長退下後，第四天離開京城，又像一陣風似的回到岐阜。
光秀留下來擔任京都守護職。
信長離開京城的第二天，義昭喚光秀到茶室裡，親自爲他斟上茶。
「講悄悄話茶室最適合了。」
義昭說。如果在大堂接見，禮節上會有其他人在場，不能暢所欲言。
「光秀，你屢建戰功，信長一定很賞識你吧！」
「哪有的事。」
「不用謙虛了，我聽說了你的事情。」
「那都是受到將軍的庇護。」
「光秀，你是眞心這麼想的嗎？」
義昭的臉扭曲得變形。
（糟糕。）
光秀心生戒備。義昭每當醞釀著陰謀時就是這副表情。

「我也把你看作是獨一無二的依靠呢。」
義昭接著說，他沉默了片刻。
「光秀，你沒忘記自己是將軍我旗下的人吧？」
義昭道。
光秀的身分是將軍直屬，俸祿則來自織田家。
「我沒有封地可以給你。因此，爲了讓你有俸祿，才暫時託付給織田家。你還記得吧？」
光秀只能低頭不語。
「可是，這次在姉川一戰中大敗的朝倉家和淺井家，都是爲將軍家的存亡盡忠盡孝的大名，以後也會效忠於我的。這兩位大名，豈能眼睜睜看著他們滅亡呢。就算是搭上室町將軍的威信，也要保全他們。」
「您的意思是？」
光秀吃驚道。
「還不明白嗎？要和信長和解。」
（怎麼可能呢？）

光秀心中暗叫道。淺井、朝倉家和織田水火不相容，關係已到不是你死就是我亡的地步。

「這很難辦。將軍想要保全朝倉、淺井是出自將軍的仁慈之心，然而如今，保全淺井和朝倉就意味著要消滅織田家。現在的形勢已經和兩年前不一樣了。」

「我知道。」

「你的意思是要消滅織田家嗎？」

「所謂將軍，」

義昭說：

「要根據誰對自己忠誠來賞罰大名。」

光秀豁出去了。其實，光秀也有重大事項要請求義昭，這是信長離開京城之前吩咐他的。

「什麼？快說。」

「過不了多久，又要打仗了。敵人是京城北部的淺井、朝倉，還是南部的三好軍，還不清楚。總之，信長希望您在下次出戰的時候能夠親征。」

「光秀。」

義昭如鯁在喉，說不出話來。他才剛拜託光秀請求信長與淺井、朝倉和解，沒想到與光秀提出的「親自征討他們」，恰恰完全相反。

「你不是開玩笑吧？」

「將軍大人，豈敢。」

光秀垂首道：

「我是說認真的。請您就像喝下苦藥一樣，接受信長的要求吧！」

「你是哪邊的家臣？」

「請別這麼說，光秀很是辛苦。」

「我不是要責怪你。」

義昭頓時像泄了氣的皮球。

「但是，親征也太過分了吧。」

「不錯，信長自有別的意圖。信長早就察覺將軍在暗中行事，您與淺井、朝倉私通，又從阿波喚來三好黨偷偷潛入攝津，信長全都瞭若指掌。這才會讓您親自率領織田軍討伐他們。」

「知道了，別再說了。——你告訴岐阜那邊，就說我答應了。」

義昭的聲音細若遊絲。義昭雖說是個天生的陰謀家，卻還沒到保護同謀淺井和朝倉的地步，他最愛的只有他自己。

「這次討伐朝倉和淺井，陣頭要打出足利家的白旗。你這麼告訴信長，說我願意豎旗親征。」

他的聲音聽上去都在顫抖。對義昭來說，變節就像翻轉掌心一般容易。

（在這樣的人手下，哪能安心呢？）

光秀不禁感到悲哀。

「將軍殿下，我光秀作爲您的家臣奉勸您一句。爲了足利家，您暫且心無旁貸地依附信長，才是上策啊。」

「要到什麼時候？」

「時期尚不清楚，也無法預料。不過，將軍一定能盼到出頭的。您只要安心等待就可以。」

「等待嗎？」

義昭茫然地睜大雙眼，注視著略顯昏暗的茶室。

孫八郎

這裡稍微描述一下義昭的日常生活。

信長擁立他當上將軍時，他最感興趣的事情之一是女人。

「我想找個好女人，哪兒有？」

他命令心腹四下物色。將軍這一輝煌的夢想終於實現，光靠錦衣玉食已難以滿足。

義昭想到了女人。能夠隨心所欲地得到美女，才能讓自己切實體會到當上人臣最高地位的將軍的喜悅，並加以享受和歡愉。

事實上，義昭還是奈良一乘院門跡覺慶時，就貪圖男色，理由是僧侶不得接近女色。

當時的覺慶十分寵愛一名叫做「善王」的小童。義昭生性容易墮落，一旦看上善王，就不分晝夜。

後來，他從一乘院逃脫後，流浪天下，最後被信長救起，並借助信長的力量當上足利第十五代將軍後，便命令近臣道：

「善王在哪裡？去把他找來。」

他想把自己當上將軍的幸福與喜悅，和過去的寵童分享。

善王的出身低賤。

他出生在山城駒野的一戶百姓人家。然而美貌卻不是貴族的獨有之物。

當時的善王年紀尚幼，其柔美嬌弱甚至勝過女子。很快的，近臣就找到逃回老家的善王。

由於善王身分低微，不能到外面的書院正式參拜將軍，便在夜裡來到內院的寢室與義昭相見。

善王跪伏在外間的地板上。

「呃，善王來了。好久不見了，快快抬起頭來。」

義昭哽咽道。善王也似乎回憶起從前兩人的暱狎關係，羞答答地抬起頭。

（怎麼把前額的頭髮給剃了呢？）

他早已不再像以前那樣梳著兩隻髮髻，先前可愛的瀏海也不見了，而是剃青前額的成年壯漢。肩寬腰粗，怎麼看都找不出當年善王的面貌。

「你、你眞的是善王嗎？」

「正是善王。我眞想您啊！」

他的聲音粗獷，義昭差點用雙手去捂耳朵。

（也難怪，人總是要變的。）

義昭逃出奈良一乘院快滿五年了，當時不過虛歲二十九歲，如今已經三十四歲。善王的年紀當然也見長。

「這些年是怎麼過的？」

「是的，門跡大人。」

「等等，你得叫我將軍殿下。現在是足利家第十五代的將軍。」

「是。將軍殿下離開奈良一乘院時，把我扔下了。」

「那時候凡事都要保密，也是沒有辦法。不過後來我一直後悔此事，原諒我吧。」

「我心裡怨恨過呢。」

善王微笑著，卻再也回不到從前婉約的嬌態。

「唉，都是我不好。不提了，後來你是怎麼過的？」

「門跡大人走後，我又在一乘院待了一段時間，只是人心眞的是靠不住啊！」

「發生什麼事了?」
「以前侍奉您的常海和尚，一看您走了，就不停地糾纏上來……」
「常海這個傢伙，竟然敢這樣?」
義昭心痛不已。
「有幾次差點就讓他得逞了，我抵死不從，實在無法忍受就逃了出來。失去了將軍殿下，我就像找不到棲身之木的鳥兒茫然不知所向，無奈只好回到山城駒野的老家，幹些田裡山裡的農活罷了。」
不用說，他也早過了元服的年紀，現在名叫堀孫八郎。
「讓你受苦了，上這兒來。」
義昭招手喚他過來。義昭還是挺重情義的，雖說看到善王已經面目全非，早就興致索然，卻無法對他冷漠絕情。
「謝您的大恩。」
堀孫八郎也想起善王時代的往事，像從前一樣張開雙手撲上前來。
義昭伸出手抱住他，感覺好像是抱著一塊大石頭。
「你的農活幹得太多了。」
然而，軟弱的義昭也無法讓他「退下」，仍然抱著眼前的壯漢。看上去，說是義昭被對方抱在懷裡更貼切些。
（男男之歡，就此作罷也好。）
義昭幾乎當場就做出這個具有衝擊性的決定。
男男之歡指的是男色。義昭已經不再是佛門的和尚了，也就無需再拘泥於男色。義昭放開了堀孫八郎說道：
「我如今也蓄了髮，」
他指了指自己的髮髻：
「已經很久未近男色了。不過孫八郎，我不能不管你。你就在館裡住下，我要好好調教調教你。」
「您要收留我嗎?」
孫八郎顯然也清楚，收留自己比讓自己陪睡更划算。

「話雖如此，我現在只是信長的裝飾而已。現在不能馬上給你封地，稍微等一段時期吧。」

「遵命便是。」

「孫八郎，我還想問問，」

義昭探出身子：

「你有妹妹嗎？表妹也行。」

義昭的厚顏無恥之處顯露無疑。孫八郎面露不悅道：

「沒有。」

他說的是真話。

「哦，太可惜了。」

義昭以為，孫八郎要是有妹妹或是表妹的話，肯定是美若天仙。

之後，義昭沒少接觸女人。然而，缺少定性的義昭始終未能找到能讓他長期滿足的女人。

「哪兒有好女人？」

這個問題，義昭也同樣問過細川藤孝和光秀。

「這方面我們不懂。」

藤孝和光秀都以同樣的理由拒絕了。他們都有作為武將的技能和自信，不認為要靠女人來博取將軍的歡心。

（這人真是麻煩。）

光秀想道。義昭直到二十九歲前都在寺院裡，從未接觸過女人，因此他覺得女人能給自己帶來莫大的歡愉而過分憧憬。他對身邊的女人不停地感到失望：

——不應該如此啊。世上肯定有更好的女人。

他殷切地充滿期待，而益發貪得無厭。

細川藤孝曾進諫道：

「女人也沒什麼大不了的。」

他是受了光秀之託。

身爲京都守護職，光秀實在是無法忍受。光秀與另一名同僚村井貞勝共同管理足利家的開銷帳簿，發現用於後宮的費用越來越多，甚至多到讓人感到害怕。

「藤孝大人，我想說說將軍的男女之事。本來，貪戀女色也是人之常情，我並不想多嘴。只是，將軍殿下對女人可不一般啊！」

「嗯，確實是這樣。」

藤孝聽懂了光秀的意思。義昭並不是對某個女子著迷，他不停地更換身邊的女人並以此爲樂，就像喜歡時尚的人不停地更換衣服一樣。而且，就算是將軍家，也不能說把玩膩了的女人扔掉，只能養在後宮。這樣一來，後宮很快就女人成堆。

「將軍家的經費來源於織田家提供的兩萬貫土地上的收益，可是照這樣下去……」

光秀想說的是，一定會破產。

義昭也很清楚目前經濟緊張，他每次見到光秀都要叮囑道：

「你讓將軍家再增加點開銷。」

也未免太忝不知恥了。要知道，將軍家的開支，都是岐阜的信長奔波在各地的戰場上辛辛苦苦掙下來的。信長也並未取得天下，他也只不過是擁有尾張、美濃，好不容易又得到近畿各國的一介大名而已。

義昭卻是與生俱來的貴族，已經習慣飯來張口。

「光秀，現在的用度維持不了將軍的體面。信長和你要是忠誠的話，就應該想想辦法才對。」

義昭要求道。——光秀本想說，您後宮的人數太多了，卻又顧忌到自己不是譜代老臣，便打住了。

因此他想求細川藤孝去進諫。

「將軍殿下總是懷有逼迫之心，總是覺得美中不足。這種情緒，終究會導致他背棄織田家另起爐灶。不單單是女人的問題。」

這就是光秀對義昭獵豔女色產生的恐懼，不會僅僅止於獵豔。

藤孝受託後，曾數次提醒義昭，義昭卻仍然我行我素。

終於，義昭厭煩了，說道：

「我再也不想看到兵部大輔（藤孝）那張假正經的臉了。」

藤孝再來求見時，義昭都找藉口回絕。

不久後，義昭不再到處獵豔，他找到了一個讓他十分滿意的女子。

出乎意料的，此人就在附近。

義昭手下有一名寵臣叫做上野中務少輔清信。上野家是歷代的老臣了，先祖上野太郎賴遠源本來住在武藏，是足利幕府創始人尊氏的近臣。他們代代都在幕府做官，直到現在的清信。清信除了拍馬屁外一無是處。

——找女人。

他奉命到處尋找，突然想起自己的女兒。

雖說體格瘦小，稱不上什麼美人，義昭卻十分中意。

她在後宮被稱作「少輔局」，成了義昭的專寵。義昭也不再拈花惹草了。

（眞搞不懂。）

光秀從足利將軍府外冷眼看著他的變化，發現還不止這些，還有上面提到的孫八郎。

義昭還狠不下心拋棄以前的寵童。

「我說中務，」

一天，他對上野中務少輔清信說：「有事和你商量。」

「哦，您儘管吩咐便是。」

清信自從獻上女兒後就成了義昭面前的大紅人，義昭也不分公私、事無巨細都和他商量。

「你沒有親生兒子吧？」

「沒有。」

「對吧。堀孫八郎給你當養子怎麼樣？」

清信嚇了一跳。然而將軍肯把自己以前的寵童賜給自己當養子，有利於自己的仕途，雖然不情願，還是答應了。

不過，孫八郎出身百姓人家，不能直接當上足利幕下名門的養子。於是，義昭先讓孫八郎去幕臣一色家當養子。隨後，義昭又親自將他認作義子。

義子，即類似兒子的意思。義子的關係比養子要鬆散，不過能成爲足利將軍的義子到底也不簡單。以義子的名義，孫八郎被過繼到上野中務少輔清信的門下。

孫八郎改名爲上野政信。

不僅如此，義昭還進諫天子替他要到官位。

從五位下　大和守

義昭簡直就把政治視作遊戲。

京城裡的百姓都震驚於這件事的荒唐，寫了一首打油詩，掛在將軍館旁的松樹上。

山崎駒野的種瓜郎
化身上野
晃晃悠悠

「駒野的種瓜郎」，是指孫八郎曾經在駒野種瓜一事。

由此，上野中務少輔清信的地位益發不可動搖。而正是這個上野中務少輔清信，成爲義昭這個天生陰謀家的得力幫兇。

清信負責運送義昭的書信。他雖然不用自己親自出面，卻派家丁四處給各國的大名送信。結果是，反織田同盟勢力越來越猖狂。

上一節中，光秀向義昭轉達信長的原話：

「最近要打擊攝津一帶蠢蠢欲動的三好黨，請將軍殿下親自出馬。」

義昭親征，表面上只是策馬站在戰場上即可，然而實際上在背後私通敵方三好黨的，也正是義昭自己。這樣的義昭，前去討伐三好會怎麼樣呢？

這是信長對他的嘲弄。

——沒辦法。

義昭只好答應。

光秀退下後，上野中務少輔清信悄悄拜見義昭，他說：

「殿下，有大喜事啊！甲斐的武田信玄最近要揮師大舉西上，目標是進京。信玄要是來了，信長這小子馬上就會嚇得屁滾尿流。您再忍忍吧！」

實際上，義昭在一個月前，收到了武田信玄的密信。

文章很是費解：

一、明年欲上京。到京後，即奉上一萬匹布料。

二、望爲我兒四郎勝賴名字賜一字，並封官。

三、信長給各國寫信時自稱是奉將軍之命，我等不信。請將軍務必留意。

文章的內容大致如此，更詳細的信件此時已送到上野中務少輔清信的手上。

「是嗎？信玄的西上準備已經有這麼大的進展了？」

義昭激動得臉頰發紅。和剛在面對光秀時的陰鬱，簡直判若兩人。

也難怪義昭如此高興。武田信玄的軍事能力要比信長超出許多，不光是義昭，世人也都是這麼看的。

變報

信長這一輩子不曾停歇過。

其中最忙碌的時期，就是此刻。

在姉川大敗淺井、朝倉聯軍後回到岐阜，信長得知攝津石山（大阪）的本願寺打算舉旗造反。

「這幫和尚竟然——？」

聽到事變的消息時，信長大喊了一句，聲音卻不帶任何驚慌。

他馬上下達軍令，領兵三萬從岐阜出發。

途經琵琶湖，第三天抵達京城，在本能寺的宿館裡睡了一晚。

「把京都的三個人叫來。」

信長緊接著下令道。京都的三人，指的是負責京都市政工作的明智光秀、村井貞勝和朝山日乘。其中日乘是名和尚，他出生在出雲，是信長器重的文官之一。

三人到齊後。

「室町的小蕪菁頭有什麼動靜嗎？」

信長問道。小蕪菁頭指的是義昭。這麼說來，義昭的長相還真是有點兒像窮酸的蘿蔔頭，信長才給他起了這麼個外號。

信長給人起外號的水準堪稱一絕。他把藤吉郎秀吉喚作「禿鼠」，或是猴子。不過，禿鼠更貼近藤吉郎的風采。

他給光秀起的外號是「金桔腦袋」。藤吉郎和秀吉的髮質都很纖細，兩人的頭髮都日漸稀疏，類型卻完全不同。藤吉郎的頭髮掉得稀稀落落的，用禿鼠來形容再恰當不過了。

而光秀的少年禿（也已經不年輕了），頭頂已經露出頭皮，連剃月代頭都不需要。頭皮發紅帶有光澤，無論是顏色還是形狀，就和金桔一模一樣。

義昭將軍則是小蕪菁頭。

「日乘，怎麼樣？」

信長向日蓮宗的和尚問道。他故意避開光秀，是顧慮到光秀是幕臣的緣故。

日乘不痛不癢地彙報一些義昭的日常生活。

「你就挑難聽的說好了，我想聽聽那個小蕪菁頭有多難對付。」

信長顯然不相信。

眼下，本願寺、三好、叡山、淺井、朝倉和武田等聯手組成反織田同盟，信長倘若去琵琶湖畔的姉川打擊淺井和朝倉，阿波的三好黨就會乘虛登陸大坂灣，接下來本願寺便會舉旗倒戈，同時，位於東部的武田信玄也將採取難測的舉動，由此可見，想要將信長一網打盡的種種跡象無不顯示出其組織性和功能性。

（小蕪菁頭，可疑得很。）

信長益發深信不疑。正因爲義昭向四面八方派出密使，才使得這些舉動充滿組織性。

（看來是這樣。）

正因爲有此想法，信長才想掌握一些確鑿的證據。

「那就容微臣直言。」

「別磨磨蹭蹭，快說！」

「是這樣。」

日乘列舉了義昭的兩三件舉動，他的預測與信長相同。

村井貞勝也在一旁附和。

「十兵衛作何想法？」

信長卻未詢問光秀，而是轉開話題。

「小蕪菁頭，答應了嗎？」

他問道。這句話太過於簡短，不得不猜測其中內容，信長問的「答應了嗎」意思是「義昭將軍同意隨同織田軍親征嗎」。

「呃。」光秀跪伏下身子。

信長又說：

「廢話就不用說了，告訴我他答應沒答應。」

「答應了。」

「那好，明早我就動身前去攝津。讓他隨同一起出陣。」

（明早。——）

這也太突然了，就算現在馬上準備，恐怕都來不及。

「我這就去室町御所。」

光秀的意思是馬上趕去通知義昭，信長卻只是微微抬了一下下巴。

光秀退出來，到門口飛身上馬，便向西疾馳而去。很快就來到室町的將軍館，光秀立即求見上野中務少輔清信，轉告信長的要求。

「什麼，這可不行！」

上野清信聽到這件突如其來的消息吃驚不小，當即表示拒絕。

「不行是什麼意思？」

光秀冷冷道。上野清信不惜犧牲自己的女兒來討取義昭的歡心，這種小人行徑是他所不齒的。

「這還用問嗎？」

清信振振有詞道：

「現在馬上準備，明天出發，這也太離譜了吧。您難道把將軍當成鄉村野夫了嗎？你們到底是怎麼想的？將軍出陣的話，要覲見天子並獲得准許，有時天子還會賜刀。再說，還得確認將軍出陣的規矩，看看是否需要用什麼器具，調多少人數。」

「荒唐！」

光秀終於忍無可忍，借著信長的權威發作起來。

「如今是亂世，如果現在敵人兵臨御所，你還要去確認出陣的規矩嗎？」

「哪兒有敵人呢？」

「攝津。」

「那不是在京都的南邊，離著十三里路嗎？又不是說敵人打到京城來了。有充足的時間做準備，當然應該先準備將軍的隊伍。」

「要等多久？」

「怎麼也得十天吧。」

上野清信的嘴角掛著輕薄的微笑，一向脾氣溫厚的光秀終於爆發了。

「中務，你趕緊去稟報吧。倘若明早出陣稍有遲緩，就拿你的項上人頭問罪。」

話音剛落，光秀便利落拔出一尺五寸長的腰刀。

上野清信大驚失色，情急之下大吼道：

「十兵衛光秀，你是不是瘋了？你以爲這裡是什麼地方？這可是將軍府啊！」

「看把你嚇的！」

光秀伸手拈住腰刀的中部，啪地折成兩段。

「竹子做的。」

光秀甩手扔了腰刀，逼近清信的跟前。清信慌忙向裡面逃去。

他一路狂奔到義昭所在的房間，把事情的經過一說，義昭反而嚇得渾身戰慄。

「光秀變臉了嗎？」

義昭印象中的光秀，總是溫文爾雅、一副紳士風格。此刻他竟然來到府中拔刀威脅將軍的近臣，可見是非同小可。

在義昭眼中，織田家包括信長在內各個如狼似虎，只有光秀懂得人情世故，稱得上謙謙君子。

（竟然連光秀都……）

這個打擊讓他震驚、戰慄，這回他是徹底地體會到織田家的可怕。

「您下令判光秀死罪吧！在府裡拔刀，已經是死有餘辜了！」

「不是說刀是竹子做的嗎？」

「不錯。」

「你想想。僅憑一把竹刀能判死罪嗎？光秀就是這麼個考慮周到的人。」

他決定出征。將軍館頓時陷入忙亂中。

元龜元年八月三十日，將軍義昭率軍從京城出發。當天晚上，借宿在地處京都南郊細川藤孝的勝龍寺城裡，第二天到了攝津。

中島城是織田軍在攝津的要塞之一，前面提到的細川藤孝，正是這裡的守將。

義昭進了城，城頭上升起印有足利二引兩家紋的源氏大旗時，戰場出現微妙的騷動。

「將軍親征了！」

織田家的將士頓時士氣高揚，而遠處聽聞此事的紀州根來的僧兵則判斷道，「既然將軍都親征了」，而報名參軍。如果只是信長的名義，他們未必願意參加。

（到底是將軍家，榮光未衰啊！）

崇尚古典權威的光秀，眺望著中之島城上飄揚的白旗，不禁感動得熱淚盈眶。

信長把主戰場選在本願寺和淀川之間的天滿宮森林中，開始主動進攻。

此時，光秀已經被提拔爲一級大將，和柴田、佐久間、丹羽、木下等織田家的師團長級別的將領並駕齊驅。

信長已經認定，光秀此人可用。

他在戰場上擁有卓越的指揮才能，已經在攻打南近江和北國以及姉川交戰中得到充分的驗證。

織田家上下無人不豎著大拇指說：

「明智大人對鐵砲組的指揮和攻城戰術上，堪稱日本第一。」

近來，鐵砲在戰場上漸漸成爲主流，很多人卻還不得要領。而光秀在火力上的高超技藝，就連信長都要敬畏他幾分。

（那人很多地方都讓人看不慣，不過還是可用。）

信長判斷道。信長是個徹頭徹尾從功能上區分人的人，正因爲信長的這種思維方式，才使織田軍隊得以稱霸日本。

對光秀來說也不吃虧。來織田家不過短短幾年，他屢次受到提拔，從以前的牢人之身來看已經今非昔比，再沒有比自己的才能、技藝受到賞識更讓人幸福的了。

（必須好好發揮。）

光秀下定決心。事實上，在這場攝津平原的戰役中，光秀鞠躬盡瘁，他的名字都會讓敵軍聞風喪膽。

「不過，多少他還是有些惜命。」

後來，成爲光秀女婿的細川忠興如此回顧自己的岳父光秀道。在戰略戰術和指揮戰鬥方面，光秀確實發揮出色，然而在率兵攻入敵軍隊伍時，他卻不像織田家的部將那般勇猛。

光秀「多少有些惜命」。

他擅長理性地計算並進行指揮，給人造成的印象卻是多少有些貪生怕死。

「淺井和朝倉方面，又開始有動靜了。」

緊急戰報傳到天滿宮森林裡的信長耳中。

淺井、朝倉在近江的姉川遭受重創，卻仍尚存一息。他們休養生息後，又重新組成大軍，瞄準信長前往攝津（大阪）和三好黨對峙在本願寺這一時機，揮師南下威脅信長的後方。對信長而言，無疑面臨莫大的危機。

讓信長更加不高興的是，得到的消息太不確切，無法掌握更詳細的情報。
（應該讓誰去偵查呢？）
信長眼前飛快地閃過光秀的臉。在他眼裡，再沒有人能比光秀和木下藤吉郎更能勝任偵查敵情的工作了。
信長下令道。
「傳十兵衛來。」
光秀正在攝津野田一帶的前線上，一接到命令便馬上趕回大本營。
「近江那幫人賊心不死。」
「是淺井和朝倉嗎？」光秀想要確認，信長卻根本不做回答：「快去！」
他直接下令。
可以說這是信長開創的新戰術。這趟偵察，並不是派光秀個人作爲偵查將校前往，而是讓他帶領一支部隊，強行侵入敵人陣地試探敵情。相當於後世西洋戰術中所講的威力偵察，稱得上是信長天才般的創意。
「遵命。」
光秀退下後，立即收回野田方面的部隊，率領兩千人馬朝京城進發。
（淺井和朝倉一定是想乘信長不在佔領京城。）
光秀猜測著敵人的意圖，並安排相應的偵察計畫。
第二天，光秀進了城。
他行走在京城的大街上。
（想不到這麼安靜。）
他稍稍放寬心。然而先行的偵察兵回來報告說，市民受到很大影響，不少人今明兩天就會收拾金銀細軟逃走。
（織田軍的威信也一天不如一天了。）
光秀心想。以前的織田軍威懾四方，就算有其他的勢力窺探京城，市民也會覺得：
——他們肯定打不過織田彈正忠大人。
更不用說會有人捲起家產逃跑。而現今，織田軍腹背受敵，人們的看法便不一樣了。他們甚至猜測信長明天就會完蛋。

城裡甚至還出現這樣的謠言：

「將軍殿下也對信長失望透頂了。」

將軍殿下義昭已經從攝津的戰場回到京城。信長自己也覺得讓義昭出馬已經達到政治目的，便同意他回來。

（也可能是義昭本人散佈的謠言。）

現實情況卻不允許光秀仔細深究。穿過京城翻過逢坂，大軍剛要在大津停下休息時，只見一群敗兵沿著街道逃竄而來。

光秀吃了一驚。

這些敗兵幾乎都是織田的近江守衛部隊。

一打聽，才得知猖獗在近江一帶的淺井、朝倉聚集了兩萬八千名大軍，接二連三地攻破織田軍的佔領地，剛剛又把宇佐山城（滋賀縣）攻了下來。

宇佐山城的兩名守將是信長的親弟弟織田信治和森可成，據說兩人都在守城戰中犧牲。

（這次可嚴重了。）

光秀想。

他先收留這些敗兵，編入自己的隊伍中。這些人一旦流落到京城，恐怕會傳出謠言，弄得人心惶惶。

第二日，光秀盡量避免與敵軍碰面，深入近江國內查看情況，發現淺井、朝倉的軍隊佔領了琵琶湖附近的八王子、比叡辻、堅田、和爾等織田軍的根據地，其中一支部隊更是遙遙南下直達山城，燒毀了醍醐、山科等村落後才退去。

光秀的偵察工作十分細緻。

他不再久留近江，而是匆匆南下回到攝津，向信長報告。

光秀描述得很詳盡。

信長緊緊盯著光秀，既不反問，也不點頭，只是傾聽著。聽完後便喊了一聲他獨特的口頭禪：

「這樣啊？」

便召集前線各個將領：

「馬上調轉方向討伐近江。」

他宣佈新的軍令，隨後的軍事會議上對新局勢進行重新部署。

之後，信長電光火石般地穿過京都來到近江，在位於琵琶湖一側的比叡山山腳下的坂本城裡佈陣後，開始向淺井、朝倉部隊發起進攻。

然而，淺井、朝倉方面一看信長來勢兇猛，避開和織田軍的決戰，而是將大本營安在比叡山上。

戰況可想而知成了山地戰，淺井、朝倉部隊一味地避免決戰，而是向各地派出小分隊燒殺搶掠，意在讓織田軍疲於奔命。

信長重新部署全軍，包圍整座比叡山，並在各處搭砦。信長親自坐鎮宇佐山城大本營，正對著高大險峻的比叡山。

雪

秋意漸濃。

琵琶湖南岸山地中的戰事卻遲遲不見收尾，戰局陷入僵持，信長的敗局似乎已成定論。

（要輸了嗎？——）

陣營中的光秀也不禁唏噓。天下反織田同盟的運動越演越烈，當事人信長卻困在比叡山的山腳下，動彈不得。

（這樣下去只有死路一條。）

光秀想。

淺井、朝倉的主力部隊潛伏在比叡山山谷中，他們搭建防禦要塞，並把寺院作爲臨時的砦與眼前的織田軍對峙，他們已經做好要塞戰的準備，絲毫不打算退卻。

（這些人還挺機靈的。）

光秀不得不佩服淺井、朝倉部將的戰略頭腦。照目前天下的形勢而言，比叡山的淺井、朝倉「紋風不動」就是最佳的戰略。把織田家的大軍困死在近江比叡山的山腳下，就是他們取得勝利的方法。

甲斐的武田信玄率領日本最強大的軍隊湧出駿河路，殺向織田家的根據地尾張和美濃，恐怕是遲早的事情。

而攝津的三好黨則一定會在本願寺的支持下，不斷擴大戰場，最後打進信長佔領下的京都吧。

「四面楚歌」

光秀想起了這句古代中國的典故。信長的四周，四處可以聽見敵軍的軍歌。除了三河的德川家康之外，天下之大，信長卻再也找不到一個盟友。

（三河大人機靈過人，還能如此忠心耿耿地跟隨左右。）

光秀對年輕的家康由衷感到敬佩。家康在織田家諸將之中，本就備受讚賞：

——德川大人年紀輕輕，卻知書達理。

而且大家對他並無城府之見。家康年紀雖然尚幼，對織田家的各將領卻是殷勤得很，就算在路上遇見也會莊重地低頭行禮，將領對這位有禮有節的主家盟友反而很敬畏，這也就形成了人們對家康的評價。

（不光是通曉禮儀，心地也很耿直。）

對此，光秀也不得不認同。

（反過來想，三河的德川大人和織田家的關係如此緊密，應該已經做好共存亡的準備了吧。德川大人一定是下了決心，無論生死都要跟隨信長之後。）

可是，當事人信長又如何呢？

（信長會怎麼樣呢？）

光秀心裡擔憂眼下的狀況，同時又饒富興味。他想看看自己偷偷認定的競爭對手信長下一步會走什麼棋。

且說信長——

每隔三天，光秀會離開自己的陣營，到信長的大本營中請安並接受各種指示。

每次，光秀都能從信長的舉止中感覺到：

（沉不住氣。）

可以說目前的形勢生死攸關，倘若是傳說中的英雄，一定會掩蓋住焦躁深藏不露，表面上裝作泰然自若的樣子。信長卻不是這樣。

他表現得很心急。

「再好好打！」

經常能聽見他大發雷霆。他的意思是，淺井、朝倉軍想把織田軍拖入山地戰中，應該不停地攻打他們的陣地才行。

然而，這些嘗試均不見效。每座山砦中的敵人，都像蚌殼一樣死死閉著，根本無視對方的挑釁。

（看來不行。）

信長卻不這麼想，無論多失敗，他一直下令重複著這些毫無技巧可言的生硬刺激戰術。

不僅如此。

即使知道無用，信長還是用盡所有能想到的辦法。

例如，舊時代的挑戰書。

信長派出秘書官菅屋九右衛門作爲使者前往山頂上朝倉方面的大本營，勸說道：

「再拖下去的話，雙方的士卒都會筋疲力盡、盼不到出路。請你們下山來，讓我們在遼闊的平原上各自擺陣一決雌雄爲快！」

朝倉軍的將領都嗤笑不已。

「信長開始著急了。」

他們很興奮，似乎看到勝利在望。信長的請求無疑被他們當場拒絕。

（——信長這個人，）

光秀得知此事後心想：

（且不論是愚蠢還是下策，總之只要能使出的手段，他都毫不耽擱地實施。）

他的焦躁讓人同情。按照光秀看來，就像信長這樣的天才，恐怕也無法擺脫目前四面楚歌的局勢。

（信長就像被關在石牢裡。）

光秀想。當然，如果光秀處在信長的位置上，想必也會像信長一樣，只會徒勞地敲打著石牢的牆壁重複一些無用的舉動而已。

（這個人，總是在挑戰自己的命運和智慧。）

信長重複的胡亂敲打牆壁的下策之一，便是向比叡山延曆寺派出使者。

「和淺井、朝倉斷絕關係，把他們趕出山去。」

他向寺裡提出要求。

比叡山延曆寺是日本最強大的宗教團體，自平安時代以來就不停與俗世的權勢對抗，在歷史上幾乎從未失敗過。

寺裡的僧兵被通稱爲「山法師」，這些僧人卻壓根兒不守本分，而是「與各國的竊賊、強盜、土匪、海盜並無二異，是一群極其貪婪的亡命之徒」。

進入戰國時期後，他們的勢力有所衰減，各國的延曆寺領地都被各自所在地的大名霸佔，經濟上也大不如前，然而山上仍然居住著三千名僧兵，十六座山谷中遍佈著數千座寺院和僧房，成爲他們的要塞。

對於這些山法師的日常描述，信長的輔佐官太田牛一在其著作《信長公記》中恨恨地寫道：

「他們葷色均沾，恣意妄爲，大逆不道。」

把他們描繪成出家的無賴漢。

比叡山和淺井、朝倉結盟，把山地提供給他們作戰。

信長派出來的使者，是家老佐久間信盛。

他連利誘帶威脅地勸道：

「倘若趕走淺井、朝倉的人馬，可以奉上些許領地。然而要是不聽，三千寺院僧房將會毀於一旦，可要想好了。」

寺院卻不以爲然，斷然拒絕道：

「淺井、朝倉兩家乃我延曆寺的大施主。爲報施主之恩，何罪之有？恕難從命。」

（合乎常理。）

在尊崇傳統的光秀看來，比叡山延曆寺的態度再自然不過了，信長的要求才是不合常理。山門自有山門的歷史權威，自有王朝以來，就連帝王也不曾挑戰過比叡山的權威，事實上也從未聽說過。自古以來，這個國家的統治者就認爲王法（地上的統治權）不可侵犯佛法，他們歷來都懼怕比叡山，甚至有時還對其跪拜叩首。

（再沒見過世面，也做得有點過分了。）

光秀想。與比叡山對抗取得勝利的事例古今未聞。

佐久間信盛回來覆命後，信長只說了一句：

「是嗎？」

便抬頭望著宇佐山陣地上的杉木林，沉默不語。

信長此刻在想些什麼，一旁的光秀自是無從知曉。

信長仍然堅守陣地，他的耐心簡直讓人害怕。

到了十一月，天寒地凍，山上和山麓開始降雪，兩軍的對峙越加艱難。

「下雪了，下雪了。」

最近，信長每天都要嘟囔好幾遍。

光秀也聽到無數次。積雪使戰場的交通陷入癱瘓，步兵的勞苦無法用語言形容。

只有信長對這場雪歡喜雀躍，似乎他一直在盼望著快些進入雪季。其實，信長以他最大限度的忍耐力迎來了這場雪。只有這場雪，才能將他帶離光秀口中的「石牢」。

信長傳喚光秀。

光秀接到通報後，從自己的穴太陣地驅馬趕往信長所在的宇佐山陣地，一路上大雪皚皚。

「十兵衛，馬上去一趟京都。」

信長很久沒露出這麼開心的表情。

「你看，下雪了。這回就要看你那張臉了！」

（什麼意思？）

信長的言辭總是讓人難以捉摸。雪和光秀的臉，兩者有什麼關聯呢？

而且，信長說的是：

——那張臉。

信長不喜歡的東西中，這種臉應該要數其中之最了。

反過來，他喜歡千奇百怪的人。

織田家有名豪傑，據說平時嗜酒如命。一天，別的大名家來了使節，正襟危坐著等他。

此人卻無法忍受使節表現出的一本正經，他嘩啦一聲拉開使節所在房間的門，嘴裡嚷嚷著：

「你看，你看。」

他猛地掏出自己的睪丸，還劈裡啪啦地拍打個不停，使節驚得不知所措。

換做一般的大名家，如此惡作劇的人罪當切腹自盡。信長卻截然相反，他聽說此事後，笑得快要喘不上氣來：

「是嗎？那些一本正經的傢伙是什麼表情？」

他不停地追問那名作怪者。

信長年幼時被稱作狂童，長大後似乎有所收斂。

然而，他內心裡喜歡標新立異的個性卻絲毫未減。初次到京城當上佔領司令官時，他上街宣佈命令：

「從今日開始，我織田信長就是京城顯貴和老百姓的守衛者。擾亂治安的大惡之人一律處斬，良民儘管放心。」

他騎在馬上巡視京城街道，一身打扮卻讓人瞠目結舌。只見他的刀鞘上綁著足半（草鞋的一種），腰間就像小時候那樣掛著布袋。布袋是緞子質地，裡面裝著米。煮好的米飯則放在另一個袋子中，馬鞍後面掛著的袋子裡則放著餵馬用的飼料。總之，他的架勢無不在表明，一旦發現惡人就立即衝上去將其抓住。

可想而知，他怎麼可能會喜歡表情深沉、循規蹈矩的光秀呢。

而且，他的怪異之處不僅僅體現在著裝上，還表現在言辭上，讓家臣頭疼不已。

他此刻對光秀說的話可以分爲三層含義。

馬上去一趟京都。

你看，下雪了。

你的那張臉有用武之地了。

（什麼意思？）

光秀飛快地轉動著腦筋。如果磨蹭不解的話，馬上會招來一頓劈頭蓋臉的責罵。能夠敏捷地解讀信長的指示風格的要數木下藤吉郎，光秀這方面可比不上他。

不過，光秀還是理解了。

（去京都，指的是去將軍義昭那裡。下雪，讓山上的朝倉部隊陷入困境。朝倉的本國越前，如今正下著大雪。從越前經過琵琶湖西岸的山道送往比叡山前線的兵糧、彈藥等物資，會由於運輸線積雪而無法供給。之後的寒冬時節，比叡山的朝倉部隊一定會彈盡糧絕。這時，如果將軍義昭出面調停，朝倉部隊一定會順水推舟撤兵回國。到時候，我——這張臉的任務便是到義昭將軍面前去請他出面調停。一定是這個意思。）

光秀心下有數，朗聲回答道：

「遵命。我這就出發去京城的室町館（義昭的將軍府）。」

信長感到滿意，又叮囑道：

「不過，不許讓對方覺出我們的弱點。」

光秀立即下了宇佐山城，把自己的穴太戰場的指揮工作交給彌平次光春，自己則率領數名輕騎冒雪趕往京都。

京都也下著雪。

光秀沿大路踏雪來到將軍府前求見，立即獲准。

光秀大步直奔到義昭的殿前。

「呃，光秀來了！」

義昭人還沒到，聲音先傳了進來。只見簾子挑起，義昭走進來落了座，似乎凍得直流鼻涕。

「近江的戰地也能看到雪景吧！」

義昭滿眼得意之色。他的腦中，也許此刻正浮現出信長在風雪中飽受折磨的樣子。只要這場仗僵持下去，信長就難以逃脫滅亡的命運。

「將軍殿下！」

光秀明察秋毫，提高了音量。他的聲音裡帶著力度。

「將軍殿下關照有加的朝倉和淺井，不久就會在近江的大雪中自取滅亡了。」

「什麼？」

義昭驚訝得張大嘴，太出乎意料了。

「怎麼回事？朝倉、淺井爲何會在雪中滅亡？」

「軍糧一斷，在明年開春前會餓死一半，另外一半也只有投降。」

光秀站在義昭的利害關係上，描述這場戰爭的前景。光秀用他一流的清晰理論解釋朝倉之所以面臨絕境的原因。

「您現在要出面調解，這樣可以讓朝倉和淺井承受您的大恩，也可以向信長顯示將軍家的權威。」

他又滔滔不絕地講解一番「將軍權威論」，義昭不由得被他折服，直起腰說道：

「光秀，就按照你說的辦吧！」

他拍掌贊同。

當天夜裡，光秀起草兩封將軍的手諭，次日讓義昭蓋上印章，義昭吩咐由專人去送信。

光秀一直隨行，直到去朝倉的使臣從雲母坂上了比叡山，去信長處的使臣進入近江。

十二月十三日達成和解，信長率先撤兵，隨後，淺井和朝倉部隊也分別從比叡山撤回本國。

和解後的第三天，信長冒著大雪抵達琵琶湖東岸的佐和山城，兩日後的十八日回到岐阜。信長巧妙利用氣候爲戰術，千鈞一髮之際得以從虎口脫險。

烈　火

信長再次率領大軍攻入近江，是第二年元龜二年（一五七一）的八月。

去年年底，信長冒著大雪回到岐阜後，一直忙得抽不開身。他出兵伊勢想要一舉殲滅盤踞在長島的本願寺一揆，卻未能如願以償。木下藤吉郎負責在近江與淺井氏的持久戰也讓他時刻掛心，其間又遭逢松永久秀叛變，總之這段時間，每件事都對信長造成不小的打擊。

信長卻似乎無所謂，仍舊每日罵罵咧咧地一切照常，看不出任何變化。

然而，關於他的命運將要走向滅亡的傳聞，漸漸讓人嗅到一絲現實氣息，那就是：

——武田信玄的西進。

織田家派出的密佈東海道至甲州的密探不斷向信長彙報，內容越來越具有現實意味。東海道的安定只能依靠家康。家康自從五月就專心於三河的防守，並出兵駿河，與信玄的游擊部隊頻頻接觸。

信長卻朝西背向而馳。

元龜二年八月十八日，信長率領五萬大軍取道近江，把淺井軍困死在大本營所在地的小谷城，同時不斷地對境內的小城發起進攻，九月十一日，大軍挺進琵琶湖南岸，在山岡玉林處設置野戰陣地。

「不過是場掃蕩吧！」

京城的一些好事者這麼想，織田家的將士也不例外。這段時間，近江出現的敵軍都是一些小部隊、小城或一揆的小戰役而已。

「想必要回岐阜了。」

將士都猜想揣測道。信長幾乎從不向別人透露自己的想法。

十二日，大軍出發。

號角響起，先頭部隊開始行軍。大部隊尚不見動靜。

（看來要回國了。）

陣營中的光秀也猜想道。他終於可以與岐阜的妻子阿槙久別重逢了。

不料，剛剛走出一段，信長大部隊中的母衣武者（傳令將校）騎馬追上來，其中一騎直奔光秀而來。

「明智大人，速往坂本包圍日吉大社！」

「敵人是何者？」

「我等只是奉命傳話。」

母衣武者說完便離開。光秀掉轉馬頭改朝比叡山腳下的坂本方向而行，此時母衣武者再次追趕上來傳令道：

「敵人在比叡山！」

光秀的部隊負責包圍坂本，其他各將也分別部署，各路大軍攢連起來將比叡山圍了個嚴嚴實實，連隻螞蟻都爬不出來。

「如何行動？」

「主上有令，燒光所有的廟宇樓閣，不分男女老少一律殺光。明智大人，不得有誤！」

「等等！」

「還有何事？」

「只是這些嗎？」

光秀挽住韁繩盯著母衣武者。

「沒錯。」

「……！」

光秀驚得差點從馬背上栽下來。要知道，比叡山可是鎮守王城至尊無上的巨刹啊！在日本國已有上千年的歷史，王法在天子佛法在比叡山早已成爲規矩，歷代天子無不尊崇和畏懼比叡山。遠在王朝時代，就連被譽爲最任性的白河法皇也曾感歎道：

「不受朕掌控的，只有鴨川的水和山法師。」

（信長難道不知道比叡山的歷史、傳統和權威嗎？）

光秀心想。

說起比叡山的權威，不僅僅是支配著日本的精神界，自從桓武天皇以來，歷代天子的靈位都供奉於此，日夜祈禱升天的靈魂能夠安居在極樂世界，活著的天子和貴族得以消災避難。如今，居然要燒了這裡，殺死和尚們？

「我要去勸諫。」

光秀向彌平次光春丟下這句話，立即掉轉馬頭隻身一騎直奔相反方向而去。

（絕對不可以。）

馬鞍上的光秀禁不住身體顫抖起來。在光秀這樣崇尙古典的人看來，信長的所作所爲簡直就是野蠻人的行徑。

光秀靠近信長部隊時，正巧信長離開隊伍，盤腿坐在道旁的田埂上啃著年糕。

他的身後和兩旁站著貼身侍衛和兒小姓，大家都神情微妙，其中一名兒小姓舉著一把朱傘，爲信長遮著頭上的烈日。

（成何體統。——）

光秀見到此景，直覺得心下無奈。倘若只是看信長的左右，確實不失爲一幅絢麗的王侯景象，然而啃著年糕的信長，怎麼看都粗俗不堪。

「什麼事？」

信長皺眉看著跪在面前的光秀。聰明如他，早就看穿光秀的來意。

他猛地喊出一句：

「要是廢話就不用說了。」

信長雖然比誰都承認光秀在打仗和行政上的卓越才能，然而，他對光秀明明知道卻滿嘴大道理的毛病深惡痛絕。

「有事快說！」

「我想說比叡山延曆寺燒殺一事。」

「閉嘴！」

「不，我必須說。比叡山延曆寺乃七百年前，傳教大師爲傳播天台密宗奉了聖命開山，歷來備受朝廷尊崇。」

「十兵衛，你是和尚嗎？」

這回是信長無奈地看著光秀。

「不，我並非和尚。」

「那你要幫著那些惡人說話嗎？」

「您指的惡人是？」

「比叡山的禿驢們。」

這句話說得光秀啞口無言。事實上，比叡山的和尚舞弄刀槍到處殺生，葷酒女色無所不沾，不學無術，不拜佛祖，甚至怠慢佛前供奉過著破戒的荒淫生活，在京都早就不是什麼秘密。更有甚者，最近和尚在坂本與女子同居，帶著女人出入公共浴場，荒誕行徑就連常人都面紅耳赤。

「這幫傢伙怎麼可能鎮守國家，護衛王法，祈禱天子玉體的安康呢？」

「可是，」

光秀冒汗了：

「雖說法師們淫亂破戒，比叡山到底供奉著三千菩薩。菩薩是無罪的。」

「有罪。放任這些無賴和尚在眼前不加以懲戒，足足過了七百年，難道不是菩薩的怠慢嗎？我要用大鐵錘砸了這些菩薩。」

「可是……」

光秀竭盡自己所能爲比叡山的菩薩辯護著。信長不可思議地看著光秀，突然湊上前來問道：

「十兵衛，你是眞心信佛嗎？」

「不是說信不信，而是要尊他人之尊。」

「我看你是不知道，那些」

他誇張地盯著光秀道：

「都是金屬和木頭做的。」

信長一臉正經。

「那又怎麼樣？」

「木頭就是木頭，金屬就是金屬。把木頭和金屬做的東西稱作是菩薩來騙人的，是頭等惡人。然後打著這些菩薩旗號來欺騙天子臣民的是第二大惡人。」

「只是，這些畢竟是自古而來的習俗啊！」

「十兵衛，你是不是鬼迷心竅了？我彈正忠（信長）要做的大事，正是要把你喜歡的那些陳舊的妖魔鬼怪統統毀掉，換一個新世界。所以這些菩薩必須死。」

信長一向言辭簡短，這番話算得上是長篇大論了。光秀無奈只好點頭道：

「只是恐怕會讓世人非議啊！這件事您就交給我光秀吧！」

「你打算怎麼辦？」

「不燒寺院也不殺和尚，把他們趕出比叡山就好了。」

「金桔腦袋！」

信長已沒耐心繼續這場見解完全不同的對話。他猛地伸出手抓住光秀腦際的頭髮扭轉起來。

（呃。）

光秀忍著不出聲。

「也只有這樣才能讓你明白。」

「主上！」

「和你說上一百年也說不清楚。」

信長恨不得把光秀的腦袋揪下來擰碎，他只不過是自己手下一個平凡的食客而已，卻偏偏要用華麗的辭藻，擺出一本正經的樣子，仗著懂幾個字，不自量力地想要對自己說教。

「蠢貨！」

信長揪著光秀的腦袋，就勢把他拽倒在地。這就是信長想說的「話」。信長習慣用行動來表達。

然而，此刻信長的精神境界已經遠遠超出光秀之上。倘若信長善於雄辯，他應該會展開自己在這個國家思想史上最早的無神論，來嘲笑光秀因循守舊的教養主義吧。同時，他應該還會用擊退中世紀有害無益的牛鬼蛇神、喚來自己認同世界的革命思想，向光秀灌輸吧。

然而——

信長只是把自己應該用辯論戰勝的這個論敵，甩在已經收割完的田裡。光秀摔了個大跟頭，連髮髻上都沾滿泥。

比叡山的屠殺教人慘不忍睹。

織田的五萬大軍湧進山頂、山腰和山谷中，所到之處無不放火殺人，逃跑的和尚屍體被扔到火中。黑煙衝天，看不見山體，皮肉的燒焦味十里方圓都能聞到。

「斬盡殺絕！」

信長下達命令，不留一個活口。本來就對不合理的事物厭惡到極點的信長，看和尚就像在看一群長了手腳的怪物。

「別把這些傢伙當人看，都是一群怪物。菩薩們怠慢才沒把他們扔進地獄，菩薩與和尚統統殺光。信長倒要讓你們看看什麼才是地獄。」

信長的命令一向具體到位，燒殺過程中，他又吩咐道：「山裡有洞穴。你們挨個兒地找，一個也不能漏了。」的確有不少人逃到山洞裡，他們都悉數被拖出來斬首。

光秀也站在黑煙中指揮著。以根本中堂爲首的四百多座建築物在火焰中燃燒，這個奇妙的戰場由於四處噴起的猛煙，讓人覺得連呼吸都困難。

這場屠殺，對信長而言也是一場戰爭。信長用他異常果斷的性格，向過去的歷史發起挑戰，並徹底掃蕩那些過去。

光秀不理解其中的理由。他只是作爲信長手下一名忠誠的軍事官僚，和其他將領一起，履行著屠殺的任務。

「女的要怎麼處理？」

部將來請示信長。

「殺！」

本不該出現在這塊淨土的女人被成群地趕出來，她們也都被處死。

光秀實在是不忍看下去。

最讓光秀心痛的是比叡山中被稱作智者、上人的高僧。其中，還有光秀認識的名僧。光秀比誰都清楚，他們絕不屬於惡僧那一類。

光秀正在現場中走動時，被士兵抓住的一名老僧看見光秀，便高呼救命。

「我是湛空啊！您不認識我嗎？」

老僧拚命大喊。何止認識，湛空上人是天子的老師，光秀也曾經在近衛家的府中遇見過，十分傾慕他的學識。

光秀卻別過臉，裝作沒聽到的樣子急急走開。就算是求自己，也幫不上忙。光秀走出十幾步開外，還是忍不住回頭看，只見剛在還在叫喊的湛空，人頭已經掉落在地面的苔蘚上。

（信長是個惡魔。——）

光秀從來沒有像此刻這般憎恨過信長。

信長在大本營裡下達著周密的指示，確保這場大規模屠殺可以做到斬草除根。偶爾有將領從現場趕來哀求道：

「某某是當代首屈一指的學者，請高抬貴手。」

信長卻不爲所動，拒絕道：

「逆我者死！」

在信長看來，助長這股不正之風的，正是這些所謂的得道高僧和名僧。可以說，他們的名聲妨礙了對那些腐敗之流的批評。

元龜二年九月十二日，短短一天的時間，比叡山燒了個片瓦無存，僧人平民男女老少三千人斬盡殺絕。

「正巧當日也是聖米迦勒的祭日。」

當時旅居日本的外國修士，也爲這場佛教僧侶的屠殺感到欣喜似的，向本國做了激動的彙報。信長當然不會知道。

這場屠殺剛結束，光秀卻意外受到信長的封賞。

「你來當坂本城主吧！」

坂本地處比叡山位於近江一側的山腳，直到延曆寺還存在的幾天前，一直作爲幾百年來比叡山的宗門行政中心，很是繁華。信長命令光秀在坂本築城，管理舊比叡山的領地，並負責鎮守南近江和京都。

因此需要封地。信長把南近江的滋賀郡賞給光秀，用糧食產量來計算恐怕要超過十萬石。

可以說是破格提拔。

此時，就連信長最寵愛的木下藤吉郎，也不曾擁有自己統治的領地。藤吉郎雖然是北近江橫山城的守將，卻只是以對淺井氏的野戰司令官身分駐守在野戰要塞的城裡而已。

（到底是怎麼回事？）

光秀自己也感到迷惑不解，自己爲什麼會比織田家的老臣待遇更好。

（這也許正是信長的獨特之處。）

光秀這麼認爲。信長雖然明顯表現出對自己的厭惡，倒不如說他對於評價明智十兵衛這一才能個體極其冷酷。

唐崎之松

光秀是一位築城家。

他的腦袋裡如同奇蹟般地裝滿各種才能，其中設計城郭的才能更是非同一般。

信長善於發現部下的才能。不僅僅是發現，一旦發現後，就像餓虎撲羊般貪婪地攫取他們的才華。明智光秀擁有的眾多才能中，信長長期以來利用他的戰術才華和使用鐵砲的新戰術，以及他的行政才能和與貴族社會接觸的才華等，尚未驗證過他在築城方面的才華。

「你就在比叡山東麓的坂本建城吧。建好了，坂本城的城主就是你了！」

信長之所以如此下令，正是出自對光秀在築城方面的才能的欣賞。否則，他不會讓新來的光秀越過其他的老臣，一躍升上城主的寶座。

這座新城雖然規模不大，卻是織田家建築的第一座城池。之前信長只是奪取現成的老城，從未獨自建設過新城。

對此，信長慎而重之叮囑光秀道：

「做得到嗎？」

「做得到。」

光秀乾脆地回答道。

他盡可能地往前趕工。

他也不得不抓緊時間，要知道，主公信長比誰都熱衷於速度。

比叡山的東麓，也就是靠近近江一側的山腳。坂本就坐落在山腳下的琵琶湖邊。

「建一座水城。」

光秀決定了這座新城的主題。在琵琶湖的湖面上砌起石壘，利用水面防衛城的三面，城內外允許船隻出入，從而控制琵琶湖的水面。從中世紀以來，琵琶湖就是水上強盜的老巢，就連信長也對他們束手無策。

主題一確定，設計方案幾乎一夜之間就擬好，接下來就是召集人手開始施工了。

從現在的地理而言，新城的地址就在坂本松林的岸邊。規模不大，光秀並未從城主居住的角度加以考慮，而是純粹出自攻守要塞上的需要。

幸運的是，光秀輕而易舉就弄到建城所需的材料。理由很簡單，坂本當地有數不清的舊寺院，都和比叡山存在關聯。

它們被叫做鄉寺。

自王朝以來，僧侶本應全體住在山上的延曆寺中，然而山上極其潮濕，不少人為此患上結核病，因此，僧侶在結束山上的修行後，幾乎都下山住進坂本的「鄉寺」裡。

這些鄉寺多得數不清。

而且，上次信長火燒比叡山後，僧侶不是被殺就是逃走了。鄉寺裡空空如也，了無人跡。

「就用這些材料吧！」

光秀吩咐官員道。橫梁、柱子、用具、磚瓦等等都立即派上用場。

施工期間，光秀把妻子阿槇和孩子們從岐阜接到坂本。

「黃臉婆有什麼好的？」

織田家中有人議論道。阿楨來了後，這個異常愛惜妻子的人精神大振，簡直就像換了一個人。

阿楨暫時落腳在一棟無人的鄉寺裡，她從來沒住過這麼舒適的房屋。

就拿院子來說吧。

不同於禪林一般的枯燥格式，比叡山的僧侶營造的亭台水榭似乎能讓人聯想到女體的芬芳，不難想像，王朝以來宗教貴族是一種什麼樣的心境。

「簡直就像大名的府邸嘛！」

阿楨興奮地嚷嚷著。光秀不禁啞然失笑。

光秀已經是擁有城池和領地的大名了。

「我們現在不就是大名嗎？」

這麼一說，阿楨滿臉露出狐疑之色。

「不對吧。」

「哪裡不對？」

「反正就是不對。」

也許阿楨是對的。原本大名的意思，應該是指甲斐的武田家、常陸的佐竹家、薩摩的島津家等等自鎌倉、室町體制以來的守護大名。後來，這些各國的守護大名都衰敗了，取而代之的是新興大名，世上爲了方便，統稱他們爲「大名」。關東的北條家、三河的德川家、大和的筒井家和土佐的長曾我部家都屬於此類，而織田則是其中最大的一家。按照阿楨的理論，既然信長也是大名，那麼光秀就只是家臣，不能稱之爲大名。

「只要彈正忠大人在你之上，您就當不了大名。」

阿楨無心說出的這句話，在光秀聽來卻格外刺耳。只要信長在自己之上——這句話，要讓別人聽見還不知要生出多大的是非。

「阿楨，在別人面前可不能這麼說。難保別人不會嚼舌根。」

光秀對人言異常小心。或者不如說，信長過度敏感的神經，光秀比旁人更能敏銳地感覺到。

「我不說就是了。」

阿楨嘴角帶著戲謔的微笑，似乎在嘲諷丈夫的過度小心。

「我本來在人前就幾乎不說話。」

「不是這個意思，」

光秀想要轉換氣氛，接著又說：

「將軍殿下把彈正忠大人稱作父親，天下人也都沒把他當成區區一個大名，而是相當於副將軍的身分。那麼我們這些家臣，也許可以稱得上是準大名。」

光秀似乎很在乎大名這個稱謂，當然他的本意並不在此。歷經長期的牢人窘迫後才有今天的地位，用大名這一華麗的辭藻和阿楨分享一下這份喜悅，應該不算過分吧。

築城期間，光秀既要服從信長的動員令前往各地的戰場從軍，又要管理京都的市政，去向將軍義昭請安，很少有空待在坂本。

他從攝津的戰場回來，立即前往施工現場查看進展情況。

「唐崎不是有棵松樹嗎？」

他突然想起來。

城外有個地方叫唐崎，湖岸邊有棵被稱作「唐崎之松」的大松十分有名，堪稱當地的一大景觀。

「呃，從沒聽說過呢。」

工地上的年輕工人回答道，其他人也都不知道。

「肯定有。」

古今的詩歌文集中多處提到過這裡。

還有一首古詩詠道：

唐崎沙灘依稀見
巨松葉茂無邊際

光秀把鄉里的老人叫來詢問，證實確實有這麼一棵松樹，不過在老人出生前就已枯死，如今也只是傳說而已。

這棵老樹恐怕已有千年樹齡，樹葉繁茂時巨大的軀幹就像蒼龍一般延伸到沙灘上，數百根翠綠的枝條嚴嚴實實地掩蓋了地面、高聳入天，從湖面遠遠觀望，就像是一座丘陵。

（應該種樹。）

渾身洋溢著古典情懷的光秀，對種植松樹感到極大的熱情。然而，就算是要種，又要到哪裡尋找那麼古老的松樹呢？

在這一點上，光秀可以說是個怪人。他爲了尋找松樹，在原本就很緊繃的人力中調出幾名，派他們到湖畔和深山中尋找。遠的一直找到比良的山頂，甚至還去到敵人領地的北近江湖畔。

最後，他們終於在北部余吳的湖畔附近找到一棵姿態優美的松樹，裝扮成當地的農夫開始挖樹根，沒想到挖掘當中，被小谷城的淺井軍察覺並遭到襲擊。

挖樹的這些人慌忙扔了鐵鍬，跳上船逃向湖心，其中三人中彈負傷。

光秀卻未死心，他派人去找附近橫山城的陣地司令官木下藤吉郎，請求他的援助，即出兵現場保護他們挖樹。

「——什麼？」

藤吉郎聽後不禁苦笑。如今，織田軍爲了對付四處不斷湧出的敵軍，不得不在各地苦戰，怎麼有閒暇派兵幫人家挖樹呢？

不過，藤吉郎本來就很好說話。

同僚有事拜託，他總是有求必應，這樣做還能取悅眾人。

「那就撥給你一百人左右吧！」

他答應道，並約好日期。

當天，藤吉郎派出的士兵來到湖岸，來自遠方湖南的光秀人手則坐船趕過來，開始挖樹。

好不容易挖完了，他們連幹帶根把樹搬到船上。

船身很大，共有五艘，旁邊繫著竹筏正好用來載樹。他們裝好樹後正打算離岸時，砰——

耳邊傳來震耳欲聾的鐵砲聲，淺井的部隊開始朝這邊射擊。淺井之所以出兵，想必以爲他們要在湖邊建砦吧。

藤吉郎的部隊予以回應，日落前好不容易才擊退敵軍回到橫山城，這場毫無意義的戰鬥造成數人死傷。

這件事自然傳到岐阜的信長耳中。這兩名身處前線的最能幹的大將，竟然爲了從敵人領地上偷一棵松樹鋌而走險。

「蠢貨！」

他爲了表示自己的憤怒，分別派出使者趕到兩人的城裡。

信長雖然生氣，卻也沒有追究，也許是因爲他喜歡怪人的緣故吧。

（光秀還眞有意思。）

信長暗地裡感到佩服。

使者很快就回到岐阜。派往藤吉郎的使者報告說：

「木下大人怕得要死，他跳起來說這是要切腹的，滿臉通紅地朝著岐阜方向拚命磕頭。」

信長不禁張嘴哈哈大笑，簡直就像看到那隻猴子的舉動。藤吉郎也回派使者跟隨同行，向信長獻上近江產的山菜和水產品等等。

而派到光秀那裡去的使者，報告中淨是一些大道理。

「明智大人是這麼說的。」

他解釋了一番唐崎的松樹在古詩中就很有名氣，使其復活能夠揚名天下，不失爲宣傳主上威風與仁慈的良策等等。

這種口氣讓信長勃然大怒。

「他是要教訓我嗎？」

信長大吼道。這回光秀並無惡意的熱情讓信長頗爲欣賞，他本人的解釋卻滿口仁義道德，讓人聽了只覺得厭煩，光秀實在太不討喜。

——眞是一點也不討人喜歡。

信長心裡應該會這麼想的吧。說得更具體一些：

（此人眞是可恨，今後也只有器量和才華可爲我所用了。）

信長眞切體會這一點。而光秀本人，自然是從未表現過自己內心哪怕是一丁點的討喜之處。

光秀絲毫沒有察覺到，信長會如何看待自己的言行。

那棵從敵人領地的湖畔運來的松樹到達唐崎的沙灘上時，光秀特意立馬出來迎接。

百餘名工人把竹筏拉上岸，又在松樹下塞進數十根圓木，接著用拉桿和滑車拖動它。

整個過程比預想的困難，甚至超過築城的難度。

光秀親自在現場指揮，整整花了三天三夜，到第四天早上，才將松樹種在沙灘上。

陽光升上湖面，松枝在晨曦中蒼翠欲滴，面對此番美景，光秀爲自己這項宏偉的工程湧現無法言喻的感動。

他的這種熱情，和當初他把將軍義昭從奈良一乘院中悄悄救出，有如肩負著他四處流浪，最後依靠信長把他送上京都室町的寶座，使足利家死而復生的熱情是完全相同的。

松樹的軀幹尚不是很大。

然而光陰似箭，當光秀離開這個人世後，想必這棵松樹會長得和唐崎之松一樣挺拔，成爲湖畔的一大奇景吧。

光秀彷彿回到童年時代，他騎馬圍著松樹來回地兜著圈子欣賞著，又下到水中讓馬在湖水中嬉戲，自己則從湖面的角度觀望著松樹的景觀，又透過松樹遠眺前方的坂本城，自得其樂。

他即興作了一首詩歌：

種此松者
非我莫屬
吹過心田
滋賀浦風

除了我誰還會在此種一棵松樹，第一句話就足以體現光秀心頭湧現的孩子氣般的自負。

然而，現實卻未能讓光秀沉浸在種下這棵松樹的喜悅中。

第二年的元龜三年（一五七二），風雲突變，甲州的武田信玄開始西上。同時，近江的淺井軍也日漸活躍，越前的朝倉大軍也南下爲淺井助勢，佔據湖北山地的要害。

信長立即率軍迎戰，長年累月侵入近江與淺井、朝倉軍隊對峙，這時，東部的武田信玄出兵進入東海道。

信長大吃一驚，立即揮師趕回岐阜。

十二月，入侵東海道的武田信玄與德川軍隊正面衝擊，連戰連勝，在遠州的三方原與家康的決戰中，就像巨鯨吞掉小魚一般大獲全勝。

岐阜的信長卻全無動靜。

他四面受敵，無法動彈。

信玄

「天下庶民，無不戰慄。」

光秀在琵琶湖邊築坂本城，心裡一直思考著這個問題。不知道誰會是明天一統天下的人？更換了主人，京都的貴族，連同各國的大名、豪族、武士、士卒乃至和尚和神官每個人的命運都將會改寫。

「信長不會有這種好運。」

有這種想法的人應該居多。正因如此，他們才會絞盡腦汁，拚死抵抗。一旦信長當上這個世界的統治者，他們面臨的只有滅亡。

在反織田同盟中，與信長直接交鋒的有：

攝津石山本願寺及其全國的門徒
越前的朝倉義景
近江北部的淺井長政
美濃失去領地的牢人齋藤龍興及其黨羽
近江南部被信長殲滅的六角（佐佐木）承禎及其黨羽
三好黨

等諸軍。從外部支持這些人的，東部有甲斐的武田信玄，西部有掌握瀨戶內海制海權的中國毛利氏。而他們身後的秘密主謀，正是京都的足利將軍義昭。

這些人將勝利的期望幾乎都寄託在一個人身上：甲斐的武田信玄。

武田信玄和他率領的精良部隊甲州軍團，除了越前的上杉謙信可以勉強抗衡之外，是日本史上最強大的軍事力量。就連京都巷弄裡的三歲頑童都知道此事。

「信玄要是出兵的話。」

對反織田同盟而言，信玄的出兵是他們最值得歡呼的期望所在。信玄的武力如此雄厚，而且，對反織田同盟最大的魅力所在，是武田信玄這個人物的思想守舊，絲毫不輸給上個世紀的古人。比如說，信玄崇拜比叡山的古典權威，他甚至花錢買到權大僧正的僧位，還因親自披戴著袈裟而開心不已。信長火燒比叡山後，有和尚逃到信玄跟前哭訴，信玄答道：

「那就把比叡山搬到甲斐來吧！」

可見不是一般的祖護。但比叡山的和尚對他的勸誘感到半信半疑，最終還是拒絕了。

信玄的頭腦在指揮軍隊和經濟行政上充滿科學性，無法容忍任何瑕疵。然而在社會思想方面，他不愧是自源平時代以來最古老的家族，極其守舊。這讓他的支持者感到欣喜。

反織田同盟的成員首先是舊時代的亡靈室町將軍，隨後是比叡山和本願寺，還有舊室町體制以來的守舊家族出身的武將。

「武田信玄一定會保護舊勢力、舊階級，崇尚佛祖神靈的。」

他們心中充滿期待。

天下的保守勢力雖然如此看好，信玄卻遲遲不見起兵，原因是背後有被稱作關八州之王的小田原北條氏。當主北條氏康才華超越祖先早雲，越後的上杉謙信和甲斐的武田信玄雖然屢次入侵，氏康都憑著智謀與戰術粉碎他們的野心。而這個氏康，卻在織田信長火燒比叡山後的第二個月染病身亡。

其子氏政庸碌無爲。

武田信玄乘機施展他高超的外交手段，高調地籠絡氏政，締結爲同盟。如此一來，關東的致命威脅暫時得到緩解。

信玄放下心來。

他有了「西上」的精力。

雖然北方的越後還有個上杉謙信，不過謙信的日子也不好過。北陸一帶的本願寺一揆猖獗，謙信自然無暇分身入侵信玄的領地。

信玄採取了行動。

不言而喻，他的正面敵人是佔據遠江與三河的家康。最近，家康離開他久居的三河岡崎城，把大本營搬到距離信玄更近的遠州濱松城。

「濱松離敵人太近了，搬回原先的岡崎城去。」

岐阜的信長特意派使者前來忠告，家康卻回絕道：

「謝謝大人掛念，我自有主意。」

信長的忠告在戰術上固然合理，家康面臨的現實情況卻不得不這麼做。

德川勢力分爲譜代、國眾（本地豪族）和外樣（自外投靠的人，編按）武將。這些遠江和三河的國眾都認定：

——家康很快就要完蛋了。

他們開始與信玄私通。

在這種局勢下，如果家康撤退回本城，難免更加動盪人心，陣腳不穩。對家康而言，無論形勢多麼逼人，他也絕不會撤下濱松城牆上飄舞的葵紋白旗。

信玄的出兵選在元龜三年晚秋的一個吉日。這天，共計兩萬七千大軍從甲府出發。德川在遠州的城池被接連攻陷，每陷落一座城池，傳言都滿天飛，影響到信長的聲望，尤其是京都的輿論對信長日漸冷淡下來。

在此期間，光秀負責守衛的南近江一帶（北近江由木下藤吉郎負責）發生了本願寺門徒和六角氏的殘餘勢力策劃的一揆，他們到處燒殺搶掠，一發不可收拾。光秀日夜奔波，疲於應對。

身在岐阜的信長判斷：

（家康是打不贏的。）

當然，即使是信長親自率領主力部隊前往東海與信玄決戰，也沒有必勝的把握。況且，信長麾下的部隊分散在攝津、山城、近江和伊勢的各個戰線，這些戰線的形勢都十分危急，因此，東進與信玄決戰不過是紙上談兵。

（只好犧牲家康了。）

信長思量著，此時他的心硬如鐵石。家康是信長最長且唯一的——盟友，對信長可謂是忠心耿耿，長期以來爲他出生入死。

這次與信玄的戰爭也不例外。家康如有異心叛投信玄，大可以擔任武田部隊的先鋒攻打信長。如果他當了先鋒，武田部隊定能揮師進京，信玄也能夠一統天下。

然而，這名即將年滿三十歲、長著寬下顎一臉穩重的男子，在戰國時期發揮了罕見的忠義精神。他堅守與信長的盟約，與信玄決戰，不惜自取滅亡。他的誠信甚至讓人難以相信。年輕時如此忠義，到了晚年，雖說世人批評他判若兩人，豐臣家的諸侯在秀吉死後，卻深信：

——德川大人重情重義，從未曾背信棄義。我們投靠德川大人，一定會功德無量的。

眾人擁護他在關原大破豐臣的政府軍，並推舉他爲天下之主。家康在眾人心目中的形象，應該可以說就是這一時期形成的。

信長卻另有打算。

他在派出織田家的三千名援軍時，把大將平手汎秀、佐久間信盛和瀧川一益悄悄喚來，吩咐道：

「你們保持觀望就行，不許出手。」

信長覺得，就算是出兵援助，反正遲早都是輸，沒必要讓士兵白白送死。派出的三千援兵，不過是面子上做給家康看而已。

信長心裡打著算盤。聽到信玄要打過來時，他閃電般地和越後的上杉謙信結爲同盟，又處心積慮地考慮，家康敗亡後，到底是利用謙信決一死戰呢，還是極盡外交手腕與信玄簽訂不戰的盟約呢（當然這幾乎是不可能的）？然而，他遲遲想不出一個好辦法。

同時，武田信玄卻長驅直入家康的版圖，攻陷家康最重要城池之一的二俣城，接下來就要侵入家康的大本營三河了。

信玄早就不把家康放在眼裡。

他的行動證明了這一點。信玄並不派兵攻打家康所在的濱松城，而是取道濱松北方二十公里處的道路行軍西上。信玄的目標在京城，途中與家康的交戰，對信玄來說只是白白浪費時間而已。

（眞是奇恥大辱。）

家康心裡一定是五味雜陳。然而坐視不理的話，

那群讓人恐懼的甲州怪獸將逕直朝西而去。

「如何是好？」

家康在濱松城召開軍事會議，信長派來援助的三名大將也在其中。包括這三人在內，家康手下諸將一致主張：

「不戰。」

如果在濱松城裡按兵不動，那群急著趕路的怪獸一定會忽略此地。要是打仗的話哪怕有萬分之一打贏的希望也可一試，然而，這簡直就是白日做夢。眼下，除了忍氣吞聲別無他法。

這時，意外的情況出現了。會議上有個人堅決主張開戰。

他就是家康。

德川家和織田家的將領面面相覷。凡事深思熟慮、考慮周到的家康怎麼會有這種想法呢？

（他是不是瘋了？）

家康的譜代老臣暗地裡擔心起來。實際上，家康

在這一過於殘酷的命運面前，的確失去了冷靜，他的言辭顯然不是出於戰術上的理論，而是感情用事：

「現在敵人正經過我們的國土，不管武田再怎麼處於優勢，我等只是袖手旁觀，任其蹂躪的話，將爲天下人所恥笑，無法再立足於人世。」

不過仔細想想，也不僅僅是感情論。家康不惜拚上一死也要抵抗到底，是因爲他考慮到自己今後的聲望。一旦有了英雄的美譽，今後無論是政治還是打仗都對自己有利，被貶低爲膽小鬼的話，就算再足智多謀也會被人看不起，甚至無法發揮自己的能力。

（爲了今後的聲望這次就豁出去了。）

家康決定。這種氣盛說是出自他的深謀遠慮，倒不如說是由於他尚且年輕。

眾人一致反對。家康卻固執己見，眾人無奈，翌日清晨開戰的事就這樣決定了。

第二天清晨，家康出了濱松城。

他朝北而上。家康的部隊共一萬人，是信玄大軍的三分之一。

到了三方原。

他在這裡等著武田軍，應該不久就會經過此地。

等了一會兒，武田軍來了。信玄早就仔細觀察過這裡的地形，把行軍隊伍編成戰鬥隊型。時間是下午四點。信玄首先派出自己獨創的稱作「水股隊」的特殊足輕部隊。這支隊伍大約由三百人組成，擅長扔石頭。他們衝在大軍前面不停地扔擲石頭，讓對方甚至無法抬頭迎擊。他們退下後，武田軍隊數支密集的師團一齊敲鑼打鼓，陣腳整齊得猶如海嘯來襲，步步緊逼。

德川軍隊表現得不堪一擊。織田派來援助的部隊雖竭力抵抗卻節節慘敗，大將平手汎秀也戰死沙場。德川軍隊拚死抵抗，三百名將士橫屍荒野。家康在亂軍中隻身一騎逃回濱松城，中途屢次受到武田部隊的追擊，他一心只顧逃命，由於過度緊張和恐懼，就連大便拉在馬鞍上也渾然不覺。

家康的敗北數日間就傳到京都，也傳到與京都隔山而望的坂本城的光秀耳中。

「京城局勢如何？」

光秀命令住在京城的探子打探消息，不出所料，信長派居多的宮廷聞聲色變，而反對信長如今也是天下皆知的將軍館則喜不自勝：

「活該——」

還派出多名密使假扮成僧人、行人和商人的模樣。

就在眾人對信玄的戰勝將要改變天下格局而拭目以待時，事態發生微妙的變化。

不知什麼緣故，信玄的舉動突然緩慢下來。他中止全軍前進。

十二月二十二日，三方原一戰獲勝後，武田按兵不動，一直原地在遠州駐軍，信玄本人也住到當地的刑部鄉里。過了新年仍不見任何動靜。

進入元龜四年（一五七三，七月二十八日改元天正）。

京城開始躁動不安：

——到底怎麼回事？

以義昭爲首，他的同盟者開始坐立不安。

最疑惑不解的，要數越前的朝倉氏了。他們早就通過將軍義昭達成戰略構思，信玄侵入信長的國土時，朝倉部隊就沿著北國街道南下，從北面和東面同時進攻美濃。朝倉家甚至賭上自己今後的浮沉。

爲此，朝倉家派出密使火速趕到遠州，前往信玄的營地，幾乎是質問道：

「是何用意？」

信玄卻不予以正面回答，而是斬釘截鐵道：

「遲早會見到信長的首級的。」

便打發了使者。

沒過多久，信玄入境三河，包圍家康的支城野田城。攻城戰中卻顯得力不從心，這麼一座小城竟然花了一個月才攻下來。

攻城後，眾人都以爲大軍會繼續西進，沒想到再次停滯不前，信玄本人退守到長篠，繼而搬到附近的鳳來寺。

「是不是病了？」

消息傳到岐阜的信長耳中。如果此事屬實，那麼信長簡直是受盡老天的恩寵。

果然，四月十二日，信玄暴斃在信州伊那郡駒場的宿營地。

（太不幸了。）

光秀聽說此事後，不由得爲這位敵軍元帥感到惋惜。他開始覺得，最後決定人的命運的，是能力才幹以外的其他東西。

山崎之雪

自年底以來，光秀一直忙於攻打攝津的石山本願寺，到了正月，又奉命轉戰近江。

光秀不敢怠慢，急忙清點隊伍沿著淀川堤一路北上。身爲信長的部將，絕不能辦事遲鈍。

途中過了攝津，進入山城境內時開始下起雪來。風雪交加，前方的道路都很難辨認。太陽就快下山，光秀停止行軍，派先頭部隊趕到天王山腳下的山崎做宿營的準備。

提到山崎，就不得不提到過世已久的道三。他就出生在這一帶，後來當了和尚，還俗後四處流浪，入贅京城的油鋪奈良屋。當時，紫蘇油就由山崎的離宮八幡宮掌管，且不說八幡宮是何等繁榮，這裡商家密佈，河川港口川流不息，呈現出一派大商業城市的風貌。

但此時，光秀策馬而立的山崎再也找不出昔日繁華的蹤跡。道三晚年時，發明了從菜籽中提煉油的方法，之後迅速普及，紫蘇油失去市場，山崎的商業因此衰退，恢復之前的荒涼景象。每當光秀經過山崎故地時，都要唏噓時過境遷，思念道三，感歎人世榮華不過過眼雲煙。

這天，光秀借宿道三的淵源之地離宮八幡宮旁邊的老運貨商人家中。

晚飯後，有不速之客登門造訪。一看，竟然是細川藤孝。

「眞的是兵部大輔嗎？」

光秀有點不敢置信。藤孝雖然是對面的山城長岡的城主，此時應該待在京城才對。

「你這是什麼打扮？」

「我裝成平民戴著斗笠，冒雪騎馬趕了過來。隨從也不過兩人而已。」

看上去像有急事。

（不是有急事，就是有要事商量。肯定是私事。）

幸好，老商人的家裡設有茶室。光秀令人添足炭火，招待藤孝入內。

（我和他也是老交情了。）

大概是由於與山崎的淵源，光秀的心境十分懷舊。

（已經十年了——也許更長。）

回想起自己還是一介浪人，卻爲了復興足利將軍家而四處奔波，雖說只是十幾年前，卻感覺歷時久遠。那時，他與流浪的幕臣細川藤孝相識相知，一同推舉義昭奔走各國，最後依靠尾張信長之力建立今天的室町將軍府。

光秀以將軍屬臣的身分寄居在織田家，並享受其俸祿。

細川兵部大輔藤孝的情況也是如此。信長幫他奪回祖先的領地山城，又把細川家世世代代居住的勝龍寺村城館的外溝加深，搭起角樓，成爲織田軍在南山城的一個戰略要地。在侍奉足利家的同時，藤孝也是織田家的部將。那時的戰友、近江甲賀郡的國眾和田惟政也是如此。他既是幕臣，同時又是織田家版圖中的攝津高槻城的城主，去年戰死沙場。

來自足利家的織田家武將中，如今光秀已經成爲信長手下的五位軍團司令官中的一員，可以說是熬出頭了。

「光秀這傢伙，投奔織田家了。」

最近，將軍義昭似乎對光秀恨得咬牙切齒，不過這也無可奈何，光秀不過是因爲能幹而備受重用罷了。

細川藤孝的處境卻有些複雜。

同樣身爲足利家的家臣，卻與牢人的光秀不同，藤孝身上帶有濃厚的幕臣色彩。他們家是譜代幕臣，而且是足利幕府中具有代表性的名家，並官居從五位下兵部大輔，相當於國家冊封的大名，身分顯赫。自然不像光秀那樣，輕易就能投身於織田家賣命。

藤孝身兼兩種身分奉公執政，然而隨著義昭對信長的反感加深，他也和與織田家走得很近的藤孝拉開了距離。

這段時間，義昭和藤孝之間又發生幾次不愉快的事件。最近，藤孝甚至不再去將軍館請安，過著禁閉般的時日。

這一切都看在光秀的眼裡。他猜想藤孝的來意必定和此事有關，便穿過積雪的庭園，匆忙進了茶室。

剛在火爐旁坐下，藤孝便開口道：

「十兵衛，我是來向你辭行的。」

藤孝的臉因爲痛楚而扭曲。

「爲何？」

「長期以來謝謝關照了。我決定辭去室町殿下的公職，只是細川家是譜代幕臣，不能輕易進退，我打算隱居，削髮退隱到勝龍寺城，與風月爲友，吟詩作曲了此殘生。」

事情太突然，光秀半晌都說不出話來。藤孝卻等不及似的舉起火鉗，在炭灰上寫下兩個大字：

「幽齋」

立即抬頭問道：

「你看怎麼樣？作爲我隱居的名字。」

藤孝今年滿四十歲了。暫且不說離隱居尚早，他的軍事和政略才華正要大顯身手時卻選擇遁世，未免可惜。

「眞、眞的嗎？」

光秀沉默良久後說出的第一句話，可以說是發自肺腑的。光秀對對方口中的「退隱」二字毫不懷疑。他毫無疑問地相信了，並爲之吃驚，沉默以對。光秀天生就不擅長捕捉對方的情緒。

就好比柔道競技，藤孝橫掃過來，光秀卻只會站立著接招。——要換了面面俱到的木下藤吉郎，他一定會立刻明白過來，並會做出不同的反應。

（此人眞是樸實。）

藤孝對他抱持好感。藤孝雖是京都的武家，卻已傾向於公卿生活，在他看來，光秀就算再有才能，也不過是個鄉巴佬。

藤孝的本意是對義昭的義務到此爲止，打算以單一的身分成爲織田家的武將，所以他才前來說服光秀。

「到底出了什麼事要隱退？」

「我得知了一個秘密。」

「誰的？」

「義昭殿下。讓人恐懼的是，義昭殿下最近要謀反。以前就行動可疑，這一點你也是知道的，這次卻太出格了。他要逃出京城前去近江，躲在石山一帶的城堡裡，公然打出討伐岐阜大人的旗幟打算大肆造反呢。」

「不會吧？」

光秀驚愕不已。他雖然感覺早晚會有這麼一天，卻同時覺得義昭還不至於輕率到這種地步。

（信玄的出兵讓他忘乎所以。信玄在遠州的三方原大敗德川織田的聯軍，聽到戰報後，將軍殿下恐怕是飄飄然不知所以，判斷信長已經時日不多了吧。）

然而，義昭一心想投靠的武田信玄打了勝仗後，在陣營中抱病而亡，不幸的是義昭尚不知道這個消息。當然，光秀和藤孝也不知道。
不過，細川藤孝對自己今後在亂世中的生存，卻有著與生俱來的敏感。
——義昭亡，信長昌。
他有預感。信長雖然正被困在反織田同盟編織的鐵網中苦苦掙扎，不過他遲早能敏銳地掙脫出來，各個擊破。信長不僅運氣好，關鍵在於他還有才華。在才華這一點上，按照藤孝的眼光來看，甲州的信玄之輩根本無法與信長相提並論。
之所以這麼說的理由是，武田信玄的戰術哪怕再好，至今為止，他費盡心血納為自己版圖的只有甲斐和駿河兩國而已。
與之相比，信長雖說條件不盡相同，卻已經在日本中部佔領了十幾國。
（信長才有前途。）
藤孝心下判斷。他溫和的表情下，盤算著通過信長來達到自己出人頭地的目的。

藤孝的立場十分複雜。足利將軍家是他歷代的主公，一旦將軍義昭與信長分道揚鑣，藤孝將不得不站在將軍一邊與信長作戰。
如果藤孝不願如此而投奔織田家，在信長手下攻打歷代的主公，那麼藤孝長期以來建立起來的溫厚忠義形象將會瓦解，被人指責為反咬主人的叛徒。
（一定要巧妙地抽身而退。）
藤孝想到退隱這個辦法。他能預料將來的事態，對人才求之若渴的信長聽說藤孝隱退，一定會派使者從岐阜前來說服自己。
而且，信長一定會讓使者問清楚理由。
這時正好可以藉機透露義昭的密謀。他會小心翼翼地回答道：將來，足利和織田交戰時自己會無處容身，只好退隱。這樣，既能洗清自己向信長告密義昭舉兵謀反的罪名，又能達到告密的目的而邀功請賞。最後，藤孝既完成了告密的任務又能被譽為謙謙君子，不會背上叛徒的惡名，最終成為織田家一員的目的也能完美實現。

藤孝精通吟詩作曲、茶道，可謂多才多藝。其中最值得炫耀的，要數他切菜時的刀功。特別是做鯉魚這道菜時，可說無人能及。他周到的處世方式，讓人聯想到他精巧無比的刀功。

然而，光秀卻未能看懂。他一個勁兒地勸藤孝打消隱退的念頭，藤孝卻只是紳士般優雅地微笑著，連連搖頭。

「君子一言，駟馬難追。」

「那麼，」

光秀道，接下來就是如何處理義昭謀反這件事了。光秀已經身爲織田家的城主，就有義務維護織田家的利益。

「得趕緊向岐阜大人彙報。」

「悉聽尊便。」

藤孝答道。他收起摺扇，消失在風雪中。

藤孝走後，光秀開始提筆給信長寫報告。他把細川藤孝突然決定隱退的原因歸納爲義昭的謀反。通過光秀之手緊急通知信長，正是藤孝從一開始就盤算好的。藤孝總不能去向信長彙報自己的事情吧。

光秀卻沒能意識到，自己的作用只不過是藤孝的一個傳信人而已。

「將軍殿下謀反一事，藤孝知其原委。請向藤孝證實。」

光秀又補上這一句。藤孝也料想到光秀一定會這麼寫，密告的功勞不能給光秀，必須歸自己才對。

光秀的愚鈍，讓他一邊寫信一邊淚水滂沱。貼身隨從都不知道發生什麼事而慌亂不已，甚至驚動了彌平次光春。

彌平次匆匆趕到光秀房間的外間時，發現光秀正趴在案几上。

「發生什麼事了?」

彌平次說了一聲冒犯後，便抬腿進房。他喊了一聲「大人」，光秀這才抬起臉來。看清來者是彌平次，光秀慌忙舉起手腕用力地擦拭著眼淚。

「彌平次，將軍果眞要造反了。我身爲岐阜大人的臣子，就該平定才是吧？」

「大人，您難道忘了嗎？大人是岐阜大人的家臣。就算敵人是神仙菩薩、妖魔鬼怪，您也不得不與其一戰啊！」

「不一樣的。」

光秀仍然神情恍惚。他覺得自己親手栽培的這個年輕侍大將，怎麼也無法理解自己的心情呢。

「有什麼不一樣呢？」

「將軍是我立的。在永祿八年一個炎熱的晚上，我親自背著他從奈良一乘院逃了出來。這個沉重的包袱，我現在仍然背負著呀。」

（我當然懂了。）

彌平次想道。義昭自從當上將軍後就陰謀不斷，自己的主子光秀最終對義昭心灰意冷，只能撒手不管，然而卻又心有不甘。光秀還在流浪天涯時，就將所有的夢想寄託在復興足利將軍這件事上，甚至幾度徘徊在絕望與死亡線上。光秀心目中的義昭，應該說是他流浪時期當成偶像的義昭，而不是眼前這個活人。如今卻要誅殺義昭，乃至滅除足利將軍家，那麼光秀付出的所有心血都將付之一炬。

（等於是誅殺我自己的過去。）

彌平次不難理解，光秀的哭泣是來自心中的感傷。

槇島

城館中的庭院裡，種著一棵臥龍梅。

花蕾已經開始鼓起，朝南伸出的枝條上點綴著一朵小花，其餘的則含苞待放。

這天早晨，信長沐浴著飽滿的陽光來到院裡。他走了幾步後，停在梅樹前屏息凝視著開著的花朵。

（殺了將軍。）

他心裡只有這個念頭。貼身侍衛們站在遠處，發現信長的舉動有些反常。

（他在幹嘛呢？）

他們也沐浴著陽光猜測著。信長向來就對風花雪月沒什麼興趣，現在卻盯著一朵梅花看，而且紋風不動。

（到底是春天來了。）

侍衛們私下揣測道。春天萬物復蘇，就連信長這種從不知疲倦的強者也難免會爲梅花而動心吧？

然而，此時的信長眼中，那朵梅花已經化作將軍義昭的首級。以前義昭耍的各種詭計，他都裝作沒看見。而且，他好幾次都掉到義昭設計的陷阱裡，並險些賠上性命，每次都是竭盡全力才重新爬上地面。

（我一直拚命在忍。不能再放縱他了，再這麼忍下去我自己就完蛋了。）

這天凌晨，他收到光秀的來信。信中寫著，細川藤孝告密說將軍義昭要離開京城，前往近江公然舉兵推翻信長。

——殺了他。

他最先湧起一股衝動。殺了他，恐怕自己就會留下和老丈人道三、松永久秀同樣弒主犯上的惡名吧。

（我的目的是統一天下。只要有必要，管他什麼主子不主子，該殺都得殺。只是會背上惡名。當年，道三就因此被罵爲蝮蛇，最後也不過只統一美濃一國而已，未能讓天下人心服。我絕不能重蹈覆轍，一定要避開這個惡名。）

這可不是件容易的事。信長凝視著梅花，心中浮現出一個主意。

他把手中的鞭子折彎，隨後猛力一揮。只見那朵梅花飛了出去，花瓣散落在空中，又飛舞著掉落在地面的青苔上。

信長收起視線，回到案几旁坐下，喚來文官。

「寫狀子。」

他指的是寫給將軍義昭的奏摺。洋洋灑灑十七條長文，他一口氣就敘述完了。說是奏摺，實際上是對義昭十七條罪狀的彈劾。說是彈劾，又更像是宣言書，對象不是義昭本人，而是要向天下諸侯和世人公告義昭的罪惡。

——如此罪大惡極的將軍。

他要先向世人宣佈，然後隔上一段時間後再以「義昭不知悔改」之名而誅之，這樣人們就能接受了。

文中，他絲毫未提義昭「想要陷害我」。

他批評義昭口口聲聲說尊崇侍奉天皇，最近卻不去參拜，實乃失職。

信長原本打算重立將軍，再「挾將軍以令諸侯」，實現統一天下的大業。

如今他卻打消這個念頭。將軍太不成器了。

——無法成爲我的工具。

信長深切體會到。將軍既然也是武士，就一定會想要兵力和權力。只要有這些念頭，就難以作爲工具來利用。

天皇則可以。雖然天下的大名已經忘了這一尊貴的存在，信長卻重新發現他的價值。天皇既不需要兵馬，也不需要權力。

只需按照禮儀祭祀祖先，天皇的存在不構成任何威脅。可以隨心所欲地將他用做統一大業的工具。把天皇抬到頭頂，借他的權威來號令天下，便可安撫人心。

不過，天皇的存在有個欠缺之處，在於天下人不懂他的尊貴。世人都把天皇看作大神官而已，他們認爲天下最高貴的是將軍。首先，信長要讓天下人知道這一工具的高貴價值。

因此，早年他推舉義昭爲將軍時，曾經要求義昭「要經常進宮向天子請安」。

可以說是對世人的實踐教育。將軍前去向天皇請安，可以讓天下人意識到天皇的尊貴。不幸的是，義昭去了幾次後看穿信長的意圖。

（信長這傢伙眞是詭計多端。他的心思不過是最後推舉天皇罷了。爲了凸顯天皇的地位才來利用我。）

義昭對這類事情異常的敏感。按照信長的命令去皇宮參拜，義昭便會成爲增加天皇的莊嚴之色的可笑的工具而已。義昭看穿這點後，便不再進宮請安。

信長寫的第一條便是批判此事。

順便一提，這封「奏摺」交給義昭後，很快就傳遍天下。甲州的武田信玄臨死前也看到了，連聲感歎道：

「信長此人的計謀太厲害了。」

義昭接到了這封「奏摺」。

他決心就此和信長斷絕關係，指示被信長驅逐的南近江六角氏殘黨在琵琶湖西岸的湖港堅田和南岸的石山寺聞名的石山上築城，公然與信長爲敵。

信長的反應卻出乎意料。

他先是道歉，又向義昭提出和解，要送去自己的兒子當人質。他到底是害怕重蹈丈人道三的覆轍。

義昭卻一口回絕。

城館裡的梅花開得正盛時，信長向近畿的駐守將領下達討伐的指示。

（光秀這個傢伙會怎麼做？）

信長很想知道。光秀在領取織田家俸祿的同時，也是足利家的臣子，這點和細川藤孝沒什麼區別。藤孝只是身居高位的幕臣，他擔心兩位主子反向爲敵，於是提出要隱退在自己的城中。

（倒要看看光秀這傢伙。）

信長指示丹羽長秀和柴田勝家的同時，也向光秀發出命令。

光秀此時恰好回到坂本城，他把信長派來的使者請到上座，自己則低垂著頭，身心俱疲地領命道：

「屬下遵命。」

事已至此，光秀只好認命。自己四處奔走推舉的將軍注定橫豎是死的話，那麼也就不用借別人之手，而是由自己親自解決。

使者回到岐阜後，信長便問：

「光秀說什麼了？」

他想知道當時那一刻光秀是什麼態度。使者如實稟告後，信長當場就臉色大變喊道：

「那個金桔腦袋竟敢這麼說。」

把使者嚇了一跳。

「屬下遵命。」

這句話惹火了信長。這個回答確實很奇怪。作爲一名受信長委任的大將，應該無條件服從信長的命令。只需要理解並採取行動即可。

（這傢伙對我討伐將軍心懷不滿嗎？）

信長由於長期掛念著誅殺將軍一事，神經也變得格外敏感。他對光秀產生了上述的印象。

而當事人光秀，卻在攻城戰中充分發揮大將的本領。二月二十六日，他攻陷近江石山城，三天後包圍堅田城，四個小時就將其佔領。

光秀幹得不錯。

信長一面讚許道，卻又懷恨在心。昔日主子義昭的城，怎麼能那麼大刀闊斧地就攻破了呢？就連信長自己，也對周圍的眼光心存顧慮，一直處在要不要出兵的煎熬中，好不容易才下定決心。

總之，義昭的前線要塞被一舉擊潰。之後義昭回到京城，一邊加固京都市街的防守，一邊向各國大名寫信求援。信長本來應該親自出馬前去討伐，卻始終在岐阜按兵不動。

他顧慮到東邊武田信玄的動靜。這幾個月來信玄中止行軍，讓信長感到疑惑不解。他加大了織田家的間諜活動，卻始終未能打探到實情。

其中有「染病在床」的消息傳來，不過未能確定。

（將軍拚命地派人去找信玄。如果信玄身體無恙，從遠州的宿營地出發是再容易不過了。）

他又等了一個月，遠州方面卻遲遲不見動靜。

（也許真是生病了。而且不回本國，可見病得不輕。）

信長判斷。攻破堅田一個月後，信長率領大軍從岐阜出發，前往京都。

大軍沿著近江的湖畔南下，三月二十九日這天，來到京都入口處的逢坂山，對面來了一名穿著披風的武士，後面跟著三名隨從。隨從並未攜帶著盔甲。

「是不是藤孝？」

信長吩咐屬下確認。的確是細川兵部大輔藤孝。

（一看就知道是藤孝的打扮。）

信長頓生好感。他雖被主人義昭拋棄，卻沒有加入信長這邊討伐舊主，而是極度煩悶退隱在自己的城中，這種心境從他手中拿著的一把摺扇似乎就能看出。至少信長是這麼想的，這也正是藤孝前來此地相迎的目的。

「喂，兵部大輔！」

馬上的信長喊道，讓人驚訝的是他竟然下了馬。

信長之所以如此鄭重其事，是因爲這名幕臣具有重要的政治色彩。就連譜代幕臣藤孝都放棄義昭，這對各國也是個重要的宣傳。

信長令人在路邊的松樹下擺上案几，給藤孝備好坐墊，賜了煎茶。他想和藤孝談談。

「藤孝，說說將軍的事吧！」

一臉憔悴的藤孝只是搖著頭：

「再怎麼樣，藤孝都無法說出口。將軍雖然器量極小，對岐阜大人您更是忘恩負義，卻是我祖先歷代的主公。」

雖一再拒絕，藤孝的口才卻極其巧妙，搖頭之間已經列舉義昭的種種陰謀詭計。

「嗯，嗯。」

信長鼻子裡哼哼著，邊聽邊點著頭。藤孝此番告密，才是誅殺義昭最強大的理由。

而作爲告密者，藤孝的表情寫滿苦澀，聲音也由於悲憤而帶著顫音。就連信長也不由得同情起來，甚至安慰道：

「這些年眞是難爲你了！」

信長想向藤孝確認的是：

——能殺了他嗎？

雖然信長心中早已拿定主意，還是想從這名幕臣的口中聽到答案。

「你看呢？」

信長淡淡地問道。藤孝也淡淡地答道：

「敝人無法作答。然而將軍所爲實乃天理難容，一定會遭天譴。倘若足利家因此而亡，那也怨不得旁人，只能怪他自己。」

藤孝未用任何誅殺的字眼，卻包含所有信長想要的答案。

信長點頭，提出最後的要求：

「專心在我手下吧！」

藤孝卻以目前無此心情為由，堅決回絕。他的態度也讓信長頗為欣賞。

（和光秀就是不一樣。）

信長深信不疑。

對藤孝此次的出現，信長似乎很是喜悅，他把隨身攜帶的寶貝——一把貞宗短刀——賜給藤孝，最後叮囑道：

「到我這兒來吧。我等你。」

這裡的等，指的是等到藤孝心裡的傷口癒合。

信長飛身上馬。

大軍繼續行進，到了京都後並未馬上開戰，直到第四天才包圍二條的將軍館。義昭一心指望信玄，對方卻不見動靜，便慌忙要求和解。

信長接受後，仍舊保留義昭的地位和行動自由，之後他帶領大軍回到岐阜。

信長採取謹慎的態度。然而，他也做好給義昭最後一擊的準備。萬一情況有變時，為能盡快趕到京都，他想到利用琵琶湖的水路，並在佐和山（彥根）山麓下的湖畔建造一艘巨大無比的船隻。

這艘巨船長百餘公尺，擁有上百支船槳，用四十多天就完工了。

不久後，義昭逃出京城，躲到南郊宇治的槇島城中，又開始舉起造反的大旗。信長搭船乘風破浪，短短兩天就從岐阜抵達京城，又冒雨進入宇治，包圍槇島城。

義昭又來求饒。

「給我追！」

信長下令。已經屢次高抬貴手，這次就算要驅逐義昭，世人也應該可以體諒吧。

義昭逃走後，光秀和藤孝歷經千辛萬苦復興的室町將軍家就此滅亡。之後，義昭輾轉在河內、紀州和備前等地，最後寄身於中國的毛利氏門下，在政治上已與廢人無異。

箔濃

——趕跑了將軍。

採取這一果斷行動後要如何善後呢？信長在事後也顯出不同往常的愼重。

他並沒有後悔。

也不存在什麼後遺症。信長本來就不在乎理論，而是按照利益來行動的人。問題在於驅逐將軍後的影響。

（天下六十多國的大小名，都被我這次驅逐將軍的舉動嚇壞了吧。他們也許會罵我詭計得逞，說不定還會爲了和我抗衡，加固他們之間的盟約呢。）

即使如此也沒什麼大不了。面對舉著刀的敵人，只要奮力擊碎他就行，不過自己手下的將領心裡是怎麼想的呢？曾經是足利家家臣的明智光秀，就是其中的代表人物。

在攻打宇治的槇島時，光秀以連日大雨造成水流太急爲由，遲遲未能蹚過宇治川。信長感到焦躁，從後方派出使者叱喝道：

——你要是不行我去。

光秀才下令部隊過河。

（此人心中不知打著什麼主意？）

信長有了心結。要說順便趕走光秀也是個辦法，然而信長卻比誰都清楚光秀在軍事上的卓越才能。如今織田家的軍事支柱不是林、佐久間等歷代的門閥家老，而是信長一手提拔起來的光秀和藤吉郎二人。今後也只有仰仗此二人的才能，否則別想完成六十多個國家的統一大業。

趕走義昭後，信長清除了近江南部和西部的殘餘勢力，挑出其中投靠義昭的兩座城：

「光秀，這兩座城都歸你了。」

他把自己親自奪來的兩座城拱手給了光秀。

這兩座城是湖西的田中城（今安曇川町）和木戶城。雖然都是小城，卻由於地處比良山山麓的天險處而以堅固著稱。

這份意料不到的賞賜，讓眾人竊竊私語：

——主上對明智大人偏心。

也難怪大家這麼想。光秀已經身居城主之位，而外交軍事上忙得團團轉的藤吉郎秀吉卻仍然只是橫山城的守衛隊隊長，地位遠不及城主。

最近，甲州的武田信玄病死的確切消息開始傳到岐阜。

………………

「天助我也！」

連信長都爲自己拍案叫絕。他得知自己運氣的強勢後，開始對自己的命運深信不疑，表現在他的行動上，交織著果斷周到和複雜的色彩。

這年八月中旬，信長的大軍長驅直入越前。光秀擔任這次遠征軍的先鋒元帥。他連連大敗朝倉軍，又匯合其他將領將義景逼到大野郡的賢正寺，迫其自盡。朝倉義景也曾是自己的舊主，當時，光秀只是形式上在朝倉手下做事，義景對他也不曾有過什麼特別的恩典，與足利義昭不同，他並未感傷。

「光秀，這次幹得不錯。」

信長並未像往常一樣帶著嘲諷，而是發自眞心地誇獎他，讓他留任佔領越前後的第一任行政長官。光秀隨即進入北之庄城（福井），開始處理戰後的各種行政事務。

領地上的人們紛紛議論：

「你們還記得那個叫明智的人嗎？生在美濃，流浪列國後來到我國長崎村和一乘谷，聽說還傳授過戰術和兵法。雖然在朝倉家待了一段時間，由於不受重用而帶著將軍投靠織田家。沒想到織田家對他加以重用，現在居然躍身爲前三位的大將了！」

他們還說，未能發掘光秀才幹的朝倉義景活該滅亡。

身爲佔領地行政長官的光秀獲得眾人的口碑。他最大的才能便是處理民政。他在朝倉家時欺負過他的人，如今跪在自己面前訴說著各種困難，他也都親切地一一對應。

這段時間，信長南下了。

他從越前進入北近江，包圍朝倉氏的左膀右臂淺井氏的大本營小谷城。先鋒司令官由藤吉郎擔任。

現在的淺井早已沒有以往的實力。北近江一帶的分城如同牙齒一般被悉數拔去，如今只剩下最裡面的一顆牙齒小谷城還在頑強抵抗。然而淺井的兵馬強壯、城牆堅固，信長自從元龜元年開戰後的四年期間已經對此深有體會，於是他調整了策略。

他向敵將淺井長政提出請求。

「不計前嫌。」

不僅如此，他還提出如果退出城外，將獻出大和一國作爲補償，聽上去簡直讓人難以置信。

淺井家的將士聽後不禁開始動搖，士氣頓時減退。這正是信長的目的，而且有理由證明他的提議不是騙人的。淺井長政的夫人阿市是信長的親妹妹，出於對阿市的親情，信長才做出如此考慮。

「到底是手足之情啊！」

城裡的人情家們議論道。厭戰家們則祈禱說：

「朝倉大勢已去，我等也將孤立無援。主上您就眞心地接受信長的請求吧！」

然而，當事人長政卻是一笑置之。

「這是信長的伎倆。」

長政看透了信長。光看長政肥頭大耳、過早發福的體態就知道，他不具備權術家的資質。不如說他有著與他的名門之後身分相稱的憨厚和誠實。他和織田家交好時，信長很喜歡長政的性格。例如，他奉送將軍義昭進京時，就對前來請安的京都富豪、神官和門跡說道：

「這次上洛，近江小谷的備前守大人也一道前來。他是我的妹夫，你們要有空到我的旅館來請安，倒不如去他住的地方。」

他逐個地交代給來人。信長看中這名儀表堂堂的年輕人的率眞性情，想把擁有西鄰近江的長政認作弟弟，與東邊的家康結爲對織田家忠心不二的盟友。如果長政一直是自己的盟友，那麼信長一定能提前三年統一近畿。

淺井氏卻背信棄義。出乎信長的意料，他與北邊的朝倉氏一道與信長爲敵。抗戰四年，他一直滿懷期待的信玄病死，盟友朝倉氏也被剷除，如今的小谷城已成爲一座孤城。

「這是信長的詭計。」

長政之所以如此看待信長的開城勸告，並不是出自他的戰術才能，而是因爲對信長徹底的研究。這位年滿二十八歲的淺井家年輕當主，二十五歲以前把信長當作長兄交往，後期卻與信長爲敵。長政對信長善惡交加的印象越來越深刻。

（抵抗只會招致毀滅，但我要留名後世。）

曾經深受信長賞識的憨厚使長政下定決心，他沉浸在全族爲名節而獻身的自我陶醉中。

然而，城裡卻發生動搖。同族和重臣中已經有人與敵方私通，有操守的人也互相猜疑，內部團結開始逐漸瓦解。

長政爲自己能死得輝煌做了精心安排。

他馬上喚來木之本的淨信寺地藏堂的和尚別當雄山，這裡是淺井家的菩提寺。

他解釋道：

「爲我主持葬禮吧！」

隨後，從城內的曲谷運出石材，花了兩天功夫建造一座石塔，在石碑上刻上自己的法名：

德勝院殿天英宗清大居士

石碑立在城裡的馬場上，第三天拂曉時，他召集城裡士以上級別的官兵，下令道：

「燒香。」

長政本人則穿著死者的裝束坐在石塔背後，二十幾名和尚開始念經，眾人一看也只好燒香。過後，長政又讓大力士木村久太郎背上石塔逃出城外，將石塔沉到湖底。這麼一來，城裡的官兵都做好背水一戰的心理準備。

頑強抵抗後，二十八日這天，長政切腹自盡，城破，淺井家亡。

信長接收了小谷城，分封給木下藤吉郎，藤吉郎生平第一次當上城主。比光秀晚了一年半。

淺井、朝倉滅亡後，信長多少有了休息的時間。

轉眼到了年底，進入天正二年（一五七四）。截至這一年的元旦，織田軍在近畿交戰的敵人只剩下攝津石山的本願寺和其黨羽伊勢長島一揆了。

信長在岐阜城裡度過大年三十，迎來這些年來最安穩的正月。北方再也沒有威脅美濃的朝倉氏，從岐阜來往京都之間的信長軍用道路也徹底擺脫了淺井氏的威脅。

這年元旦，岐阜城下熱鬧非凡，可以說是道三移居稻葉山城（岐阜城）後空前絕後的光景。駐守在近幾各地的將領都聚集到岐阜城下賀歲。他們之所以能夠暫時離開前線的陣地，是因爲風雲終於有片刻的停息。

信長也比往年都高興。譜代和外樣大小名都輪番獻上三杯屠蘇酒，外樣大名隨後退了出去。留下來的，都是可以肆無忌憚的譜代大小名。除了柴田、林、佐久間、池田和佐佐五位歷代家老之外，擁有比家老更多兵力的木下秀吉、明智光秀和荒木村重等人也在其中。

「太好了，恭喜主上迎來了春天。」

帶頭的柴田權六勝家獻上賀詞。

確實一點兒都不誇張。這個日子裡，織田家的君臣能夠齊聚一堂迎接天正二年的初春，是這些年他們從不曾奢望過的。

此間，織田家曾數次瀕臨絕境，每次信長都趕跑了死神，思考對策讓現場的大將全力應對，在千鈞一髮的時刻得以脫險。

（回想起那些時候，信長一定也嚇得冒冷汗。）

光秀不動聲色地想道。此刻信長比平常更加興致勃勃，想必也是由於心裡踏實了吧。不一會兒，酒端了上來。

「喂，我說，」

信長像個孩子般興奮地嚷嚷道：

「爲了祝賀，我準備了好菜呢。」

他吩咐貼身侍衛搬來三只桐木箱子。

（可能是碗之類的吧。）

光秀猜想，眾人也都以爲是碗類的東西。信長詭秘地嗤嗤笑著，像個幼童。

「權六，打開看看吧。」

他授意帶頭的柴田勝家。權六應聲後，取出裡面的東西。

是描金的黑色漆器，看上去像是碗碟或是杯具之類的。

「猜猜是什麼？」

「這可不好說。」

勝家歪著腦袋想著。

「這些是取自朝倉義景、淺井久政和長政身上的東西。」

「呃，是這兩家收藏的寶物？」

「愚蠢，是這些死鬼的人頭。」

大家都愕然無語，定睛一看，確實形狀與人的頭蓋骨類似。上面刷了好幾層漆，頭骨的裂縫處塡著厚厚的金粉，就像是鍍上金子。加上黃金的分量，拎在手裡格外沉重。

「哈哈，您還眞是別出心裁啊！」

權六勝家笑了起來。柴田一向嚴謹，素來與輕薄的印象無緣，此時卻因主公這種超出尋常的仇恨行爲亂了方寸，攪亂了神智，爲了掩飾情緒，只好先是哄笑一番。

其他將領一看這種情形，也立即附和著笑起來。在座的所有人都笑得前仰後合。只有藤吉郎安靜地微笑著。他的表情看不出其他感情，只是像個孩童般天眞地笑著。當然，這也是他爲了不讓別人看出自己內心的演技而已。

只有一個人與眾不同。

他就是光秀。

（趕緊笑。——）

光秀拚命想笑，卻無濟於事。這個演技貧乏的人，就像個無能的表演師一樣呆呆地坐著，臉上沒有任何表情。

信長的視線從光秀的臉上掃過，又立即移開。他吩咐道：

「用它來盛酒，祝賀我長壽吧！」

貼身侍衛倒上酒。

「那可不是一般的味道啊！」

後來，由於懼怕信長的性子而謀反的荒木村重也心有餘悸地說。

很快，就輪到光秀喝了。光秀施了一禮後，感覺到頭頂上射來的信長目光火辣辣地刺得生疼。光秀卻沒有喝。

面前的頭蓋骨是舊主朝倉義景的。浪跡天涯時，他曾經寄希望於此人而前往越前，又由於失望而離開。可是如今，這場重逢也未免太不幸、太滑稽了。

「十兵衛！」

信長大喊一聲，從上座站起身來。在信長看來，自己特意安排用這種獨特的方式來體會幸福與充實，光秀這個迂腐之人卻冷冷地不爲之所動，來表示對自己的抗議和厭惡。他肯定是這麼想的。

「怎麼不喝，你這個金桔腦袋！」

信長舉過那個奇特的酒杯送往光秀的嘴邊，想要硬灌。

「他、他可是我的舊主左京大夫（朝倉義景）啊！」

「你是捨不得舊主呢，還是我信長更重要？」

信長按住光秀的頭，硬是把酒灌進他的嘴裡。

「舊主的味道怎麼樣？」

「卑職不敢。」

「光秀，你應該恨這個傢伙。他給你什麼了？只有我信長，才讓你有了今天。」

信長沉浸在狂熱中。

日向守

信長的舉止讓人覺得無比殘忍和暴虐，卻也有出人意料的一面。

信長屢次經過美濃和近江的國境，那一帶沿著中山道有個叫做「山中」的村落，就位於關原的西邊，人稱今須峠的山道上。信長每次路過時，都能看到一名乞丐坐在同一個地方。

（爲什麼呢？）

信長覺得非常好奇。照理說，乞丐應四處乞討，怎麼會坐在一個地方不動呢。

——不合情理啊。

信長很是在意。這名乞丐爲何不像其他人那樣到處流浪，而是好幾年都坐在同一個地方呢？信長每次經過時都這麼想。終於有一次，他拉住轡繩停下馬。

「把村裡的老者叫來。」

很快，老者顫顫巍巍地趕來了，信長騎在馬上，打聽那名乞丐的怪異之處。

「哦，是這麼回事。」

老者這才放下心來，把乞丐的來龍去脈詳細地描述一遍。當地人把這名乞丐叫做：

——山裡的猴子。

不把他看做人，也不允許他住在家裡。乞丐的祖先在源平之爭時殺害常盤皇后，受罰世世代代都要坐在同一個地方。——

「常盤皇后嗎？」

信長點頭道。源家的棟梁源義朝的偏房常盤生了義經而留名史冊，她既沒有被殺，也沒有身患絕症，而是改嫁他人過著平凡的生活。然而，無論是信長或是村裡的老者，都缺乏對歷史的瞭解。

「這就是佛教所說的因果相報。」

「是嗎？因果相報嗎？」

信長若有所悟地點點頭。他向來不信人死後會有靈魂存在，厭惡迷信，對禱告不屑一顧，狂熱地將合理主義當作信條，因果相報這一思想卻讓他覺得很順耳。也就是惡有惡報。信長雖然不信，但他一看到別人胡作非爲就恨得牙癢癢的，所以這種思想他能夠接受。

此刻，他對這名「山裡的猴子」產生了興趣。從小時候起，他就喜歡混在城下的百姓中玩耍，對平民百姓的關心，自然是那些一般的大將無法相比的。

「真可憐！」

信長喊道，隨後便快馬揚鞭離開了。對待敵人他恨之入骨，甚至能把諸如朝倉義景、淺井長政的頭蓋骨精心製作成酒杯，然而對待自己庇護之下的百姓，他的憐憫之情也絲毫不遜色。

再次經過山中村時，信長下馬，親自解下馬背上的行囊，搬下從岐阜帶來的二十匹木棉，更讓人啼笑皆非的是，他還親自扛進村。

「村裡的男女們，都給我聽好了！」

信長邊走邊喊道：

「這些木棉中，有十匹是給那個猴子的，剩下的十匹給那個猴子蓋間小屋吧。」

說完，他把木棉扔在路上，上馬揚長而去。

這次賜給「山裡的猴子」木棉二十匹的上洛，可以說給信長的人生帶來劃時代的轉變。

他在京都搖身一變成爲公卿。相對武家的叫法爲公家。公卿指的是官居三位以上的朝臣，官職有攝政、關白、大臣、大納言、中納言和參議等。

信長當上了「參議」。

自平家以來，武家出身的人從未有當上過公卿的先例。武家要統治天下，就要按照源賴朝的規矩先就任征夷大將軍，成立幕府，然後依靠幕府獲得大臣的官職，然而能夠直接位列朝臣一躍當上公卿的，除了平家以外絕無僅有。

信長此舉是爲了讓自己的權力合法化。

（眞是高明啊！）

這時，光秀也從近江的坂本城趕來隨同織田家的部隊進京。他之所以這麼覺得，是因爲信長已經趕跑征夷大將軍足利義昭摧毀了幕府，如果就此成立織田幕府，想必六十多國的大名是不會心服口服的。而且信長曾經自稱爲藤原氏，如今卻改變心意換做平氏。按照宮中的先例，征夷大將軍只能授予源氏的後人。既然已經改稱平氏，信長就喪失資格，若論有資格者，便是信長的盟友德川家康。家康曾經自稱爲藤原氏，現在又稱自己乃新田義貞的後人，公開稱自己爲源氏。除了家康，就是明智光秀了。光秀不像信長和家康兩人家世模糊不清，作爲美濃源氏的嫡流土岐家的旁系，他是源氏之後這一點天下皆知。

暫且不說這些。光秀對信長的計謀感到佩服的地方在於，他捨棄了足利將軍家的大名而當上天皇家的公卿。信長試圖再次讓天下人認識到曾是一國之主的天皇家的神聖，並利用天皇的神聖來推進自己統一日本的大業。

織田軍進入京城。

信長立即前往下榻地點的相國寺，準備受官封爵。

朝廷已經做好冊封信長的準備。三月十二日，天皇派出御史飛鳥井雅教授予信長從三位，任參議一職。信長的三個兒子（信忠、信雄、信孝）也分別授予正五位上。

第二天，雖然早就有傳聞，光秀也略有耳聞，光秀等十八名織田家的幕將也分別授官封爵。一律官居從五位上。當然，這是信長親自奏請的。

織田家的譜代家老官職如下：

柴田權六勝家　修理亮

林新五郎通勝　佐渡守

佐久間信盛　右衛門尉

丹羽五郎左衛門長秀　越前守

新人有近江甲賀郡下級士官出身的瀧川一益，任命爲左近將監。

這十八名將領無不是信長精心挑選的人才，雖說在軍事、政治上都老練周到，卻有不少人出生在亂世的鄉間，少有學識，他們嚷嚷道：

「我的官名要怎麼念啊？」

讓公卿們啞然失笑。

織田家最平步青雲的要數木下藤吉郎了。淺井家敗亡後，信長賜給他大半個北近江，產值二十多萬石。他已經儼然成爲堂堂大名，足以與南近江的領主光秀平起平坐。他被封爲「筑前守」。

要知道，與任意自稱爲某某守、某某尉、某某將監的那些鄉間豪族不同，織田家的官位是天子正式冊封的，價值當然不可同日而語。藤吉郎覺得木下這個姓實在難以配上自己目前的官位，便從織田家的譜代老臣姓氏的柴田氏和丹羽氏中各取個字，改姓羽柴。即羽柴筑前守秀吉。

明智十兵衛光秀官封日向守。

不僅如此，信長還奏請朝廷爲光秀改姓。

稱作「惟任」。

由此，光秀的正式名字變爲「惟任日向守源光秀」。惟任是九州古老的豪族姓氏，雖說如今的戰國已經不復存在，九州人聽到後卻會產生錯覺：

——此人的來歷眞是不簡單啊！

信長爲了日後征服九州，提前考慮給光秀冠上惟任的姓氏。出於此種目的改姓氏的不止光秀一個。丹羽長秀改姓爲惟住，官封中條將監的山澄與塙九郎兵衛則改姓原田。當然，更改後的姓氏無需在平時使用。

信長停留在相國寺期間，把光秀悄悄喚到別的房間，透露一則重要消息。

「新的姓氏還中意嗎？」

信長率先問道。他的聲音聽上去還是很刺耳，不過倒也沒有惡意。光秀平伏在地，謝過他的恩典。

信長卻不耐煩聽他繁冗綿長的謝辭，他中途打斷光秀道：

「爲了慶祝你改姓，就把丹波一國賞賜給你吧！」

平伏在地的光秀心想，丹波又不是無人之地，提到該國的統治者，首先波多野氏的兵力就不可小覷，其他的大小豪族更是盤踞在深山幽谷中，需要攻下的城池不下二十座。信長的意思是讓自己去奪過來。

「要花幾年時間？」

「最起碼也要五、六年吧！」

「嗯。」

信長的回答不置可否。織田家竭盡全力才平定了近江，耗費巨大的精力。丹波一戰要是交給光秀一個人，大概確實需要好幾年。

而且，從織田家的人事上考慮，不可能讓光秀只集中於攻打丹波這一件事，一定會讓他頻繁地奔波於各條戰線之間。這樣的話，光秀所說的至少五、六年倒也合情合理。

「那你回去準備吧，不許走漏風聲。」

信長命令道。無需多言，這一新的戰爭計畫要是洩露給丹波，一定會對外交和作戰帶來不利。

「卑職明白。」

「還有件事，」

信長又說：

「我還命令筑州（藤吉郎）去播州奪取中國地區。」

（這樣啊。）

光秀心想，這回秀吉算得上是織田家事實上的頭號大將了。要說中國的毛利氏，與先前的朝倉、淺井等人不同，是山陽山陰十國的大領主，宛然西國的帝王。如果負責此處的大將是秀吉，可以說與只負責丹波一國的光秀之間拉開了巨大的差距。信長對他們才能的評價，應該是羽柴秀吉居首，其次是明智光秀，第三是柴田勝家，第四是瀧川一益。

「這個猴子，」

信長嗤嗤地笑道：

「說是要五、六年平定中國十國呢！」

（該死的猴子！）

光秀心底不禁罵喊起來。光秀的回答是平定一國需要五、六年，秀吉卻要用同樣的時間征服十國——這個牛皮也未免吹得太大了吧！

「你看看人家多有大家風度，不像你那麼陰陽怪氣。估計有個五、六年就差不多了吧。」

「主上！」

當上參議後，對信長的稱呼也變了。

「卑職只是實話實說。再說，我生來謹慎，也模仿不了筑前守的大家風度。如果硬是要模仿的話——」

「會怎麼樣？」

信長揚起下巴。光秀的這番長篇大論，引起他的不快。

「你想說什麼？」

「也許會做出些出格的事情來。」

光秀帶著哭腔答道。光秀覺得自己的長處就在於踏實和周密。如果忘了根本而照葫蘆畫瓢，還不知道會發生什麼事呢。

信長已經聽不進去了。他想讓自己親手從人群中提拔出來的秀吉和光秀兩個天才，投入更激烈的競爭中。

光秀退下了。

他迅速整頓隊伍，離開京城回到自己居住的近江坂本城。

回城的這天晚上，他告訴妻子阿槇京都發生的種種事情。自己被任命爲日向守，以及奉命要去攻打丹波等等，阿槇聽後流下眼淚。

「怎麼了？」

「眞是高興啊！想到過去的那些苦日子，現在就像在做夢一樣。」

「這有什麼，不値一提。爲這點小事就歡喜得掉眼淚，哪能當我明智十兵衛的妻子呢？」

似乎只有在妻子面前，光秀才能表現出大家風度。

這天夜裡，光秀和阿槇同床共枕，他對自己的評價也益發地飄飄然了。

「你想想。」

光秀說，織田家十八名將雖說個個都是天下的豪傑，但也只不過是打仗有本事而已。只有自己與眾不同。離開美濃四處流浪時，並沒有輕率地投靠某個大名豪族養家餬口，而是一心念著：

——以天下爲己任。

不管考慮什麼事情，都把天下放在第一位。復興足利幕府也是這樣。就憑這一點，柴田、佐久間、瀧川和羽柴他們有人想到過嗎？

「要說有人會想的話，織田家也只有信長一人而已。」

光秀情緒高亢到極點。

「阿槇。」

光秀又說。俸祿不過是混口飯吃而已，爲了區區俸祿而妥協之人與鳥獸並無二異。世間多有鳥獸之人，織田家十八將幾乎都不例外，只有自己不同。光秀接著說，英雄心裡裝的不是自己的俸祿，而是整個天下。

「阿槙，我說得對不對？」

「當然對了。」

阿槙順從地回答道。想必自己的丈夫在外面勞神費心，回到家難免說一些豪言壯語來取得內心的平靜吧。

（我得好好聽才是。）

阿槙心想。光秀每說一句話，她都會熱烈地予以回應。

光秀從未向任何人洩露過內心對信長的憤懣，除了阿槙。他把信長說藤吉郎有大家風度，自己卻陰陽怪氣的話告訴了阿槙。

「筑州那個傢伙，又賣弄他糊弄人的伎倆，說什麼五、六年就能拿下中國十個州。信長好像很吃這一套，像我這樣實話實說的人，反倒被說成是陰陽怪氣。他要是那麼喜歡『大家作風』，我也能效仿筑州的做法。」

聽到這裡，阿槙稍微抬起臉。以光秀的性格要是模仿筑前守行事的話，還不知道要捅出多大的漏子呢。

「千萬使不得呀。人都要恪守本分，盡自己的力才對。」

阿槙看著光秀。

淡淡的燭火照在光秀臉上，投射出一塊濃濃的陰影。

「你說什麼呢，阿槙？」

陰影忽然散去，光秀又恢復平常的笑臉。

「不過，阿槙你說得很對。我明白。」

光秀低聲說道。

丹波

丹波如今屬於京都府和兵庫縣，面積大約五百平方公里。

鄰國京都的孩子都戲稱此地有「山裡的猴子」，這裡的山谷地形複雜，遍佈著大小豪族，而且這些小豪族的共同特點是褊狹而頑固，與外界隔絕。

（太難下手了。）

光秀實際感受到這一點。按照光秀的思路，平原地帶的敵人就像蒼蠅，只要率領大軍鋪天蓋地的襲擊立即就能將他們驅散，可是山地裡的敵人就像毛髮裡的跳蚤，只能一隻一隻殲滅。而且要是這麼做的話，恐怕五年十年都不夠。

（得想想辦法。）

光秀生來謹慎。他暫時不採取過急的軍事行動，而是派出大批間諜調查山谷中的小豪族的性格、能力、相互的利害關係以及姻親關係。

在此期間，光秀未去過丹波一次，而是轉戰在織田家的各條戰線上，每個地方停留的時間不超過三個月。

（信長連骨髓都要吸乾淨。）

信長將光秀的才能用到極致，就連光秀自己也頗爲自得。甲州信玄之子武田勝賴入侵美濃，光秀剛被派過去與其對峙，卻又被調到大和指揮多聞山城的防守，隨後又轉戰河內攻打三好黨的城池，瞬間又轉身一同攻打大坂的本願寺，期間還負責處理京都的市政，忙碌得無法用語言形容。

當然，身爲總大將的信長本人也是如此。他甚至比光秀更加奔波，其神出鬼沒讓京城的孩子們都感歎道：

——織田大人難道是天狗嗎？

與四方交戰的多條戰線上都能看到信長直接指揮的身影，攻打河內時，信長甚至衝上前線，直接指揮著第一線的足輕作戰。

什麼都要親力親爲，這點或許是信長的性格吧。不僅如此，織田家體力和智力兩者兼備的人當中，信長本人是最出色的。

不僅信長這麼認爲，事實上也確實如此。最優秀的人才要最大限度地使用，是信長的用人方式。信長對自己極其苛刻，其次則是對秀吉和光秀。

信長在河內戰場時，光秀攻打丹波的計畫做好了。

（要去彙報一次。）

光秀想道，並前往戰地參見。信長聽了光秀的說明後道：

「不錯！」

似乎很滿意，可見光秀制定的計畫有多麼完美。只是漏掉了一點。

「帶上兵部大輔（細川藤孝）一起去！」

信長下令道。

他並不解釋理由。

他不說光秀也能猜到。細川家是在足利中期的賴元之後連續好幾代的丹波守護大名，雖然在當地沒有居所，而是立足於京城的行政廳持續好幾代，但到了戰國初期，波多野氏的勢力在當地抬頭，由此細川家與丹波斷絕關係。這裡的細川家與藤孝的細川家雖說並無血緣關係，家號卻同出一門。如果藤孝去了丹波，一定就像美濃有土岐氏、尾張有斯波氏、三河有吉良氏一樣，以「從前的大人」身分而備受尊敬。政治工作當然容易開展。

其實，光秀也有想到這一點。然而，信長向來不喜歡部下插嘴過問人事上的安排。再者，細川藤孝曾是他在足利家的舊同事，來往過於密切容易讓人覺得他們是一夥的，信長肯定會生疑，所以他才忍住不提。

沒想到，信長倒自己提出來了。

（不可掉以輕心啊。）

光秀暗想。首先，信長知道半個多世紀前丹波曾歸屬細川家管轄這件事，就足以讓他吃驚。而且，信長能用人用到如此極致，也讓光秀刮目相看。

「把兵部大輔叫過來。」

信長吩咐貼身的侍衛。最近，藤孝正式投奔織田門下，住在南山城的勝龍寺城。他經常參加信長的陣列，級別比光秀和秀吉要低一級。

藤孝到後，信長交代好任務，接著說道：

「你們結爲親家吧！」

藤孝的兒子忠興雖說才十幾歲，這回首次隨父初陣，已經頗具武將的體格。光秀的女兒玉子，後來接受洗禮改名爲伽羅奢。玉子比忠興年長一歲，在織田家中以美貌遠近聞名。

（以前確實約好過這件事。）

光秀和藤孝互相對望了一眼，想起二人志士奔走的時光，自然是沒有異議。

「多謝您的成全。」

光秀鄭重道謝，同時覺得信長的脾氣眞是難以捉摸。信長爲人處世很尖銳，擁有洞悉一切的觀察力，一旦發現紕漏便毫不留情地指出來，甚至有時會追究到家臣數十年前的事情而逼其切腹自盡，或是驅逐。如此冷酷無情之人卻有一處盲點，他似乎認定家臣永遠都不會背叛自己，否則，他怎麼會願意讓曾經同是幕臣的兩家結爲親家呢。

不久，信長去了東部。

光秀留在京城裡。

他坐守京城，派人前往丹波籠絡各地大小豪族。

就在此時——時值天正三年（一五七五）五月底，光秀接到一則駭人聽聞的消息，很快得到證實。

信長在三河的長篠與武田勝賴的大軍交戰，將這支號稱日本最強大兵團的已故信玄的大軍摧毀得體無完膚。

（是那個信長嗎？——）

光秀受到巨大的刺激，禁不住全身哆嗦起來。絕不是單純的喜悅，也許是恐懼。直到今天，光秀都不喜歡信長的思想和作風，對他的才能也私下認爲：

（我要更勝一籌。）

正是由於這種想法，他才能忍受信長屢次對他施加的侮辱。然而，長篠一戰卻從根本上動搖了光秀的自信心。他第一次對信長產生畏懼。

（此人說不定是個天才，遠在自己之上。）

這次交戰的地點長篠設樂原是一座小高原，位於東三河的山谷地帶，交戰雙方的兵力分別爲：

武田軍　一萬兩千人

織田、德川軍　三萬八千人

然而，武田軍深得已故信玄的兵法訓練，據稱極其堅強，一名騎兵可以抵上其他國家的四、五名騎兵。要論兵力的強弱，織田家的母體尾張軍向來被看作是弱兵。因此，就算是人數相差三倍，從實力而言不過是相當而已。

有證可尋。開戰前，織田家的士兵就感到畏懼，前去窺探敵情的探子跑回來後，幾乎都是戰戰兢兢地彙報武田軍強大的軍容。

後來聽到此番情景的光秀也不禁想：

（倒也難怪。）

就連光秀聽到武田軍雄赳赳氣昂昂、驚天地泣鬼神的英勇，都不禁爲之動容。

然而，此時的信長卻早有了破敵的主意。他從岐阜出發時，就下令所有足輕都扛上一根木材和一捆繩索，到當地後立即在預定戰場上搭建巨大的柵欄，有的地方甚至安裝上木門。

隨後，他又從織田軍的射擊隊一萬人當中挑選出三千名神射手，讓他們在柵欄裡分作三列，等待武田軍最拿手的騎馬隊發起兇猛的進攻。果然不出所料，騎兵如同怒濤般直奔柵欄而來時，信長首創的「一齊射擊」這一戰術將他們打得潰不成軍。

（這是個什麼樣的人啊。）

光秀人在京都，心裡卻在琢磨著。

鐵砲是三十年前首次來到日本的新式武器，無論是作爲機械的研究上，還是運用的研究上，光秀都堪稱日本第一。當初，信長接收光秀時，其中也有欣賞其作爲鐵砲專家這一理由。

光秀對這種戰術當然信心十足，然而信長此番在長篠上演的「三列輪流一齊射擊」這一構想，光秀卻從未曾想到過。按照信長的做法，在戰場這一空間裡，一千發子彈得以無間斷地持續射擊。

（根本想不到。）

光秀感到挫敗。換做是筑前秀吉，這種挫敗感立即會發生質上的轉變成爲敬畏感，之後也會加以模仿。然而對光秀而言，只會造成自信心無止境地減少。結果，光秀卻不能將其率直地化解爲對信長的敬畏——倘若能化解就輕鬆了——而是被對方像一座金銅佛像般地重重壓倒，幾乎就要失去信心。

光秀和藤孝在丹波的活動頗有成效，幾乎半個丹波國都向織田軍示好。光秀領兵三千集結在洛西一個稱爲桂的地方，藤孝也率領三百兵馬趕來匯合，兩支大軍一齊前往丹波路，包圍了東丹波的龜山城（龜山，今改名龜岡）。

光秀採取速戰速決的戰術，三天三夜攻陷並安置了俘虜後，在向信長彙報戰勝消息的同時，以此爲據點展開對丹波的攻略。

龜尾之翠綠乃山之茂盛

細川藤孝作了一首詩來慶祝朋友與自己的成功。

之後，織田家的威武、光秀的聲望，再加上藤孝的家世，這三大要素動搖了山國的國民，他們爭先恐後地歸順門下。

光秀則專注於外交工作。這也是信長的方針，信長認定殘酷的戰鬥也是外交的一部分。光秀雖說有陽奉陰違之處，然而不知不覺地也開始忠實地履行起信長的指令。

信長在人才這一方面，表現出近乎貪婪的嗜好。信長只要發現人才，便會掠奪似的納入自己的旗下，光秀也採取這種方式。

丹波也有不少人才，無論是早前歸順的、還是中途稍有反抗之色的，包括反抗的人在內，光秀都會用他慣用的口吻問道：

「願不願意來我這兒？」

表現出對對方的極大尊重，甚至包括降服之人。爲光秀的這種態度所感動，欣然表示「如此人品的話」，而投奔於光秀的桔梗紋旗下的有：

四天王又兵衛、並河掃部助、萩野彥兵衛、波波伯部權頭、中澤豐後、酒井孫左衛門和加治石見等人。

光秀分別將他們起用爲侍大將級別，其中對四天王又兵衛尤爲重用。

四天王又兵衛正確的家號應爲四方田，又稱作但馬守。打起仗來無人能敵，很早以前就與光秀門下的明智彌平次光春、齋藤內藏助利三同被稱作「明智的槍神」。

當然，在採用這些降服人員時，需要事先徵得信長的同意。信長也都痛快地答應了。明智軍團實力的壯大，有利於信長的統一大業。

這裡順便插個話，上面提到的「明智的槍神」中的齋藤利三，與光秀同是美濃出身。

齋藤道三曾經改名爲利政，二人名字十分相似，不過道三使用的美濃名家齋藤家的家號終究是奪來的，因此齋藤利三反而是名正言順的美濃齋藤之後。

他曾經投靠美濃安八郡，擁有五、六萬石領地的曾根城城主稻葉一鐵門下，擔任侍大將。一鐵的稻葉家和齋藤利三原本是同族，利三甚至娶一鐵的女兒爲妻。

一鐵最初在土岐家門下，後來轉投道三，如今則歸順於信長。織田家把思想頑固的人稱爲「一鐵」。來自於各國流行的「一根筋」這個詞語，可以想像稻葉一鐵此人的性格如何。齋藤利三不喜歡這個既是同鄉、老丈人，又是主公的一鐵，而輾轉投靠到同是美濃出身的織田家的部將光秀門下。光秀對他很是看重，任命爲明智家的核心大將，經常讓他擔任先鋒。

然而，齋藤利三逃走後，一鐵卻不肯善罷甘休，他固執地報告了信長。

信長一邊與一鐵保持距離，一邊爲他的頑固感到好笑。他答應道：「知道了，我會讓光秀把人還給你的。」之後他每次見到光秀都要提及此事。

然而，光秀由於愛惜齋藤利三的才能，每次都找藉口搪塞過去，沒有聽從信長的指示。雖說時間過了很久，稻葉一鐵卻不肯不了了之，每次覲見信長時都要反覆提起。

信長也感到不耐了。他雖然不喜歡一鐵的執拗，卻也對光秀不理會自己而怒火中燒。

（那個小氣鬼。）

他埋下了心結。

光秀來到安土城（此時信長已經在琵琶湖東岸築起這座具有南蠻風情的日本最巨大城）參見信長，報告丹波攻略的進展情況。信長對形勢的進展很是滿意，他對丹波人才的採用也十分高興，不停問道：

「什麼樣的人呢？」

包括對方的長相、特技、喜好什麼的，大大滿足了自己對別人的好奇心。隨後，他又說：

「既然有這麼多賢士，內藏助（齋藤利三）就算了吧！把他還給一鐵吧。」

光秀又擺出那副半死不活的臉孔，開始絮絮叨叨地找藉口。

信長頓時勃然大怒，他跳了起來：

「十兵衛，你連主人說的話都不聽嗎？」

他抓過光秀的腦袋，揪住他的髮髻狠命的朝地上摔。光秀仰面朝天摔在地上，掙扎著要爬起來，信長又伸手要去拔腰刀，幸好有人阻攔，光秀才得以逃脫。

就算如此，光秀也不願意放走齋藤利三。

他對利三說：

「我要與你同生共死。就算殺了我，也絕不放手。」

利三也大爲感動，後來他也爲光秀盡忠而死。

前面提過，光秀的這名家臣齋藤利三，他最小的女兒就是後來成爲德川三代將軍的乳母而作威作福的春日局。稻葉正則所作的《春日局略譜》裡就記載道：「春日局，幼名福。齋藤內藏助利三的末女。母親乃稻葉刑部少輔通明之女也。」

伊丹城

織田家的將領中，有一位叫做荒木攝津守村重的高級將領。用後世的說法，相當於方面軍司令官的級別。

提到織田家的各地方面司令官，分別有攻打北陸的柴田勝家、攻打中國的羽柴秀吉、安撫近畿同時進攻丹波的明智光秀、逐漸平定伊勢的瀧川一益、包圍大坂本願寺的佐久間信盛，以及負責攝津一國的荒木村重，還有近似於遊擊隊的譜代家老丹羽長秀等人。他們都分別管轄信長分配給自己的織田家直屬的大小名，其武名開始威震天下。

他們原來的姓氏也多種多樣。

荒木村重也被世間稱爲：

「出身於一介草民。」

可見他是如何地平步青雲。

當信長接到荒木村重要謀反的緊急通知時，是天正六年（一五七八）的秋天，信長正在北陸戰線親自督戰。

聽完使者的報告後，一向反應敏銳的信長卻不動聲色，只是側著腦袋想了一會兒說：

「一定是弄錯了，此人絕不可能背叛我。」

信長似乎不肯相信。
他沿著北國街道南下打算回到安土城時，負責近畿和山陽道諸將都前來報告村重的動靜，異口同聲地肯定村重要「謀反」。
「眞搞不懂，村重出了什麼事非要謀反呢？」
信長左思右想，卻想不出個所以然來。自己如此善待他，爲什麼要謀反呢？在事情尚未水落石出之前，這個神經敏銳的主子難得沒有發火。
「問問他有什麼不滿沒有？」
他命令丹波戰線上的光秀和負責京都宮廷關係的宮內卿法印松井友閑，代替自己速去荒木村重居住的伊丹城問個究竟。
光秀接到命令後，連忙撤出戰線，到京城與松井友閑匯合後一同前往伊丹（兵庫縣）。
「到底出了什麼事？」
松井友閑問道。光秀也摸不著頭腦。荒木村重不具備任何需要謀反的動機。

確切知道的消息是，荒木村重出生於天文四年（一五三五），正好滿四十三歲。光秀還聽說，他是住在攝津池田附近的牢人之子。
攝津是座名城，面向西國街道。池田城城主很久以前就以此地地名作爲自己的姓氏，村重投靠此處，二十多歲就嶄露頭角，三十過後就當上家老，又親自領兵奪去近鄰的攝津茨木和攝津尼崎兩座城，並就任城主，氣勢甚至壓過主人。
足利義昭接受信長庇護的時期，池田家由於與足利將軍家的淵源深厚，當主勝正輔佐義昭而歸順他的旗下。於是，荒木村重也自然地成爲義昭方面的人，當上幕臣。在「新進幕臣」這一點上，村重與光秀頗爲相似。
信長從池田和荒木這對主僕中，發現家臣的荒木村重才能突出，池田勝正死後，信長便將其領地過繼給村重，並從京都支持他擴張領土，最終主宰了攝津一國。在此期間，村重按照信長的指示，收留舊主的遺族池田備後守重成。

這些日子，村重借來織田的援兵攻打攝津伊丹城，趕走伊丹氏，將此地定爲攝津的首府，並住了下來。

（了不得的軍事家啊。）

同爲以前的幕臣，光秀對村重很是欣賞。

村重在攝津的家臣當中有不少人才華出眾。例如高槻城的城主高山右近重友，洗禮名爲Don Justo，以及以槍法聞名的茨木城主中川清秀等人。

（如果謀反這件事是眞的，看來非同小可。）

光秀站在織田家的立場，心裡不禁暗暗擔心。

織田家在多個方面作戰。例如光秀負責的丹波、秀吉負責的中國（暫時限於播州）和佐久間信盛負責的大坂本願寺等，都和攝津國（今大阪市、北攝地區、阪神間、神戶市的範圍）接壤，會影響到各條戰線的進展。

而且，這種威脅對己方非常不利。

信長早前命令村重在攝津花隈築海濱城，切斷了大坂本願寺與播州的反織田勢力三木氏的聯結，如今，花隈城的謀反，反過來卻成爲織田的威脅。

不僅如此。

「謀反」還意味著，要投降中國的毛利氏。這股盤踞於廣島的山陰山陽的巨大勢力，播州的三木氏作爲最前沿部隊正在與織田家開戰。如今攝津的荒木村重叛變的話，攝津將成爲毛利氏的最前線，與大坂本願寺聯起手來，毛利氏的戰鬥力將不可估量。

（看來毛利氏手下的謀士很厲害。能讓荒木村重叛變，用的不是一般的手段啊！）

光秀和松井友閑來到攝津伊丹的城下町。這裡的規模不大，城東有座丘陵，當地人叫它有岡山。城牆就砌在山上。

「您身體不適嗎？」

光秀忍不住開口問道，坐在對面的荒木村重臉色看上去很憔悴。

村重雖然精通戰術，卻不是粗魯之人，他多才多藝，也被譽爲茶道利休十哲之一。

「哪裡，沒生病。」

村重強作笑顏，很不自然。

（似乎很苦惱。）

這麼看來，謀反的傳聞不是捕風捉影了。何況，最先將此事報告給北陸信長的，正是細川藤孝。

（就算是有心謀反，卻也未下定決心。如果決心已定，不會如此憔悴了。）

光秀判斷道，他想竭力勸阻這件事。其實，光秀的長女去年嫁給荒木家的嫡子新五郎村次，兩家是親家。荒木要是叛變，光秀與自己的女兒便要反目爲敵。

「有不少傳聞。」

光秀開口道：

「不過，安土大人（信長）並不相信，也泰然處之，只是讓我們前來探望。請早日澄清此事，切勿落人口實才好。」

光秀低聲勸告道。

「落人口實」其中之一指的是村重的家臣中有貪婪之徒，向兵糧短缺的本願寺敵軍倒賣糧食；其二，攻打本願寺的一角原本由村重負責，最近他卻擅自撤兵。

「我哪封得住世人的嘴呢？」

村重苦笑道。實際上，投靠毛利、本願寺這件事，他已經下了七成決心。

光秀卻繼續勸說。

就算有謀反這一謠言，安土大人如此信任大人，故不會在意。大人百般寵信的筑州（秀吉）也曾傳出謀反的風聞，秀吉大人卻以一貫作風不加理會，謠言得以平息，安土大人也放下心來。你也要這樣。

這麼一說，本來就動搖不定的村重開始覺得：

（言之有理。）

雖說毛利氏不斷派密使前來，要想回頭的話現在還來得及。既然信長並不在意，那就回頭吧。

村重拿定主意，答道：

「哪有這回事？您轉告大人，不必擔心此事。」

光秀心裡的石頭落了地。他連女兒都顧不上見一面，連夜匆忙離開伊丹城下。途中，他派急使將此事報告給安土的信長。

第二天，信長接到快報，笑逐顏開道：

「太好了！」

他估計一定會傳入村重的耳中。北國的信長首次接到報告時，就已經開始他的演技。

（我遲早要收拾荒木村重。只是現在下手的話，將會功虧一簣。眼下，說什麼也要把他穩住。）

如果他像往常一樣大發雷霆，傳到荒木那裡，恐怕反而會在驚懼之下投奔敵人。

（絕不能這樣。）

信長不過是假裝與高采烈罷了。這麼說來，也許在信長的一生中，再也沒有任何時期像天正六年秋天這樣每天保持著微笑。

派遣光秀作爲代理前往伊丹城，也是信長充分考慮後做出的選擇。光秀做事考慮周到，溫和謹愼。而且他和村重是親家，出於袒護女兒考慮也會竭力地阻止村重的謀反。

「總之這件事太讓人高興了。你告訴他，既然已經消除誤會，就趕緊來安土一趟，好好敘敘。」

信長派急使去通知伊丹的村重，還提出交出村重的母親作爲人質的要求。

使者到了伊丹，將口信傳給村重後，村重立即答應：

「遵命。」

他馬上帶著嫡子新五郎從伊丹出發，中途經過茨木時，村重的表弟兼家臣茨木城主中川清秀適時地提醒他道：

「這樣可能不妥。按照信長公的脾氣，絕不會饒了過失之人。」

一旦被懷疑要謀反，那就跳進黃河也洗不清，到了安土只會白白送命。就算馬上不殺，信長也會在其立功賣命之後，追究以前的是非曲直而讓對方人頭落地。

「既然事已至此，就豁出去投靠毛利氏吧！」

清秀勸道。此時，聚集到茨木城的池田久左衛門、藤井加賀守、高山右近等其他重臣也一致同意清秀的意見。

「那就這樣吧！」

村重終於下定決心，掉頭回到伊丹城，開始做籠城戰的準備。

同時，村重休了嫡子的媳婦，也就是光秀的女兒，並派人護送回近江坂本的明智家。光秀向來對自己不薄，村重不想把他捲進這場叛亂之中。

村重的叛變昭然若揭。

（他為何要背叛織田家呢？）

光秀百思不得其解。他只是覺得，村重與他大刺刺的外表不符，心思很重。也許是外面的風聲讓他費心勞神，終於不堪重負也說不定。提到費神這一點，村重和光秀一樣，也是織田家的外樣家臣，比別人更顧忌信長的臉色，幾乎可以說是身心俱疲。相反的，從小就在織田家的秀吉和柴田勝家則熟知信長的脾性，懂得如何討主人的歡心，村重和光秀卻無法做到這一點。

與此相比，中國的毛利家則以深明大義聞名，對待新人或是降服的將士也以誠相待、寬宏大量。也許正是毛利氏這種寬闊的胸懷，才讓神經疲憊的村重起了依靠之心……光秀作為旁觀者，能想到的理由也只有這些。

話說安土的信長接到村重叛變的消息後，仍舊表現得十分寬宏大度。

他指示播州姬路城的秀吉：

「要留住村重。」

秀吉立即派遣謀臣黑田官兵衛前往伊丹城，決心已定的村重卻不肯改變心意，反而扣留官兵衛，並關進城裡的大牢。

信長出兵是在接到第一次報告的兩個月後，即天正六年的十一月上旬。

他還是極力試圖避免用武力解決這場「叛亂」。織田家在各方都處於交戰狀態，領地內發生不必要的戰爭，只會對外敵有利。

他對村重的部下採取懷柔政策。他知道高槻城城主高山右近是個虔誠的天主教徒，便派了傳教士奧岡蒂諾（譯注：Gnecchi-Soldo Organtino，1533~1609，曾在京都傳教）前去勸說。對待茨木城主中川清秀，則派出他的親戚遊說。

結果，高山和中川二人回心轉意回到信長身邊，背棄了村重。

後來，伊丹城陷落在織田部隊的重重包圍中，荒木村重隻身一人出逃。他先逃到尼崎，後來又顛沛流離，最後投奔中國的毛利氏。被主人拋棄的將士也紛紛棄城而去。

光秀雖然暫時參與了伊丹城的包圍戰，中途得到信長的許可返回丹波戰線，等他知道這場事變的來龍去脈時，已經是山中初雪降落的第二年十二月了。

信長下達命令：

「荒木村重滿門抄斬！」

這時，他才將對村重壓抑已久的憎恨表現出來。

攝津的尼崎被選作屠殺的地點。七松的海濱豎起數百根木樁用做臨時刑場，躲在伊丹城中的一百二十二名女眷被綁到木樁上斬首。

她們使喚的男女下人分別爲一百二十四人和三百八十八人，共計五百一十二人。他們被趕進海邊的四棟房子裡，堆上乾草活活燒死。

（少有的大魔頭。）

望著丹波高原的皚皚白雪，光秀暗想道。如果荒木村重沒有將自己的女兒休掉並送回來，那麼女兒也將慘死在尼崎七松的海濱。想到這些，與旁人不同的是，光秀彷彿親耳聽到伊丹城女眷的慘叫悲鳴聲。

同時，他又想到兇手信長的瘋狂報復，心中的悲憤無以言表。

（受夠了。）

荒木村重的謀反至今讓他無法理解，從心底滋生的疲憊使他心灰意冷。

當天夜裡，光秀把彌平次光春喚到帳營裡，問道：

「你覺得阿靜怎麼樣？」

阿靜就是嫁到荒木家的女兒，已經回到近江坂本的女兒如何看待這場事變，光秀脆弱的神經已經不敢再去猜測。至少，如果把阿靜嫁給自幼看著長大的彌平次，使她能在彌平次的庇護下過完後半生。更確切地說，光秀在懇請自己的堂弟成全自己。

「聽您的安排吧！」

彌平次低垂著頭，與其說這件突如其來的賜婚讓他驚喜，倒不如說他的心中充滿對光秀和阿靜夫人的同情。

竹生島

不知從何時起，安土城下來了一名叫做無邊的修行僧，借了寺院，也不知道修的什麼佛法，聚集了一大批城下的善男信女。

無邊似乎擁有超人的能力。他能在人面前表演出奇蹟，傳聞他能讓瞎子立刻重見光明。他的法術叫做「丑時大事秘法」，要在深夜裡施法，於是一到日落男男女女就擠到他的門前，簡直需要再另外搭建一座小屋。

「有那麼神奇嗎？」

信長聽後十分好奇。信長原本就不相信什麼神仙菩薩，更不用說什麼奇異的法術了。

然而，喜歡新鮮事物的天性使他對無邊這個人產生興趣。

「把此人叫到城裡來。」

無邊借宿在修行僧住的寺院石場寺中。住持名叫榮螺坊。榮螺坊明白使者的來意後，便帶著無邊上安土城。

由於兩人無官無位不能賜坐，便被安排到馬廄前的空地上等候。

很快信長就來了。他看見無邊便靠近過來：

「你就是無邊？」

他歪著腦袋問道。書記官在記錄中寫道：「（大人）再三觀察，似乎在思考的樣子。」

「不就是個普通人嗎？」

信長覺得。要眞是神仙菩薩，多少也應該有點與凡人不同的地方，可是他對無邊的五官、膚色連同垂到肩膀的頭髮看了又看，甚至繞到他的身後觀察脊背，並沒發現有什麼特別之處。

「你老家是哪裡？」

信長又問。無邊卻認爲這正是炫耀自己的地方，便傲慢地答道：

「我沒什麼老家。」

意思是自己不是個普通人。

「你可眞會說笑。你的老家如果不在日本，那麼要不就是唐人，要不就是天竺人，如果這三國都不是，那你豈不是個怪物？」

信長並沒有生氣，他側著腦袋好奇地問道。無邊大概覺得信長太容易上當了，他輕描淡寫地答道：

——可不是嗎？

便微笑不語。信長生出做實驗的念頭，他喃喃道：

「那就用火烤烤看。」

他吩咐左右準備火刑。眞是怪物，肯定燒不死。無邊對信長顯然缺乏瞭解。他一看要用火刑便慌了，連忙改口道：

「我有老家，在出羽一個叫做羽黑的地方。」

「什麼？那你不就是個騙子嗎？」

信長這才眞的發怒了。對信長的這一點，無邊未免太無知了。信長最不能容忍的，就是弄虛作假。而且，強烈的正義感促使他揭穿這些虛假。他認定比叡山是「虛僞的佛法」而將它燒得片瓦無存，僧俗三千人也被斬盡殺絕，都是出自這種正義感。

而且，信長的心底未受到半點損傷，也絲毫不覺得後悔。因爲一切都是正義的行動，正義是信長最喜愛的詞語。

——爲了天下萬民。

這一信念已深深植根於他的政治理想中。至少信長堅信這一點。

對無邊的處置，就是其中一個小小的表現。

「讓天下萬民看看，這個傢伙既不是什麼菩薩，也不是鬼怪。」

信長下令道。至於如何展示，信長當場就琢磨起來。把他的頭髮剃短，頭頂上有的地方乾脆剃光，看上去就像腦袋上生了瘡（梅毒）。

當一切就緒後。

「嘿嘿！」

信長笑得像個惡作劇的孩子。

無邊頂著那顆滑稽的腦袋，一絲不掛地被足輕捆綁著遊街示眾。隨後被驅逐出境，饒了他一命。

然而，無邊的新醜事又被揭發出來。上面曾提到過他的「丑時大事秘法」，如果對方是女子，他竟荒唐地要求對方「檢查下體」而進行猥瑣行爲。這件事傳到信長的耳中，信長自然無法忍受。

「就算是翻遍草皮也要把無邊找出來，給我帶到安土！」

他同時向分佈在各條戰線上的司令官下達命令，光秀自然也接到了。

（竟然爲了區區一名花和尚。）

信長也太過分了。光秀對信長這種嫉惡如仇的態度以及追究到底的執拗已經到頭疼的地步。像無邊這種要飯的和尚也就罷了，就怕信長把這種手法也用在織田家的武將上，那可怎麼得了？

恰好就在去年，即天正八年（一五八〇）七月，信長把這種恐怖的行爲用在譜代家老林通勝身上。信長年少時，通勝曾和家中的重臣合謀推舉信長的弟弟織田信行爲主公，後來信長原諒他，並用作部將使其勞碌半生，又奏請朝廷給他封官佐渡守。原本可以皆大歡喜，誰料到去年，信長又重提世人都已經遺忘的通勝的舊傷疤：

「二十四年前你犯下的罪過，我一直忍到今天。已經忍無可忍，你今天就滾出去吧！」

令其隻身離開。這件事讓織田家諸將都心感餘悸，坐立不安。

（有一天會不會輪到我頭上？）

想想看，過去的天正八年對織田家而言，稱得上是久違的冰雪解凍之年。信長長期以來畏懼不安的上杉謙信在前兩年身亡，一年前光秀攻下丹波，天正八年的四月，信長最棘手的敵人大坂本願寺繳械投降，整個近畿都落入信長手中。

——用不著林通勝了。

信長一定是這麼想的。

（在信長眼裡，將領不過是工具而已，用完了就隨手扔掉。）

林通勝這件事，讓光秀產生這種想法。

（不過是工具。）

光秀這一觀察應該是準確的。爲什麼這麼說呢？在選接班人的時候（此事雖說已是陳年舊事），和林通勝一道推舉織田信行的，還有攻打北陸的司令官柴田勝家。勝家在同罪的情況下卻能倖免於難，只有一個理由。那就是勝家是個有用的工具，通勝卻已經失去作用。今後，勝家還會被繼續利用，但是總有一天會走到盡頭。

（到了那個時候，勝家也會被拋棄了。）

光秀無法不這麼想。這件事，柴田勝家本人應該最清楚不過了吧。

天正八年，信長統一天下的大業稍微告一段落，這時發生一件意想不到的事情。

與林通勝、柴田勝家並列，同爲織田家譜代老臣的佐久間信盛，突然被剝奪俸祿，從陣營中被趕到高野山。

——究竟怎麼回事。

就連佐久間信盛本人也摸不著頭腦。

這名老將也對信長鞠躬盡瘁。元龜三年，他率領織田軍在三方原與武田信玄大戰，天正三年又參加了與武田勝賴的長篠之戰，在此前後還負責大坂本願寺的包圍戰而坐鎮城外的副城指揮作戰。

本願寺也順利地攻陷。當然要論功勞，也許比起信盛等人，不時前來支援的秀吉和光秀功勞更大，信盛畢竟是攻城的負責人。當然，在攻陷之前，他付出的五年辛勤也應該得到慰勞。

信長卻不但沒有慰勞他，反而親自提筆寫一封洋洋灑灑的〈折檻書〉，擺在信盛父子（子正勝）的面前。

光秀也看過這封折檻書，從中他徹底地瞭解到信長對人的喜愛和憎恨。

信長的文章一開頭就寫道：

「爾等父子，在副城久居五年，無所作爲。」

「無所作爲」指的是既沒有成功也沒有失敗，也就是說什麼都沒做。事實上，信盛的性格多少有些懶惰，還喜歡到處發洩不滿。按照信長的好惡標準，他最討厭的便是這種不幹活的蠢傢伙。

信長在文中寫道：

「你們看看光秀和秀吉。」

信長列舉出兩人，作爲他最喜歡的勞動者的代表。

「光秀在丹波的行動，天下有目共睹。其次，」

他把秀吉寫在第二位：

「藤吉郎一身對付數國，無人能及。」

之後，他又讚揚池田恒興（勝入）在花隈城的功績，還提到柴田勝家在攻打北陸時主要的活躍舉措。

「然而你卻無所行動。不會打仗的話可以使用謀略。謀略當然需要下工夫。如果你想不出辦法可以上我這兒來討教，然而過去五年期間，從未見你來找過我。」

而秀吉早就發現信長的這點脾性，無論大小事都從前線徵求信長的意見。想必佐久間信盛自恃是織田家的歷代老臣而對信長有所輕視，才會忽略這一點吧。

信長還對佐久間信盛的性格進行批判，指責他吝嗇、愛財如命。

「光知道斂財。」

信長寫道。

信盛確實有這個毛病。就算信長增加他的封地，他也不招武士。一旦招進來，就意味著信盛的收入會相應地減少。

信長接著寫道：

「由於你的吝嗇，以前的家臣也得不到加薪。因此無人願跟隨你。倘若人數多，手下有眾多賢士，就算你能力有限也不至於差到如此地步，因爲你的貪婪吝嗇失去天下人心。如此不成體統、聲名掃地，就連唐國、高麗和南洋都絕無前例。」

信長還在文中提到信盛的兒子甚九郎正勝，也許是寫累了，「本應逐條羅列其愚行，然而筆墨不及」——可見是寫煩了。

「大體概括，第一，欲貪氣短、下無賢士……」

對他兒子的批評也與其父信盛類似。

最後做出的判決是：

「父子均剃度前去高野山。」

這道命令把信盛父子趕到高野山，信長卻難以平息怒氣：

「高野山也不許居住，四處流浪吧！」

他改變了心意。信盛父子只穿著一雙草鞋逃到熊野的深山裡。

對信盛的處置，與對要飯和尚無邊的處置如出一轍。

他命令各國戰線的將領四處搜尋，終於抓到無邊並送到安土城。

信長親自調查這個花和尚的下流行徑，當面叱罵道：

「處斬！」

命人砍了他的首級。雖說信長有意要「糾正天下萬民之道德」，然而這種趕盡殺絕的手段不得不說超出常理。

還有一件事，光秀想起來。那是天正九年三月發生的事情。

三月十日這天，信長突然一時興起，帶了五、六名小姓騎馬飛奔出了安土城門，前往相隔三十公里北部的長濱。

信長從小就酷愛騎馬出遊，雖然已經是四十七歲的人了，卻仍然樂此不疲。

長濱是秀吉的居城。信長到了城下，便吩咐道：

「我要去竹生島，給我備船。」

城主秀吉遠征中國並不在城裡，他的妻子寧寧便代爲安排船隻。

經由湖面前往竹生島，需要行駛十二公里。羽柴深知信長喜好速度，特別挑選船櫓多的船隻，派了百裡挑一的好手划船。

信長到了竹生島，只在島上歇息片刻，便又坐船回到長濱。

——想必會住在長濱的城裡吧！

安土城中侍奉信長的下女猜想。她們趁信長不在，出宮到副城玩耍，還有人前往城下的桑實寺和藥師寺參拜。

也難怪她們。從安土到湖中的竹生島，水陸距離加起來往返超過八十公里，誰也不曾料想到信長會當天趕回來。

信長回到長濱岸邊，立即馬不停蹄地南下歸來，趕到城門口時太陽還沒落山。

下女們卻不在家。

「無法容忍懈怠之風。」

信長下令將無故外出的下女盡數抓起來。信長最厭惡的就是這種投機取巧、耍花招了。

抓到的下女全數處斬，前往桑實寺的人還沒回來，寺裡的長老特意趕來爲她們求情。

「你要替他們開脫的話，視爲同罪。」

他砍下長老的首級，又揪出藏在寺裡的下女，一律處以斬首。

光秀受到細川藤孝的邀請，正在前往丹後（京都府北部）遊玩的途中聽聞此事。

最近，信長把丹後賜給藤孝，他便搬到宮津城。

「丹後有不少名勝古蹟，你一定要來多待幾天。」

藤孝曾多次向光秀發出邀請。這年三月，京都的閱兵式也順利地結束，光秀約了連歌師里村紹巴一同到日本海岸旅行。

對長年累月奔波流離在各國戰場上的織田家將領來說，短暫的遊山玩水可以說是從未有過的悠閒時光。

藤孝邀請光秀來到宮津灣中的風景勝地天橋立，並舉辦連歌宴席。

宴席中提到此事。

光秀聽後頓時失去詠歌的興致，而是板著臉沉思起來。

「怎麼了？」

連歌師紹巴問道。

「沒什麼。」

光秀敷衍道。光秀突然感到害怕的是，離開自己的居城跑到別人的領地吟詩作樂，要是傳到信長耳朵裡還不知道會怎麼樣。下女們僅僅是乘信長不在稍微離開殿中片刻便被處斬，光秀的罪過只會在她們之上。

（不知道信長會找些什麼藉口問罪呢？）

光秀的神經已經脆弱不堪。

「我突然想起有急事。」

光秀面帶著極度的畏懼之色向藤孝和紹巴告別，連夜出發，火燒屁股地從丹後、丹波山中趕數百公里，第三天回到龜山城。

志氣

到了翌年天正十年（一五八二），光秀已經虛歲五十五。來到織田家一轉眼戎馬倥傯十幾載，根本無暇顧及自己的年齡，最近逐漸感到心力不支，才猛然驚覺道：

（已經到這個年紀了。）

他本來體質就不強壯。天正四年（一五七六）五月，光秀病倒在攻打大坂石山本願寺的前線上，陷入病危，被送回京都。幸虧得到有日本第一名醫之稱的曲名瀨道三的治療，才挽回一條命。到了年底，妻子阿槇也病倒了，光秀身體恢復得也不理想，第二年春天，又抱病參加紀州戰役。之後的五、六年，由於大病之後未能得到靜養，再加上長年累月的野戰生活，似乎立刻就衰老下來。

也許是心力衰退的緣故，他從來沒覺得睡過一天的安穩覺，夜裡總是不停地做夢囈語，甚至出現幻覺。

（難道原因在此？——）

發生了一件奇怪的事情。起初，光秀以爲是在做夢。

前任將軍義昭偷偷來到光秀的丹波龜山城。

彌平次光春來到光秀的寢室向他彙報。

「請到大堂吧！」

光秀從床上坐起來，命令道。接著又倒下睡了，睡得很淺。早晨醒來後直覺得頭痛欲裂，他想起昨夜的這件事。

（我夢見將軍殿下了。）

他呆呆地坐在床上。天正元年，義昭被信長趕跑後，已經不再是將軍之身。後來，義昭奔走到廣島，寄身於毛利家，卻不忘天下之夢，向四方派出密使積極促成反織田派的結盟。

他的野心卻一次一次地落空。武田信玄、上杉謙信接連死去，本願寺也屈膝向信長求和，紀州雜賀的地侍集團也力量消減，如今可以指望的，只有中國十州的王者毛利家。

毛利家缺少霸氣。第一代的創業人元就曾留下遺言，把嚴禁霸氣定爲家規。

眼下，毛利家出於自衛，和信長指派的中國地區司令官羽柴秀吉正在播州（兵庫縣）交戰，由於毛利家本來就無心爭霸天下，打起仗來氣勢也並不兇猛，從信長、秀吉他們進攻者的角度來看，對方顯然是消極應戰。

義昭一直督促著毛利家的戰事。雖說是寄人籬下，自己住的宮殿也是對方施捨的，他卻喚來當主輝元，命令他速戰速決。毛利家也不願意糊裡糊塗地繼續防守，有「奉將軍之諭，討伐逆賊信長」的名義總是多少對自己有利，並用它來鼓舞將士的士氣。義昭洞察到這一點，便把二十九歲的毛利家當主輝元的稱謂改爲「副將軍」。毛利家的將士多少都會把這一點引以爲豪吧。

（眞是時運不濟啊。）

光秀得知義昭的近況後不禁心生憐憫。既然已經敗者爲寇，倒不如捨棄紅塵做回他的和尚，看來義昭的固執已經滲透到骨子裡。

（對他來說，不停地策劃陰謀也許是他活下去的動力。）

但從這一點來看，義昭算得上是個有趣的人，不過站在光秀自身的角度來看一點也不有趣。義昭是自己以前的主子，也是如今的主子信長最棘手的敵人。只要足利義昭還躲在山陽道的某個角落裡繼續他的陰謀活動，信長背負的犯上之罪就無法減輕。

捨棄義昭而選擇信長，光秀心裡的痛苦隨著時光流逝逐漸淡去，卻還是盡量地不去想起義昭。

卻阻止不了做夢。

義昭毫不客氣地闖到光秀的夢裡來。而且，也不知道是什麼緣故，隨著年紀的增長，出現的頻率越來越高。

「彌平次，我夢到將軍殿下找上門來了。」

光秀走到起居室裡說。

彌平次皺了皺眉頭。他其實正是爲了催促此事而來。

「大人，這不是夢啊。昨晚，將軍派人秘密前來求見，您親口說讓我把來人請到大堂。」

「我嗎？」

光秀難以置信。之後又聽彌平次描繪當時的情景，好像確有其事，自己曾起身作出指示。

「是不是幻覺呢？我最近似乎太累了。」

「您要好好休養。」

彌平次心痛地說，卻也明白光秀目前根本無暇休息。信長又下達新的命令，讓光秀率軍前往甲州討伐武田勝賴，明天就該從丹波龜山出發了。只要一天是織田家的將領，就注定忙碌得無法喘息。

（這種重荷之下的結局，要不就像林通勝和佐久間信盛一樣被驅逐出去，要不就像荒木村重一樣落得滿門抄斬的命運。）

光秀無奈地感到，也許是身體不適的緣故，意志總是容易消沉。不僅僅是光秀，織田家的將領也都是這種心情吧。

「來者何人？」

「一名叫做辯觀的和尚。他說在安藝廣島給將軍殿下擔任貼身侍衛。」

「應該是安藝人吧？」

光秀從未聽過這個名字。

「要如何處置？」

「什麼處置？」

光秀的臉開始失去血色。

「您要見他嗎？」

彌平次追問道，光秀的表情與先前的一刻判若兩人。他低垂著頭，默默地陷入沉思。

（要是見了，就該出大事了。）

光秀感到從下腹湧出一股寒意，他重新認識到這件事的嚴重性。來者的用意不用說都能猜到，一定是勸說自己謀反。義昭有個毛病，他經常不顧對方情況如何就派出密使，以前甚至給德川家康也送去手諭：

——如要對我效忠，則剿殺信長。

更何況，光秀曾是擁立義昭的功臣，還擔任過幕臣。而且，現在的指揮機構中光秀處於最高位，從前的幕臣將領都按照信長的安排編在光秀之下。也就是說，光秀在織田家的地位，類似於舊幕府派的總帥。因此，義昭派來密使壓根兒就不奇怪。

另外，義昭對同樣是幕臣出身的細川藤孝倍感厭惡，對光秀則沒有什麼惡意。

（光秀更可靠。）

義昭似乎對光秀抱有很大的期望。再加上光秀待人寬厚有禮，在火燒比叡山等信長摧毀舊權威的破壞行動持批評態度，在公卿和門跡之間也頗有口碑。

（糟糕。）

此時義昭找上門來無疑會把光秀逼入絕境。荒木村重就是一個最好的例子。

「不見。」

光秀下定決心。

「打發他走吧。如果那個和尚留下什麼手諭之類的，不要打開，當著他的面燒掉。」

彌平次一一照辦。

幸好，知道這名和尚是義昭派來的密使的，只有彌平次一人。

（應該不會走漏風聲吧。一旦消息傳出去，我就會成爲第二個荒木村重。）

阿槇和女兒們也會被扔到火中活活燒死吧。光秀的兒子則會像淺井長政的兒子一樣，被火棒穿透心窩而死。

光秀隨軍一同出征甲州。

武田信玄死後，甲州的勢力圈雖然由其子勝賴繼承，長篠戰役失利後家勢卻是一天不如一天，老臣和官員也都人心背離。

信長雖然在長篠一戰中大獲全勝，卻並未乘勝追擊，而是全軍撤回西部，可見他仍然對武田軍隊心存餘悸。之後的七年，都不再見他有什麼動作。

信長避免正面硬攻。他看到勝賴逐漸失去人心，便採取瓜熟蒂落的態度耐心地等待武田軍隊內部出現分裂。信長能夠極其恰當地把握輕重緩急，這一點讓光秀望塵莫及，光秀自己也再次認識到信長在器量和謀略上驚人的一面。

信州諏訪有座法華寺。織田軍逐個摧毀武田方面在信州的屬城，進入到諏訪郡後，信長便把這裡作爲大本營安紮下來。

諏訪郡原本是武田家的領屬，當地的地侍背叛勝賴倒向織田，紛紛聚集到大本營來向信長請安。

「你們看看。」

光秀看到如此壯觀的場面，忍不住對身旁的同僚說道。再沒有什麼能比得上眼前的光景更能證明織田家的威武了。

（信長眞是好運當頭啊。）

光秀不得不承認。這十年來，信長多次面臨絕境，甚至一年之內有好幾次都讓人覺得他將會一蹶不振，然而每次他都能抖擻精神，憑著自己的足智多謀逃脫困境。最近一兩年，信長總算盼來曙光，曾經歸屬武田家的信濃勢力，也甩掉勝賴轉向投奔信長麾下。

（簡直就像是一卷圖畫。）

而能取得今天的成就，可以說百分之九十九都源於信長超常的能力。光秀雖然承認，但同時又一百個不情願。信長能有今天的運勢，也是自己這些輔佐努力的結果。

有了這種自我意識，再加上光秀最近心力疲憊，開始變得愛回憶往事。

光秀忍不住感慨萬千道：

「我們這麼多年奔波於山川平原間，鞠躬盡瘁、竭盡所能，終於有了回報。」

不幸的是，光秀的這番感慨被信長聽見了。他馬上站起身來。

「十兵衛。」

說著他已經走到光秀的身邊，開始大發雷霆。他原本就厭惡光秀故作聰明的一面，此刻正好逮著機會。最近這些年，信長接二連三地把佐久間、林、荒木等多年的功臣趕走，內心又何嘗平靜過。光秀的話在他聽來，就像是在嘲諷他。

「再說一遍。——你這傢伙！」

他抓住光秀的後脖頸。

「你什麼時候、在哪裡鞠躬盡瘁了？你倒是說說看。鞠躬盡瘁的不是別人，正是我自己！」

信長推倒光秀，又把他腦袋撞到高高的欄杆上，然後揮拳如雨。

（我命休矣。）

光秀心想。他只覺得頭暈眼花，衣服也被扯亂了，卻仍默默忍受著。唯一讓他受不了的是，自己在眾目睽睽下受到這樣的奇恥大辱。

（我、我要殺了他。）

此時，他的腦子裡只有這一種想法，才能支撐住自己忍受的屈辱。光秀拚命地忍受著。等到信長放開他，他已經恢復往常平靜的神情，連自己都覺得吃驚。

光秀又轉戰甲、信的各條戰線上。

這一年的三月十一日，織田軍將武田勝賴逼入絕境迫其自殺身亡，永祿年以來一直讓信長坐立不安的武田家就此滅亡。

信長在四下逃散的人當中，得知足利義昭的密使就混在其中。可以說，這個人才是義昭組織反織田同盟的奔走者，曾經屢次設計讓信長陷入困境的魔鬼。

他的大名叫做佐佐木次郎，是被信長剷除的南近江前守護職六角（本姓爲佐佐木）承禎的兒子，滅國後投身於義昭的帷幕之下，以擅長與各國外交聞名。除了此人，還有光秀也認識的義昭的心腹人物大和淡路守以及僧上福院等人。

很快就查清這些人躲藏在武田家的菩提寺——甲斐國山梨郡松里村的惠林寺裡。

惠林寺是臨濟宗的大寺，自元祖夢窗國師開山後，領地俸祿三百貫，二百僧人在此常住。

擁有國師封號的高僧快川紹喜是這座寺的長老。已故信玄曾極盡禮儀把他從美濃的崇福寺請來，此僧以禪風俊逸揚名，與信玄更是莫逆之交。

快川斷然回絕道：

「不會把他們交出來的。」

織田家接連三次派出使者交涉，快川都不答應，還乘機放走上面提到的三人。

信長勃然大怒，下令道：

「把寺院和和尚統統給我燒了！」

他指定四名執行官，分別是織田九郎次郎、長谷川與次、關十郎右衛門和赤座七郎右衛門。他們帶領著數百名足輕，把山上的僧侶一百五十餘人悉數趕到樓門上，在樓下架起火籠點起熊熊大火，想把他們活活燒死。

快川坐在群僧之首。他靠在佛椅上，面對著腳底升起的兇猛火焰，吟誦道：

安禪未必須山水

心頭滅卻火亦涼

他最後詠誦的這首偈語一直流傳了下來。

很快樓門就燒塌了，一百五十多人皮肉燒焦的氣味彌漫在空中，從這裡的村落一直飄到半里之外光秀的陣營中。

（有必要做得這麼絕嗎？）

光秀的悲憤之情比任何人都來得激烈。快川紹喜出身於武士家庭，也是美濃土岐氏之後，與光秀同屬一族。同族被燒焦的血肉氣息，光秀實在是無法忍受。他本想放下帷幕燒香誦經，又怕傳到信長的耳朵裡，只好作罷。他不禁自嘲起自己的小心翼翼。

（要是能殺了他就好了。）

他嘴裡反覆念叨著殺這個字，卻也只是動動念頭而已，他自己都不相信會有採取行動的勇氣。

過了一個月——

光秀隨同信長一道離開甲州，經由安土回到近江坂本城，期間又接到信長下達的新任務，再次來到安土城下的明智府邸。他繼續扮演著忠實勤奮的織田家官吏，除此之外，光秀無法找到自己的定位。

前往備中

信長從甲州回到安土時，已經是夏季。

天氣很熱。

比起往年更加酷暑難當。然而，人們的忙碌並沒有因爲炎熱而有所減輕。天下終於開始出現新氣象。

信長的統一大業自從平定甲州後，步入一個新階段。他每奪取一處國土，便頒佈自己的法律和經濟政策。例如在商業方面，他撤銷壟斷制度，廢除讓百姓苦不堪言的通行稅。隨著信長征服範圍的擴大，保守的室町體制開始土崩瓦解，充滿信長特點的合理性社會得以構建起來。這一革命版圖，已經覆蓋到東海、近畿、北陸和甲信地區。

接下來就輪到四國、關東以及這幾年一直處於交戰狀態的中國地區。信長以安土爲大本營，向四方都派出大軍。

中國　羽柴秀吉

四國　織田信孝（副將：丹羽長秀）

關東　瀧川一益

負責關東的瀧川一益已經入侵入上野，西部地區率領四國遠征軍的織田信孝和丹羽長秀，則把大軍聚集在大坂準備渡海作戰。

光秀卻暫時離開前線的戰務。他負責的近畿平定後局勢漸緩，暫時可以休養兵馬。信長卻不肯給光秀喘息的機會。

信長命令他。

「你負責接待三河大人（家康）！」

東海的家康終於擺脫武田氏的威脅，從持久戰中得以解脫出來。信長將駿河國賜給家康。家康除了自己奪取的三河、遠江兩國之外，現在又擁有新的一國。長期以來，家康一直充當織田家東部的防守堡壘，抵擋武田氏的西進，幾度瀕臨滅亡的邊緣也不曾背棄過與信長之間的盟約。而信長給家康的回報，不過區區一國。

（主公未免太吝嗇了。）

眾人心下暗想。對待輔佐自己大業的同盟者，信長的謝禮也未免太不值一提。然而，信長這麼做有自己的理由。倘若給家康豐厚的屬地，說不定他的勢力會趕超織田家。信長死後，難保家康不會剷除織田家的子嗣，為了防患於未然，信長便把家康的勢力限制在東海三國的領土上。

（信長公的心思複雜。）

此時看穿信長用意的，正是負責中國地區的羽柴秀吉。信長要想平定天下，就得給諸將領論功行賞，維持他們的鬥志。事實上，統一天下得以實現之日，德川家康、柴田勝家、丹羽長秀、明智光秀、羽柴秀吉及瀧川一益這六名高官，說什麼也得各自獲得數個國家的封地。信長也曾在眾人面前信誓旦旦地承諾過要大家平分日本國土。然而，此事一旦成真，織田家的天下將化為泡影。大大名太多將軍則無法控制，室町體制就是一個最好的佐證。

於是順理成章的，創業的功臣會被扣上各種罪名而接連除去。古代中國的漢朝成立當初，就對功臣進行剿殺，他們甚至流傳下諺語：「飛鳥盡，良弓藏；狡兔死，走狗烹」，驗證了這一事實。林通勝、佐久間信盛就已經被剷除，也許這正暗示著織田帝國成立後功臣們將要面臨的命運。

（就算我再賣命，最後也只是死路一條吧。）

最近，光秀的這種不安情緒與日俱增。機靈的羽柴秀吉早就有所覺悟。幸虧他膝下無子，便向信長討了他的老四於次丸作爲養子，成人後取名秀勝，並立爲嗣子。這樣一來，無論秀吉擁有多麼大的領地，最終還是要回到織田家的後代手中。從這一點可以看出，秀吉敏銳地看透信長的心思。

另外，秀吉中途從中國戰場返回安土城彙報情況時，半眞半假地請求道：

「將來把朝鮮讓給我吧！」

表明自己並不在意封地。秀吉的用辭極其巧妙，他說：

中國地區很快就能拿下。這場仗打完後，可以把中國各地分給野野村、福富、矢部、森等信長身邊的將領。自己什麼都不要。隨後希望派自己去九州征戰，九州平定後讓自己統治一年。這一年期間儲存兵糧，營建軍艦，把九州獻給信長後自己則渡海前往朝鮮。希望到時候能把朝鮮賞賜給自己。

信長聽後大笑不止，誇讚道：

「筑前眞是胸懷廣闊啊！」

再回到家康封賞駿河國的話題。這份微薄的賞賜，家康並未表現出不滿。他洞察出信長的用意，裝作十分高興的樣子，立刻派家臣前往安土城傳話道：

「我會擇日從濱松出發，前往謝恩。」

這種程度的封賞原本不值得如此鄭重其事，可以說這是家康採取的心術。這麼一來，信長一定會覺得：

——沒想到家康還是個謹愼可愛的傢伙。

如果不給信長造成這種印象，恐怕今後會爲自己招來殺身之禍。如果此時不表現出欣喜而是漠然應對的話，信長會起疑道：

——家康這傢伙難道不滿足嗎？

以後，信長就會把家康看成一個貪婪的野心家，凡事從這個角度來判斷是非，遲早一天會算計著把他剷除。

五月十五日，家康抵達安土城。

信長下令要全城大舉款待，光秀就是這個時候被下達接待任務的。信長雖然僅僅賞給家康一國，但他想通過這次的款待，極力表現織田家對家康這麼多年來支持自己的感激之情。

接待方案都由信長親自構思，再逐條傳達到執行官光秀這裡。

信長爲了迎接家康，甚至在安土城新建造一條路。家康從自己的領地出發後，信長還下令在家康每晚借宿之地，附近的大名都要前往請安或是招待。

例如近江番場，信長派出丹羽長秀一夜之間建好一處行宮，用作家康下榻。

安土城內則請來四大名家表演能劇和狂言，還欣賞了丹波的梅若太夫的滑稽表演。梅若太夫的表演並不盡人意，信長大怒道：

「你竟敢讓我在三河大人面前丟人！」

他從座位上跳下來把這位表演家拽到家康面前，揮拳一頓暴揍。可見信長對家康的在意程度。

（此舉是眞是假。）

負責接待的光秀冷冷看著信長充滿孩子氣的舉動。如果是眞，那麼信長對家康的招待也太超出常識了吧！恐怕信長也覺得區區一個駿河國，太對不住家康了。信長一定是想用招待的方式，來彌補對家康封賞的不足吧。

（眞狡猾。）

光秀看信長的眼光，開始充滿惡意。

信長極盡地主之誼，二十日（此時光秀已經離開安土）在高雲寺殿中舉行的宴會上，信長甚至親自爲家康端菜倒酒。

家康還在安土城中的十七日，備中戰線上的秀吉派使者緊急求見信長，要求道：

「請主上出馬。」

這幾年，羽柴秀吉一直對毛利方面施加戰鬥和謀略的手段，終於成功地將毛利的主力部隊引到備中，決一雌雄。秀吉懇請道，再往後請恕拙者無能，唯有請大人親自出馬，指揮軍中萬事。

——請恕拙者無能。

是秀吉故意這麼說的。

秀吉擁有三萬兵力，毛利也是同樣三萬，雙方實力相當。不過，秀吉在決戰到來之前，在毛利方面的備中高松城周圍建起長達二十六町的長堤，引入足守川的河水用作水攻，可以說秀吉佔據了有利的地形，氣勢衝天，一切都對秀吉有利。只要秀吉有心，完全可以以一己之力取勝。

然而，深知信長脾性的秀吉，卻不敢自己獨自打勝仗。自己以一名司令官的身分立下攻破毛利大軍的巨大功績，將來織田家的平衡就會被打破，信長不知道會用什麼眼光來看待自己。摧毀敵人這一戰功，應當非信長本人莫屬。之前的主要戰場上，也幾乎都是由信長親自指揮的。

「請務必出陣。」

秀吉的使者懇求道。此時，信長正在接待家康的筵席上，他雙手拍膝道：

「嗯，我自然要去。」

信長當即決定，立即派在場的堀久太郎作爲上使前往備中轉告秀吉：

「近日出發。」

同時，他向諸將下達了軍令。光秀第一個接到出發的命令，正好是家康到達安土後的第三天。這段時間，光秀每天都要到家康下榻的大寶坊，有時候忙得連覺都睡不上，又突然要隨軍出征。然而，何時何地都不能忤逆信長的命令，是織田家的家風。

而且，除了信長自己的大軍外，織田家目前不在戰線上的司令官，也唯獨光秀一人。

光秀把自己軍中的大名細川忠興、池田恒興、鹽川吉大夫、高山右近以及中川瀨兵衛等人叫來，命令他們各自回城做好出發的準備。

光秀自己也要回城著手準備。他打算當天就離開安土，於是先去向家康告別，回到城下的府中時，信長派來上使。

「傳令。」

來者道。光秀伏在下座接令，內容竟讓他大吃一驚。

「賜出雲、石見兩國。但，收回現今的近江、丹波兩國。」

光秀不禁愕然，忙追問原因。使者卻答道：

「無可奉告。」

便轉身離開。

對丹波和近江這兩座領國，愛好民政的光秀正爲當地的治理忙得不亦樂乎，如今卻要被收回。哪裡，已經被奪走了。

而作爲替代，信長口中要「賜」給自己的出雲和石見，目前尚且屬於敵人毛利家的領土。光秀愕然的理由就在此。事實上，他等於失去俸祿。不僅僅是光秀，光秀手下家臣的領地也都消失在這一瞬間，所有人都變得一無所有了。

信長的意思是：

「把出雲和石見搶過來。」

然而，征服這兩國需要一年的時間。這一年，失去俸祿的光秀既養不起手下多達一萬數千名的將士，也無法補充彈藥。倘若短短幾天就能進入山陰、征服敵人的話，也許還不至於活活餓死，然而這根本就是癡人說夢。

可以說這項處置讓人摸不著頭腦。

信長眞正的用意到底是什麼？

越想越不明白。

近江、丹波兩國緊鄰京都，確實直接歸屬織田家管轄比較合理。然而爲何卻偏偏要在這個節骨眼上收回呢？

收回封地，讓自己去搶奪敵人的領地。光秀和家臣由於擔心長期無米下鍋，一定會與毛利軍殊死搏鬥。這樣的話，信長平定中國的計畫就能早日實現。

（……如此居心叵測。）

如果這確實是理由，簡直就是在人的屁股上點上火催人快跑。

（人只是他利用的工具而已。）

光秀想道。這也是信長能取得今日之成就的一大優點。就像木匠鍾愛鑿子這一工具，嚴加挑選並通曉它的功能，才能充分利用，信長對待家臣也是一樣。正因爲如此，一介牢人出身的光秀、無名無姓的秀吉才能得到提拔，他們的才能因而得到無限的發掘。光秀能有今日，不能不說是源自於信長這種近乎偏執的愛好，他卻感覺到：

（我這個工具，也許正在成爲信長的眼中釘。）

就連對待盟友家康，信長也不過分給他一個駿河國。而自己只是信長撿來的一個工具，就更捨不得封賞領地了。

一旦解決毛利，織田家將擺脫常年的苦戰狀態。那麼，如同巨大工具的光秀將失去用途。到時候織田家旗下共有四、五十萬大軍，只怕九州、奧州等地會主動率軍前來投降。

（正好應驗了「狡兔死，走狗烹」這句古諺。）

織田家的譜代老臣林通勝和佐久間信盛銷聲匿跡後，相同的命運降臨到光秀的頭上。信長在驅趕前面的兩人時，強加上莫須有的罪名將他們放逐，對光秀則採取「賞賜敵國領地」的手法，收回光秀的領地。

（將來的事可以猜到。織田家唯一能生存的，也只有收養信長之子秀勝的秀吉一人了。）

十七日傍晚，光秀策馬離開安土城下，連夜疾馳，回到自己位於琵琶湖南岸的居城。

「我要去備中。」

光秀告訴阿槇。

光秀的腦子裡飛快地閃過備中以外的地名，然而決心未定，他不能告訴阿槇。

（萬一殃及阿槇和孩子們。）

光秀的心裡充滿畏懼。想到他們有可能會遭到荒木村重一家所受的苦難，光秀遲遲下不了決心。

「你怎麼了？」

阿槇小聲問道，她注意到光秀的臉色慘白。

「哦，沒什麼。我要去備中。」

光秀點頭望著阿槇，他其實有一半是說給自己聽的。

「備中。」

他微微地頷首，吞掉了後面的話。——眞的要去嗎？耳邊有個聲音似乎在問自己。

祈福

隔開京都盆地和丹波高原的山峰中，有一座愛宕山。

這裡是愛宕菩薩顯靈的地方。

從京都盆地抬頭仰望，這座山位於西面，因此相對於東山被喚做西山。每天黃昏，夕陽都會給這座山披上一層莊嚴肅穆的色彩，加深人們對這座靈山的宗教幻想，信奉愛宕成爲京都人日常生活的一部分。

千日參拜大典更是熱鬧非凡。

每年一到四月中亥這天都要舉辦，從山腳下的一之鳥居蜿蜒八公里的險路，前來參拜的男女老少就像螞蟻一樣絡繹不絕。山麓有清瀧的溪流經過，再往上走是試之峠，渡過渡猿橋便是遮天蔽日的檜杉林，雖是白天，路上的光線卻很暗。

而光秀選擇的登山道，卻完全是另外一番景象。

光秀途經安土城、坂本城，回到自己的領地丹波龜山。從龜山城向東北方向望去，愛宕山擋住了眼前的視線。

「我要去愛宕祈福。」

回到丹波龜山城的第三日，光秀開口道。他召集自己手下的十三名將領，告知備中遠征一事，做好準備的部署後說道：

「我有個心願，要獨自前往山中祈福。」

諸將從光秀陰鬱的表情中感受到某種不尋常的氣息。

（該不會是——）

恐怕直覺到這一點的人不在少數。當然，這種想像確實跨度太大了。

然而，光秀的表情多少給了他們一些想像的依據。他們早已獲悉，光秀名下的所有領地都被信長悉數捲走了。

反過來，信長承諾要把山陰的出雲、石見二國賞給他。這兩國都是敵國，在奪取它們之前，明智家的一萬多名將士將在不安、貧困與焦躁中度過。

這種不安蔓延在將領之間。這種不安，給幾名頗具直覺的將領提供了想像的依據。

（主公難道要——）

他們揣測道。

指的是造反。不過他們的理性又否定了這一點。他們認爲自己的主人如此認眞謹愼，無論如何都不會有這種逆天的想法。他們是明智左馬助（彌平次）光春和齋藤內藏助利三等人。他們是最早投靠在光秀旗下的人，熟知光秀的性格，也很清楚光秀和信長的關係，以及在織田家的大堂上發生的種種非同尋常的事情。

（不過，主公會忍耐的。）

他們也都覺得光秀應該忍耐。區區一名牢人能有如此際遇，做官十年就能當上享祿五十多萬石的大名，這種奇蹟可以說在這個國家是史無前例。而信長卻用魔術實現了這一奇蹟。光秀充其量只是魔術師信長的工具，既然是工具，就不能有常人般的感情。魔術師信長也從未要求過工具的感情，他只在乎功能如何。既然已經當上五十多萬石領地的大名，就必須忍受作爲工具的代價。

可是，這個工具宣佈要去——
「祈福。」
祈福是一種精神行爲，不屬於工具的行動範圍。祈福需住在寺院中日夜祈禱。當然，得要有心願。然而，工具能有什麼心願呢？如果是自己身患隱疾尚且有情可原，但也沒必要去祈福吧？——他們的想像力有了實質的飛躍。
話雖如此，他們卻沒有勇氣追問光秀：
「您要去祈禱何事呢？」
光秀一向寡言少語，行事孤單，家臣少有介入的空間，這種問題自然不好輕易提出。換做是羽柴秀吉，想必家臣一定會輕鬆自然地提問吧。當然，秀吉根本就不信什麼神靈菩薩，自然不會有祈福這一傳統的精神行動了——
二十五日清晨，光秀只帶幾名隨身侍從，離開居住的龜山城。
天開始亮了。龜山這座小盆地一片翠綠，其中一條紅褐色的小路直通保津川的方向。光秀騎馬上了這條路。
水田裡是百姓，正在田裡勞作。他們怎麼也不會想到，小路上騎馬經過的武士，就是這裡的領主惟任日向守光秀。
光秀自從來到丹波，就愛上了這裡的百姓。他酷愛掌管行政，一掃先前的各種弊政，竭力改善百姓的生活。
有一回，郡裡有位官員來找光秀告狀，說村裡有不少爲了逃稅隱藏不報的田地。
「這一點很難。官員要是太留意這些事，領國就會失去活力。」
光秀提醒道。那名官員卻不服氣，想教訓光秀：
「世上老百姓的話最不能大意，他們多是奸懶讒猾之徒。」
當時，光秀是這麼回答的：
「菩薩撒謊可以稱之爲方便，武士撒謊則可以稱爲武略。而百姓撒謊卻找不到一個修飾它的好名分，所以說世上再沒有什麼比百姓撒謊更可愛的了。」

光秀騎馬奔走在路上。倘若通知他們自己的身分，他們便會從泥田中爬出來向自己下跪吧，光秀卻不喜歡這麼做。

他策馬經過，到了保津川畔，乘著輕舟過河。再往下一點，保津川流經山間水流較急，上游的龜山（龜岡）盆地一帶，反而十分平坦。

上了岸，便是山路。

光秀開始登山。腳下的龜山盆地逐漸變得越來越小，到百年檜一帶，便看不見下面了。接下來便是在山裡蜿蜒而行。這座山從丹波方向爬上來，十分險峻。

途中好幾次都累得接不上氣，便停下來休息。光秀雖然看上去身體虛弱，往日年輕時，這種程度的山道根本算不上什麼。看來到底是上年紀了。

途中，他們坐在岩石的一角吃著乾糧。

「想當初我年輕的時候，」

光秀突然講起往事：

「從來不吃午飯。」

他突兀地冒出這麼一句。至於光秀爲何不吃午飯，隨身的侍從自然是無從知曉。

光秀出生在美濃，與海道邊界的尾張相接，稱得上是準先進地帶，與京都相同，每日三餐的習慣早已根深柢固。不用說，身爲村落貴族的子弟，光秀也是在一日三餐的環境中長大的。然而自從背井離鄉後，常年流浪在外，也在一日兩餐的國家待過。越前就是如此。因此，光秀年輕時一直就保持一日兩餐的習慣，到織田家才恢復三餐。光秀此時吃著乾糧：

——像這樣吃午飯，已經多少年了呢？

他回憶起來到織田家之後的那些歲月。

不久，他們來到山上的愛宕權現其中的一座，叫做威德院。這個稱呼源自寺裡供奉著威德明王，在山裡通稱爲西坊。

光秀突如其來的造訪，讓山裡的僧人驚慌失措，光秀卻安撫他們道：

「無需領主的待遇，把我當作尋常百姓就好。」

原因是比起受到繁冗的接待，光秀更想一個人靜靜地待著。他想獨自思考一些問題。

「請務必成全。」

他再三叮囑。

他先去入浴。貼身的小廝在一邊伺候。

光秀低垂著頭，任水流過脊背。他陷入沉思中，甚至忘了呼吸。只聽得見他不時發出深深的歎息。

（主上這是怎麼了？）

小廝尚且年少，不懂大人的心思。他的表情還很純眞，根本無法理解在艱難處境中生存的困難。

「我想獨自思考一些事情。」

光秀出於此意，才爬上這座聳立於丹波、山城邊境的愛宕山。然而事實上，光秀什麼也沒想。

他只是滿懷懊惱。

光秀的大腦已經停止工作，只剩下神經在支配著他。精神到了極限狀態，思考也會隨之停止。只見他佝僂著背，脖子僵直，臉色慘白。這種思考的姿勢，已經失去原本應該有的活力和主動性，而是絕望放棄的姿勢。

然而，光秀還是努力想思考。

「主公！」

小廝喊道。光秀猛然驚覺，怔怔地看著少年。少年天眞無邪的臉是如此生動而富有活力，光秀不禁想道：

「難道這麼小的孩子，也得被我拉下地獄嗎？」

這不是思考，而是歎息。光秀並沒有思考。

他只是在發呆。

小廝已經給光秀擦乾身體，光秀卻沒有站起來，而是低著頭坐著不動。剛才小廝叫他，就是爲了提醒他。

「幹嘛？」

光秀又是一驚，他仍然盯著小廝的臉。

「已經洗好了。」

「知道了。」

光秀走出浴室。

更衣後，樹叢間的光線已經逐漸暗淡下來。

（我得去一趟大殿和後院。）

光秀的心情變得沉重起來，他坐在走廊邊上眺望著眼前的樹林，清楚地知道，現在必須做決定了。

（時不我待。）

他只有這一個念想。

信長要出征山陽道，四天後他將從安土出發，當天抵達京都，晚上在本能寺投宿兩晚。他的親衛部隊人數不多，防守薄弱。跟隨信長出行的嫡子信忠住在離本能寺距離不遠的妙覺寺，他的人馬也最多五百騎兵左右，不足以構成威脅。

要是下手的話，會像捏碎雞蛋殼一樣容易吧。

而且，織田家各軍的司令官都身在遠方。柴田勝家在北國，瀧川一益在關東，羽柴秀吉在備中，丹羽長秀正率領大軍集結在大坂，德川家康則帶著寥寥無幾的幾名隨從去堺參觀。

京都一片空虛。

二十九日晚上，信長將率領少數的旗本部隊住在防守空虛的京都。

眞是天賜良機。

如果，光秀未能抓住這一千載難逢的機會，恐怕他的後半生將會在平凡中度過。機會讓光秀有了想法。此前從未有過的念頭，開始浮現在光秀的腦子裡。

光秀狼狽得讓人同情。

（做還是不做？）

他思索著。這個念頭的出發點，僅僅是因爲眼前的機會，突然降臨的機會。若是長久以來精打細算的計畫，光秀反而不會這麼茫然。他疲憊到喪失了自我，只好聽天由命。

他祈福的目的便在此。走到顯靈的佛像前，他抽了一支籤，打算以此來決定自己的行動。

現在，他正坐在走廊邊上。

他紋風不動地望著樹林中黑幢幢的陰影，是因爲他害怕到佛前去抽籤。連抽籤這一動作，光秀都鼓不起勇氣。如果是支吉籤，光秀就不得不殺向本能寺了。反之是凶籤的話，他就只好領兵去備中。然而，一想到前往備中，光秀就無比鬱悶。說是鬱悶，倒不如說他看不到活下去的方向。

走廊邊的光秀猶豫不決。

該拿主意了。光秀撓撓腳，站起身來。腳邊沾滿血的蚊子，來不及飛起來便橫屍在地。

「走了。」

他從走廊上躍下，穿上草鞋，踩著青苔進入杉木林。三名貼身侍衛舉著火把給他照路。

他再次沿著岩石間的險路攀去。

來到大殿。

大殿裡供奉的勝軍地藏受到武士的尊崇。光秀並未踏進大殿，而是佇立在台階下手持念珠嘴裡念念有詞，然後又取道前往內院。

內院據說更加靈驗。

地點在岩石的前部，周圍環繞著幽深的杉樹林，山裡的濕氣很重。

傳說每年中有幾次，天竺、中國和日本的天狗會在後院的山峰相聚。天竺的天狗首領是大夫日良，中國的天狗首領是大夫善界，日本的則是太郎坊大僧正。這三人相聚時，這座山峰便成爲魔界，樹梢上將停滿他們的家屬小天狗，據說數量達到九億四萬多隻。

光秀來到菩薩面前。

他拉了鈴，先用神道教的方式擊掌後，又按照佛教的方式數念珠誦經。

隨後他走上台階，拉開門，又點上燭火，舉起抽籤盒，開始朗誦經文。

自我得佛來　所經諸劫數
無量百千萬　億載阿僧衹
常說法教化　無數億眾生
令入於佛道　爾來無量劫
為度眾生故　方便現涅槃

光秀原地坐著，把抽籤盒舉過自己頭頂晃了晃，孔中掉出一支籤。光秀定睛望去。

是凶。

光秀呆坐在燈下。他的臉上失去血色，氣息也變得微弱起來。

「不是的。」

光秀喃喃自語道。他將那支籤拿在手中，用盡全力折爲兩段。

（再抽一次。）

他再次舉起籤盒著急地晃了幾下，又掉出一支籤來。

還是凶。

光秀的心神被打亂了，他此刻狂躁得想要一腳踹飛眼前的菩薩。他又氣急敗壞地不停晃動著盒子，卻不見有籤掉出來，只聽見竹籤在盒子裡碰撞的聲音。

終於有一支籤掉落在他的膝蓋上。

光秀望了一眼，便隨手扔掉竹籤，似乎長長地舒了一口氣。他一動不動地坐著，只是大口呼吸著空氣。

這次的籤是吉籤。

可是，抽了好幾次才抽到的吉籤，還能靈驗嗎？

光秀撿起地上散落的竹籤，一起折斷了。

他用力繼續折著，直到這些籤變成小碎片，似乎仍舊懊惱，又用指甲去掐碎它們。

光秀走出大殿。

他躍下台階，沿著來時路下山。他感到步履沉重、呼吸不暢。然而，他的決斷卻戰勝了這份沉重，開始悄然滋生。就算沒有菩薩的保佑，該做的事無論如何也要付諸實行。

光秀選擇了實行。

不去考慮什麼運氣不運氣，眼下只需要考慮如何行動。至於行動的結果怎麼樣，光秀已經無從思考了。

（就算運氣不濟，大不了一死而已。）

光秀闊步向前走，既不慌亂，也不動搖。他朝著他認定的方向走去，步伐堅定。

時機

第二天，連歌師里村紹巴、里村昌叱等人，從京都一側的登山口趕過來。

前天夜裡，光秀突然派出使者向京都的紹巴發出邀請：

「請參加愛宕山西坊舉辦的連歌會。」

紹巴和昌叱等人一看是光秀的吩咐，連忙從清瀧口上山。

連歌大師們是下午抵達的。傍晚，西坊的書院裡開始舉辦連歌大會。

連歌的歷史悠久。特別是到室町時代，這項本屬於京都貴族的文藝活動普及到地方上的大名圈裡，最近逐漸衰退，取而代之的是茶道。連歌和茶道雖說都是沙龍式的遊樂，連歌是文藝性的，茶道卻帶有美術色彩。

比起連歌，信長更沉迷於茶道，可見他對美術的興趣勝過文藝。織田家上一代的信秀酷愛連歌，甚至邀請連歌師宗祇前來助興，信長卻未能繼承父親這一嗜好。

信長偏愛茶道也許是天生的癖好。與此類似的不勝枚舉，例如他找出畫師永樂並親自加以保護，喜愛外國的奇裝異服，他建造的安土城更是前所未聞的一大奇特建築。

對茶道的愛好，應該說是來自道三的影響吧。濃姬從道三家中嫁過來時，第一次把茶道帶到織田家中。

信長的愛好也創造了一個時代。以京都和堺爲中心，茶道出現空前的繁榮景象。

連歌卻日漸衰退。這是因爲信長舉辦茶會，卻不願意舉行連歌活動。信長的部將也熱衷於參加茶會，對連歌卻不屑一顧。

也就是光秀和細川藤孝除外。自然而然的，連歌大師里村紹巴把光秀當作是自己在這個世上唯一的庇護者。

紹巴曾在信長那兒遭遇過霉運。當年，信長正忙著攻打美濃，在尾張建了小牧城。紹巴從京都趕來祝賀新城的完工。那時，信長要求道：

「來一句吧！」

紹巴於是當場詠歌一曲道：

清晨開戶門，山麓見柳櫻

沒想到信長勃然大怒道：

「武家的新城，開門做什麼？」

那架勢恨不得要懲處他，嚇得紹巴屁滾尿流地逃回京都。從那以後，紹巴就對信長敬而遠之。

「您這次這麼突然，出什麼事了嗎？」

紹巴向光秀詢問道。

「這個嘛……」

光秀在想該如何措辭。突然在京都和丹波國境的山裡舉行連歌會，按照常理確實是說不過去。

「這次大人命我去備中出征。這一走或許又是好幾年，因此請京城的舊友來會會連歌。其實——」

光秀表情陰鬱：

「這次見到足下，實是有事相求。」

「我嗎？——」

到底是什麼事呢？

光秀卻緘口不言。紹巴望著光秀逐漸陰沉的臉色，感到不安。

里村紹巴雖說是個連歌師，同時也涉足於政界。他通過連歌宴會與親王、公卿、大名來往甚密，自然對政界的消息瞭若指掌。時不時會有人托他打探消息，或是傳達口信什麼的。

（日向守想讓我做什麼呢？）

他一邊想著一邊打量著光秀的表情。後者臉上的焦躁和不安雖然很明顯，卻無從知曉背後到底發生什麼事。

酒席很快就擺好，每人的膝蓋面前都放好筆墨紙硯。

「就請日向守開個頭吧！」

紹巴提議道。

在座的共有七、八個人，專業的連歌師除了紹巴，還有坐在副賓坐席上的養子昌叱，兼如、心前等人，也與光秀過從甚密。其他還有西坊威德院的院主行祐、上坊大善院的院主宥源兩人。

光秀被點名開頭，好一番苦思冥想。連歌大會的成功與否，取決於開頭的好壞。

眾人坐席的順序依次是：

光秀
威德院行祐
紹巴
大善院宥源
昌叱

坐在第三位的紹巴，看見光秀苦苦思考的樣子，心下想道：

（有點奇怪。）

光秀的眼光游離，表情愁苦，要說只是爲了給連歌起個頭也未免太誇張了。

不久，光秀吟出自己的作品：

時辰已到，雨降五月

（天啊！）

紹巴不由得抬眼向光秀望去。光秀卻低下頭，避開紹巴的視線。雖然無法捕捉到他的表情，紹巴卻能夠深深體會到歌中的深意。

「時辰已到。」

這句話，應該體現了奮起的決心。而且，光秀的高明之處在於他把「土岐」（「土岐」與「時」諧音，編按）二字巧妙地寓意於其中。

光秀出身的明智一族，起源於美濃的土岐源氏。光秀心中充滿自豪勾畫出的鮮豔家紋，正是土岐的桔梗紋。

雨降五月，字面上可解釋為五月的下雨天，此時想來，其寓意儼然是一統天下的含義（譯注：這裡的「雨」與「天」同音）。

（莫非是要造反？）

紹巴只覺得耳邊轟的一聲巨響，手中握著的筆也像篩子似的抖個不停。

然而，只有紹巴一人朝著上面的方向理解，其他人都以為是指五月雨季的意思。即便如此，這首歌也做得極好。每個字都意味深長，讓人感覺到一股氣勢。

接下來輪到威德院的行祐。這名僧人單純地按照字面意思理解，溫和地吟出下文：

水漲庭山綠

這首歌的意思是，迎來了五月的雨季，河水的源頭開始漲水，庭園裡的山上也冒出新綠。

「妙極了！」

紹巴發出一聲專業連歌師的驚歎，接著吟出自己的下句：

花落阻水流

紹巴的寓意在於要阻擋光秀造反的決心。其中深意，只有光秀能夠體會。

光秀抬起眼睛，緊緊注視著自己的風流之友紹巴的臉。

紹巴躲開他的視線。

「輪到下一位了。」

他特意提醒第四位的大善院宥源。

「好嘞。」

宥源接過來，對了一句，「風吹霞光暮」，很是平淡無奇。

眾人散後，光秀把紹巴單獨請到房裡，用青春期少年般的口吻央求道：

「最近，我感到非常孤獨。藉著這次祈福，今晚能陪我說說話嗎？」

紹巴不禁憐憫起眼前的光秀。他低聲答道，如果不嫌棄的話自己很願意。

兩人面前擺著酒肴，下酒菜只有墨魚乾和炒豆。

「剛才我開頭說的那句話，你明白意思了？」

光秀靜靜地開口道。紹巴卻沒有回答。

「我把足下當作朋友對待。接下來就算我說了些什麼，你也不能告訴外人。」

「這是自然。」

紹巴無奈點頭道。這對紹巴來說需要勇氣，萬一光秀造反失敗的話，自己會被視作同罪而遭受誅連。

「過不了幾天，天下就要易主了。從平氏將轉爲源氏。」

光秀接著說。信長自稱爲平氏，而光秀卻是堂堂正正的美濃土岐源氏之後。他的意思是滅信長而奪天下。

「這種話可不能亂說啊！」

紹巴伸出雙手，做出要捂住兩耳的姿勢。

光秀也覺得紹巴被自己選中很是不幸，然而，他有自己的理由。向紹巴傾吐內心的想法，從而使自己下定決心。

紹巴是個社交人物。告訴此人，就等於向全世界宣告。一旦自己鬆了口，就再沒有後路可退了。他想把自己逼上絕路。

「如果聽到我推翻平氏的消息，」

光秀說：

「你就去向朝廷放話。我既然出身源氏，請封我爲征夷大將軍。藉將軍之命討伐餘賊，平定天下後，定將政權奉還朝廷，重現律令之天下。此乃光秀平生之志向，請務必告之。」

「我知道了。」

紹巴點點頭，心裡卻爲光秀此番言論的幼稚感到驚詫。說什麼打倒信長奪取政權後，要把權力歸還朝廷。可是朝廷早已沒有政治統治的能力，只會徒增負擔而已。

（也許是收攬人心的手段。）

紹巴又想。不過，這種手段未免太粗糙了吧。想把日本的政治恢復到從前的律令制，簡直就是自欺欺人的幻想。信長摧毀了室町體制，想要建立起順應現實的政治經濟體制，要推翻信長的光秀卻沒有什麼政治理想，只是一味地幻想復古而已，這行得通嗎？

（總而言之——）

紹巴接著想，也許光秀的政權欲望並不強烈，與其說是奪權，倒不如說他最大的目的在於向信長報仇雪恨。信長一倒，政權自然會隨機而來，然而在光秀的心目中，這只不過是附屬性的產物而已。

最要緊的是，紹巴不想捲入此事太深，他找準時機便告辭走人。

紹巴走後，光秀上床睡覺，卻輾轉反側。直到天色泛白，他也未曾合眼。

連歌會第二天繼續進行。眾人不斷地上下對歌，只有光秀舉著筆，神思恍惚。

極度的睡眠不足讓他無從思考。他疲憊的大腦近乎麻木，只有本能寺的白漆牆上瓦片的銀光在眼前閃耀不定。

「輪到大人您了。」

昌叱提醒他。

光秀猛地驚醒過來。此時他正沉浸在思考中，不禁脫口而出道：

「本能寺溝深似海。」

後來因賴山陽（譯注：一七八一～一八三二，江戶時代後期的歷史家、思想家、漢詩家、文人）的詩而家喻戶曉的這一場景，此時的光秀卻上演著劇中人。他不經意間詠出的這句話，意思是本能寺的外溝有多深呢？

此時，倘若不是紹巴大聲喊了一句：

「呀，這可不合適！」

還不知道光秀接下去要說出什麼胡話來。

眾人一句接一句地對著歌：

「色香皆醉花下。」

昌叱剛吟出上句，紹巴立刻接了下句：

「諸國長閑此時。」

到此爲止，正好對滿一百句。

隨後，寺裡的和尚端著盆上前來，請大家品嘗粽子：

「這是寺裡的特產。」

首先端到上座的光秀面前。

「那就不客氣了。」

光秀鄭重其事地施了一禮，腦中卻想著別的事。他機械地伸出手，從盆裡取出一粒粽子。

眾人也依次照做。

光秀將粽子放入口中。瞬間，眾人都啞然地望著光秀。原來，他沒有剝皮，而是嚼起了竹葉。

直到光秀自己覺察後，才扔掉粽子。

（到底怎麼回事？）

紹巴不禁爲光秀捏了一把汗。他的恍惚顯然來自內心的孱弱，如此孱弱，又豈能奪天下？

晌午過後。

光秀帶了黃金上山，爽快地分給眾人。

愛宕靈寺分得黃金三十枚和銅板五百貫，祈福地的西坊威德院分得五百兩，紹巴等連歌師則分別拿到五十兩。

光秀下了山。

他逕直回到丹波龜山城，當天晚上，一夜無夢。

翌日二十八日，城下人馬聲開始嘈雜。動員令剛剛下達，回到國內各處領地的家臣和官員紛紛集結到城下。

「現在來了多少人？」

光秀詢問著人數，他顯得異常焦躁。人馬逐漸增加到兩千、五千、七千。估計再有一兩天，就能湊齊明智家的所有兵馬一萬多人。

光秀還在猶豫不決。到底要不要揭竿而起。到了這個時候，光秀孱弱的心仍舊搖擺不定。

第二天夜裡，光秀終於下定決心，把左馬助光春和齋藤內藏助利三叫到自己房裡。

兩人到後。

「你們進來。」

光秀把兩人招進自己的蚊帳中。光憑這一點，兩人就覺察到光秀接下來要交代的事情一定非同小可。

叛旗

光秀在龜山城的寢室，用一扇杉木門將走廊隔開，裡面有兩間榻榻米，大小分別是八帖和六帖。那個時代流行簡潔之風，大名崇尚華美的生活，是在萬事喜愛張揚的秀吉奪得天下，出現桃山時代建築盛世之後的事。

光秀習慣在八帖的榻榻米房間裡掛上青色的蚊帳入睡。

「到蚊帳裡來。」

他指的就是這張蚊帳。空間約有四帖大小，裡面沒有放被褥，想必是光秀自己收拾起來了。

蚊帳外點了三支燭火，發出微弱的光。昏暗的燭火輕微地搖晃著，透過青色的蚊帳照進來。明智左馬助（彌平次）光春、齋藤內藏助利三這二人的臉，此刻正浮現在這被染成青黑色的燭火中。

近來，彌平次光春變得有些消瘦。

齋藤利三已過不惑之年。他紅褐色的臉龐略顯肥胖，腦袋油潤光澤，一看就知道此人性格外向，比起運籌帷幄更擅長於實際作戰。

「我把你們叫到這裡，乃是出自內心。下面我所說的話，你們不要從家臣的角度，而是當作是我光秀來聽。要知道，無需顧慮上下關係。就把自己當作是日向守光秀，聽了再講你們的想法便是。」

講完這番話後，光秀便緘口不言了。長久的沉默中，只聽見光秀的鼻息，他卻遲遲沒有開口。

過了一會兒，光秀抬起臉。

「講不出口。」

他對將要說出的話感到害怕，也無法找到合適的語言來表達自己的心情。無奈之下，光秀只好取來紙硯，在小冊子上寫了一首詩歌。他意識到，眼下無法用理論來表白自己心中所想。唯一的辦法是通過詩歌向對方抒發自己的情感，別無他法。光秀正在醞釀的事情，十之八九會將自己的家臣以及他們的家人打下地獄。而這種強加於人的做法，就算是主人也未必擁有這種權力。

只能通過作詩來表達。光秀本想寫一首詩，腦中卻滿是散文般的詞句，無法成詩。

他終於揮筆寫道：

不懂吾心之人，言其欲言

惟不惜身，亦不惜名

依照光秀的水準，這首詩歌並不算出色。然而，光秀卻認爲，只要他們能悟出其中意思也就夠了。

彌平次接過來看過後，默默轉給齋藤利三。利三看後，側著頭想了一會兒，卻沒有還給光秀，而是折好塞進自己的衣襟裡。

「遵命便是。」

利三道。僅此一舉就明白了，可見他們無意中已經有所察覺。

「你們明白了嗎？」

光秀畫蛇添足地問道。

「如不能體察主上之心事，難爲臣子。只是……」

「只是什麼？」

「只是不敢相信。」

彌平次光春低頭道。彌平次和齋藤利三，都無法贊同光秀的這一舉動。

從政略上來看，失敗的可能性更大。如果在本能寺襲擊信長，確實能輕易殺了信長。只要佔領京城，公卿則會倒向光秀，被任命爲征夷大將軍也很簡單。然而，織田家的群豪能站在光秀這一邊嗎？恐怕不會吧。羽柴秀吉遠在備中和毛利軍交戰，應該鞭長莫及，北陸的柴田勝家卻可以立即南下而制天下。勝家是織田家的首席家老，光秀不過是後起之秀，要論大名的數量，支持對方的大名則要多得多。光秀這邊，頂多也就是細川藤孝和筒井順慶會看在多年的友誼和姻親關係而助自己一臂之力。

正在大坂集結兵力的信長三子織田信孝也會展開強勁的反攻，織田家長年以來的盟友德川家康雖然眼下正在堺參觀，只要一息尚存就會逃回本國，以弔唁信長的名義召集大名前來討伐。眾人都知道只要除去光秀就能奪得天下，他們會抱著強烈的欲望和貪念從四面八方進攻京都，各顯神通，而光秀要憑一己之身來抵擋這些。凡人不可能做到。

再說說世人的輿論。也肯定好不到哪裡去。如果是家康舉旗造反，世人會認爲這是政治鬥爭。因爲德川家雖然比不上織田家的規模，兩者卻屬於盟國關係，這與源賴朝制平家而得天下是同一個道理。然而，光秀制信長卻不是爭鬥，而是謀反。這是由於光秀原本不是大名，而是身無分文地投靠織田家，受到信長的提拔，也就等於是織田家的食客。世間自然不會將此行動視爲政治鬥爭，而是當作道德問題看待。這一點對光秀不利。當然，想推翻光秀奪取天下的那些人，也會利用這一點作爲進軍的口號，博取世間的同情來收攬大大小小的大名。

（好處將落在他們手裡。大人殺了信長，只會成爲別人口中之食。）

彌平次光春心想。

他卻沒有出聲。他覺得，光秀一定早就考慮到這一點。

齋藤利三提出反對。他和光春的想法一致，他的聲音不大，卻很堅決。

「不可爲之啊！」

他最後強調道。

光秀盯著帳外的燭火，沉默不語。過了一會兒，開口道：

「你們說的種種，我都考慮過了。再三考慮後做出這個決定。已經不能回頭了。如果你們不贊成，就馬上殺了我吧！」

「殺了主公嗎？」

「沒錯，沒什麼好猶豫的。」

光秀把腰刀拔出來，放在他們的膝蓋旁。這也是光秀把他們叫過來的主要目的之一。

其實，從理論上而言，光秀已經無從反駁他們的意見。光秀自己也同意他們的反對意見。然而，就算心裡這麼想，感情上卻無法接受。

「你們要是殺不了我，就把自己的命給我。」

此時的光秀，更像是在懇求他們二選一。

彌平次光春長歎一聲，他本想大喊自己與光秀同生共死，無奈齋藤利三還在身旁。應該讓利三先表態，利三是中途才跟隨光秀的，主僕之間的感情自然與彌平次不一樣。

「主公，」

齋藤內藏助利三壓低聲音問道：

「大人所言之事，除了我二人，可曾向別人提起過？」

「有。」

光秀艱難地回答道。他告訴二人，自己考慮到京城宮廷的關係，同時也爲了不讓自己猶豫不定，便將心思透露給連歌師里村紹巴。

「——既然事已至此，」

利三唏噓道：

「那就沒辦法了。即使我等勸諫大人，讓您回心轉意，然而人言可畏，終究會傳到安土大人那裡。到時候，您就會重蹈攝州大人（荒木村重）的前車之鑒。如此一來我反倒不想那麼多了，當搶在大人前面赴湯蹈火在所不惜。」

「說得好！」

光秀略微頷首謝過，又把目光轉向彌平次。彌平次點頭小聲道：

「我與內藏助大人的想法一樣。」

光秀放下心來，他閉上眼睛片刻，似乎感到很困惑：

「剛才，內藏助提到會謠言四起，我卻沒有私心。」

他不自然地開口道，又扯上前任將軍義昭之事。義昭流亡中國，作爲毛利軍的精神支柱正身兼對織田作戰的名義上的大元帥。義昭如此固執，終究是爲了重建足利幕府。

光秀要說的是，自己要輔佐義昭。他回憶起自己年少氣盛的時候道：

「想我這前半生，爲了復興足利幕府而嘔心瀝血。雖說後世風雲變動，無奈步入他途，如今我想重新拾起年輕時的信念，從信長手裡奪回天下奉還給中國的義昭殿下。」

光秀的言辭前後不一致。前幾天，他在愛宕山上對里村紹巴透露心思時，說的是要把天下還給朝廷，恢復日本原先的律令制，如今卻又說要還給足利家。不管哪一種說法都是光秀的眞情流露，在愛宕山也好，在此刻的帳中也好，光秀都含著熱淚哽咽不已。其實這些無非都是光秀爲了給自己的舉動找到合理的藉口，從而擺脫自己忤逆犯上的罪名而已。

齋藤利三覺察到這一點，他雙眼圓睜，緊咬下唇道：

「這些都無所謂了。」

他的語氣有些粗暴：

「大丈夫行事應當機立斷。與其這樣遲疑不決、左顧右盼，再用些小花招掩人耳目，倒不如痛痛快快地奪了天下。主公出自源氏，當然有資格當上征夷大將軍，管他什麼忤逆還是篡位，要做的是堂堂正正地成為天下之主，安撫民心，開闢太平盛世。如果您還在考慮，當然應該思前想後，一旦您已經下定決心，就不能再有畏懼之心了。」

（奪得天下。——）

光秀用自己的感情重新品味這句話。不言而喻，就像發泡般迅速膨脹到血液中，渾身湧起的感動已經超越成敗與否。

（這才是男子漢大丈夫啊。）

光秀喃喃自語，像是在說給自己聽。就在此刻，他想起幼時曾經對自己百般疼愛的齋藤道三，他經歷的人生可謂是波瀾萬丈。

（道三山城入道才稱得上是風雲的化身。道三欣賞自己和信長，並想以衣缽相傳，至少他是從師徒的眼光來看待的。而兩人同為山城入道門下的弟子，卻要在本能寺兵刃相見。這一切，也只能說是命運的安排。）

相較於道三這一代的兇狠手段，自己要討滅信長奪得天下不過區區小事，根本不值得傷感。

道三做的遠遠不止這些，而且數不勝數。這一切，都是在保護美濃不受外敵侵略、摧毀中世紀的愚昧和權威從而實現近代化的美名下進行的。道三打著這些旗幟，每次都給自己的行動尋找堂皇的藉口，堵住美濃人的不滿。

（要能做到道三山城入道那樣就好了。）

光秀想，他試圖以此鼓舞自己。然而，光秀太過聰明了。他知道自己與道三本就是兩種人，而且時代也不同。正因為道三生在那個時代才能造就道三的一生，當初的亂世如今卻已經逐漸褪色，天下開始朝著統一的方向行進。天下大統之前人們會渴望秩序，有了秩序後又會憧憬維持秩序的道德。光秀也心知肚明，他始終擺脫不了會受到世人辱罵的恐懼，從而壓抑著他的意志。

光秀讓二人退下。

翌日清晨，光秀走出府中外間的書院，已經恢復平時作爲一名優秀指揮官的狀態。他只是吩咐運送行李的馬隊出發前往西部的戰場。

馬隊大約有一百多匹，身上馱的是軍糧、馬糧和用於鐵砲的彈藥等。這些軍需物資都按照信長的指示運往備中的戰場，家臣和百姓自然不會對光秀產生任何疑心。

同時，光秀又向京都派出探子，確認信長下榻本能寺的消息是否準確無誤。

他的頭腦開始機動性地行動起來，卻也有未付諸實施的準備工作。對很可能前來支援自己的丹後宮津城的細川藤孝、大和的筒井順慶，他沒有事先寫信告知。他原本也打算提前通知他們，以獲得他們的參與，最終還是否定了。一旦途中走漏風聲，整個計畫就會功虧一簣。光秀放棄尋找同盟，決定單獨行動。

終於迎來從龜山城出發的這一天，日期是天正十年六月一日。

除了齋藤利三和明智彌平次之外，其他人做夢也不會想到這一天會成爲巨大的命運轉捩點。

「夜裡出發。現在還不知道具體時刻，大家注意聽吹號角。」

他一大早就下達命令。這種事務性工作，也與平常無異。

天黑了下來，光秀開始最初的行動。他把各個分隊的隊長召集到城館裡的大堂中。

「京都的森蘭丸（信長的心腹）剛剛派急使過來。原定計畫有變動，大家不要出什麼差錯。」

光秀說道。隨後他解釋道，計畫變更是由於信長要檢閱出陣前的部隊，因此取消直接前往備中的計畫，而是先繞道京城。

分隊長們答應後各自分頭而去。

很快就響起出發的號角聲，大軍在城外的野地上集合。

人數共一萬三千人。光秀將他們分為三支部隊。第一隊由明智左馬助光春統帥。光秀又安排四天王但馬、村上和泉、妻木主計、三宅式部等赫赫有名的勇將作為副將。

這天夜裡，月亮沒有出來。中軍佇列中，九幅象徵著明智家的青色桔梗旗在火把中迎風飛舞。

於是——織田家中被譽為軍紀最好的一支大軍出動了。

本能寺

光秀的大軍從丹波龜山出發時，已經過了晚上十點。隊伍朝東而行。

「不是應該往西嗎？」

士兵起先對行軍的方向感到疑問。從龜山去備中（岡山縣），通常要取道三草越。三草越位於大阪府北部能勢附近的山嶺，翻過此處就來到播州（兵庫縣）。這麼走的話，就必然要從丹波龜山向西行進。

大軍卻朝著東方蠕動。向東翻過老之坂，就進入京都盆地。

各隊的分隊長卻打消了士兵的疑慮，理由是信長要在本能寺進行閱兵。負責解釋工作的隊長對此深信不疑。

知道眞相的，除了光秀只有五個人。光秀在對明智左馬助、齋藤內藏助透露後，又告訴三名重臣。

道路十分狹窄。

步兵分兩列步行，騎兵則依次通過。時不時有傳令騎兵經過，士兵們則側身一旁空出道路。龜山往東來到王子便是龜山盆地的盡頭，後面是大片的森林。這裡的坡道很陡，森林上空是數不清的星星，預示著明天的好天氣。

終於過了老之坂，估計已過午夜十二點。

（過了。）

這時，騎在馬上的光秀才終於從心理狀態過渡到現實的具體狀態中。一旦到了這裡，光秀除了將自己的命運寄託在這一具體走向外，別無他途。

沿著老之坂下山的光秀，既非革命家，也不是什麼武將。他是一個將自己的性命變成一把匕首，筆直刺向對方的單純剛勁的刺客。只是，同樣身爲刺客，他的與眾不同之處在於手下還率領著一萬數千名大軍。

下山的途中，半山腰有個叫做沓掛的村落。這裡的家家戶戶都把馬掌的釘子和草鞋掛在門口賣給路人，因而得了此名。從很早以前就用作歇腳的驛站。

光秀命令大軍原地休息，補充乾糧。他自己則進入村裡的老神社，叫來分隊長矢野源右衛門，告知自己的計畫。

源右衛門是遠江人，爲人一向樸實，很受光秀喜愛。光秀向他透露這麼重大的事，他卻面色不改，他只是想知道自己該做的事。光秀任命他爲先頭部隊的隊長先行離開，目的是爲了防止大軍中有人覺察到光秀的意圖而先跑到本能寺通報。而且，行軍途中，當地人也可能懷疑部隊的來意蹊蹺而通知本能寺。這些情況都必須阻止。

矢野源右衛門領命出發。

大軍歇息片刻後，又開始沿著山坡繼續下山。山坡的盡頭是一片原野，這邊的原野屬於名爲「桂」的地區。

桂有條河，叫做桂川。渡了河，向東而去的道路十分寬敞，一直通到京都的七條。估計離本能寺有個七、八公里吧。

夜更深了。

身爲指揮官的光秀果然心思縝密。他最初就把桂作爲準備進攻的地點，並且正在付諸實施。光秀下達了軍令。

「把馬掌上的鐵釘扔了。」

行軍中馬掌不可缺少，進入戰鬥後卻反而變得多餘。扔掉意味著離戰場已經不遠。只是，戰場究竟在哪裡呢？眾人都滿腹狐疑。

「徒步之人都換上新草鞋。」

光秀的軍令非常具體。

「持槍的人把火繩切成一尺五寸長，手裡要拿五根，五根都點上火。一定要倒著拿，免得火滅了。」

這些都是要隆重開戰前的準備。

大軍一同渡過桂川。過了河，將士們才得知這一震驚的消息。

「敵人在本能寺。」

這個攻擊目標太出人意料了。信長就在本能寺裡，竟然要討伐這位右大臣。齋藤內藏助鼓舞士兵道：

「從今日起主公要成爲天下的主人。所有人都聽好了，如今正是你們立功的大好時機。將士們都要勇往直前，振興家道。萬一戰死沙場，一定會讓你們的兄弟子嗣繼承家業，無兄弟子嗣的則找出姻親之人繼承。大家要齊心協力。」

號角吹響了。一萬數千人浩浩蕩蕩向東奔去。

齋藤內藏助的隊伍抵達京都市內時，大約是清晨五點。

這位經驗豐富的指揮官甚至把京都城裡木門的開啓方法都教給士兵。另外，他考慮到所有的大軍都走相同的道路會浪費時間，便分成小組各選道路，分別向本能寺開進。

內藏助的指示極其到位。他不僅告訴眾人本能寺大致的位置，而且連拂曉後出現在面前的形狀都細緻描述一番。本能寺樹木茂盛，晚上看上去像是一片森林，其中有一棵枝葉參天的皀莢樹。內藏助告訴大家，那就是標誌。

本能寺是以日蓮爲宗祖的本門法華宗五大本山之一，創建於足利中期，之後又輾轉於京都市內，到了信長的時期定址於四條的西洞院。

讓人不可思議的是，信長如此頻繁地光顧京城，卻始終不曾在京城裡建自己的城館。以前，他曾經爲將軍義昭建了將軍府，卻沒有他自己的府邸。最近，他總算在押小路室町建造一座通稱爲二條館的房子，建好後卻改變主意，送給皇太子誠仁親王。即二條新御所。

信長自己則大多借宿在寺院裡。之前一直選在齋藤道三度過僧侶時代的妙覺寺，這段時間卻多停留在本能寺。

想必這一點體現出信長的經濟觀念。蓋房子不僅花錢，還需要維持。哪怕是一文錢，也要用於天下謀略，因此這筆費用對信長這個合理主義者而言，完全是浪費。

取而代之的是對本能寺進行的大規模城郭改造。這是最近的事。這段時間開始動工，遷走附近的民宅，周圍新挖了溝，挖出的土砌成土堡壘，又在各處安裝城門，監視人們的進出。按照信長的經濟觀念，有這種程度的話，就算信長不在，寺裡也能維持安全吧。溝和堡壘、圍牆什麼的都建好了，圍牆尚未塗漆。

這天白天，右大臣信長接待公卿一眾的來訪，晚上，嫡子左中將信忠過來閒聊。信忠二十五歲，最近和信長一同來到京都，和手下的五百人馬借宿在信長之前下榻的妙覺寺裡。順便一提，信長在本能寺的人手，僅有二百名。

這天晚上，信長的心情好得出奇，相談甚歡，乃至忘記了時間。信忠告辭要走，信長仍挽留道：

「著什麼急嘛？」

信長今年滿四十八歲了，卻有著與年齡不相稱的結實筋骨，聲音洪亮，眼神銳利，讓人感覺不到有半點衰老。這天夜裡卻老是提起往事，這可是前所未有的事。他回憶著自己戎馬倥傯的半生，不時扯出其中的登場人物，時而諷刺，時而讚賞，完全忘記時間的流逝。信長從未追憶過自己的過去，更不曾這麼長時間滔滔不絕過。

聽眾除了信忠，還有文官村井貞勝以下的幾名心腹，他們也覺得今天的信長有些不同尋常。

夜深了，信忠告辭回到自己借宿的妙覺寺。

信長有些疲倦。他沒讓侍女伺候更衣，而是自己換上白綢緞的睡衣上了床。外間裡有守夜的小姓，其中就有信長的寵童森蘭丸，今年虛歲十八，雖然已過少年期，卻依照信長的吩咐仍舊保持著少年的髮型和著裝。森家原是美濃的名門，亡父可成曾是齋藤道三的部下，後來投靠織田家，當上美濃兼山城的城主，在與淺井、朝倉的戰鬥中殉職。信長代為照顧可成的遺孤，尤其鍾愛蘭丸，賜給他美濃岩村五萬石的封地，還特許他保持少年的裝束掌管印信。

……………………

拂曉前，隱隱約約傳來人群的嘈雜聲和鐵砲聲，警覺的信長睜開了眼睛。

「蘭丸，外面什麼動靜？」

他隔著拉門問道。信長心想，一定是足輕發生了爭吵吧。蘭丸也注意到了，他回了一句「我這就去看看」，便跑出走廊爬上欄杆四下張望。東方的天空雲層很厚，微微帶著彩色的光芒，天很快就要亮了。

拂曉背後有軍隊在前行，望得見旗幟舞動，而那些旗幟，是此刻原本不該出現在京都的明智光秀的青色桔梗旗。

蘭丸從高高的欄杆上跳下，跑回信長的房間。信長已經點上燈。

「是謀反。」

蘭丸跪地報告信長。旁邊的長谷川宗仁是堺的商人，也是信長喜愛的茶藝師，在他眼裡，信長絲毫沒有慌亂，只是兩眼突然放光。

「對方是誰？」

「惟任光秀。」

蘭丸回答道。信長習慣性地側了側腦袋，隨後又立即開口道：

「眞是沒辦法。」

這是信長對眼前的事變說過的唯一一句話。到底是什麼意思呢？他的措辭一向簡短，讓人不明所以。是指既然已經被叛軍包圍，那就沒辦法了，還是另有其他深意呢？這個愛唱「人間五十年，與天地相比，不過渺小一物，看世事，夢幻似水」小曲的男子，否定靈魂的存在，信奉無神論的虛無主義者，似乎生來就是爲了不停地工作，如今要死在半路上。他在一瞬間主動放棄一切，已無需再論對錯。

之後信長的舉動也讓人瞠目結舌。

他先是取弓箭上了高欄，接連放了數箭，很快就啪的一聲斷了弦。信長扔了弓箭，迅速地舉起長槍，奔跑在長廊上，很快就擊落兩三名從四面八方試圖爬上高欄的敵人。

雖然這些舉動根本無濟於事，信長卻還是奮戰著。不知道這個全身就像裝了彈簧一樣的戰士究竟是打算戰鬥到最後一刻呢，還是出自想給自己的一生劃上完美的句號這一審美意識，恐怕這幾種因素都交織在一起了。

信長尊重自己的審美意識，同時強加於人，由此還殺了數不清的人，然而他在結束自己生命的最後關頭堅持得最爲徹底。

他跑進房間，立即吩咐宗仁：

「你不是武士，用不著死，你帶著女人們快逃。信長如果連累了這些女人，是要被天下人恥笑的。」

他大聲呵斥著戰戰兢兢的宗仁，讓他照著做了。隨後，信長在大殿裡點火，又回到走廊上。明智軍已經把庭院圍得水泄不通了。

大軍在前，信長的侍衛操起身邊所有的武器展開殊死搏鬥，就連馬廄都成爲廝殺的戰場。侍衛接連戰死，借宿在百姓家中的侍衛也趕來相助，卻都被斬殺於亂軍之中。

這時，有個人沿著走廊跑到信長的身旁，報上自己的家名。此人叫做安田作兵衛國次，美濃石津郡出身，槍法在明智家無人能及。他握槍屏息喊道：

「右大臣，對不住了！」

信長轉過臉來，對著來人大吼了一聲。安田被他的氣勢震懾住，不由得雙膝一軟，跪拜在信長面前。

信長頭也不回地跑進大殿，關上厚重的大門，又把裡間的門拉上。他坐下後，伸手把燭台拉到自己面前。

接下來，信長在這個世上最後要做的，就是結束自己的生命。他是如此高傲，豈能允許別人玷污他的身體。

信長切腹後，身後是否有人幫他斬首，尚且無從得知。只見他的頭顱落地，身體終於停止動作，很快就被火焰吞沒，化爲灰燼。

就在信長死前不久，他的夫人濃姬倒在庭院裡的血泊中。濃姬之前從未離開過居住的內院，這次經不住信長的勸誘才一起出安土城，借宿在京城的本能寺。

「敵人是光秀！」

不知道濃姬聽到這個消息時，心中作何感想。她立即起身換裝，頭纏兩道布條，又在辻花印染（譯注：印染圖案的一種，流行於室町至桃山時代）的窄袖和服的兩肩上繫上一條淺藍色帶子，手握白柄腰刀來到大殿前的庭院，搏鬥中被明智家山本三右衛門的長槍刺中，當場嚥氣。濃姬終生不育，最終也未能給親生父親道三留下後代。

死亡仍在繼續。

再看看借宿在妙覺寺中的信長嫡子信忠。

妙覺寺位於室町的藥師寺町，緊挨著二條新御所，中間有石牆阻隔。

信忠發覺妙覺寺不利於防守，便率領全部人馬衝出重圍，轉移到二條新御所。

轉移後，信忠擔心會給新御所的主人誠仁親王帶來殺身之禍，便向對方派出軍使，要求戰鬥之前先把親王轉移到安全的地方。

此時，光秀正在三條堀川坐鎮指揮，他立刻表示同意。

親王從東門乘轎離開。這頂轎子十分簡陋，還是當時正好在場的連歌師里村紹巴找遍大街小巷才弄到手的。

親王走後，鐵砲聲大作，戰鬥開始了。

信忠的手下有不少長者，當年齋藤道三的家臣豬子兵助就是其中一人。信長年輕時，道三曾和他在富田的聖德寺進行丈人和女婿的會面，回去的路上，道三問道：「兵助，你覺得信長怎麼樣？」提到的那個豬子兵助就是他。當時，兵助回答：「比傳聞的還要呆。」道三卻搖頭道：

「恐怕我的子孫，將來要為他牽馬呢。」

道三在長良川的河畔死在養子手下，而信長的作為卻大大超出道三的預言，而且，就在今晚，信長死在道三夫人小見之方的外甥、聰明才智深受道三喜愛的光秀手下。兵助見證了這三代人之間的恩怨。說句題外話，兵助後來得以逃生，他在二條新御所淪陷後僥倖在亂軍之中逃脫，後來又投靠秀吉，得以保全餘生。

信忠頑強抵抗，直到上午十點，才放火燒了二條新御所，掏出短刀切腹自盡，臨死前還吩咐道：

「把我的屍體扔到走廊下面。」

他讓鎌田新介砍下項上人頭一命嗚呼。熊熊大火吞沒了整個御所，包括這個信長嫡子的屍體在內，全部化為灰燼。

幽齋

細川藤孝正在丹後宮津城裡。

這座城正對著若狹灣，海天一色，以短歌著名的名勝地天橋立就在附近，這裡的環境再適合這個風雅的男子不過了。

藤孝現在的領地丹波糧食產量達十二萬三千五百石。他任命長岡玄蕃、松井康之等有能之士作爲家臣，嫡子忠興也氣度不凡，足以繼承家業。藤孝今年滿四十八歲，相對他的前半生，恐怕現在正處在最幸福的時期。

藤孝精通各種文雅之道，而且在各個領域都有所建樹。然而，在熱愛傳統這一點上，相信沒人比得過他。

詩歌方面，藤孝也深得公卿三條西實枝的秘傳，成爲古今傳授的宗家，書法上則擔心御家流失傳，特地派出家臣清原秋共這一老幕臣前往越前學習。因爲他聽說，越前的偏僻之處有個姓氏不詳名爲孝成的人，繼承尊圓法親王之後的筆法。京城的公卿烏丸光廣和飛鳥井雅宣被藤孝的這些善行所感動，甚至提議道：

——就請大人來做書法的守護神吧。

藤孝對維持傳統表現出的狂熱，一是和他的性格有關，二是因爲京都的傳統自應仁戰亂以來便逐步走向沒落。他一定是感覺到巨大的使命感，只有自己能重新發掘這些傳統並流傳後世。且不論藤孝曾是幕臣，作爲一名有識之士渴望重建足利幕府的心願，也滋生出維持傳統的使命感。

足利幕府卻被信長摧毀了。

藤孝認同了這一事實，他覺得這些並不矛盾。

「信長公恢復了天子、公卿這一傳統。」

藤孝很是高興。想想就知道，比起足利，天子、公卿的傳統顯然更加歷史久遠，味道也更加醇美。於是，藤孝對信長的政治方向，毫不抵抗就全盤接受。

而且，信長還給他營造了無比幸福的環境。

他當上享有十二萬石以上的大名。信長就像一位巨大的福神。

從前的窮困潦倒，現在想起來都不寒而慄。年輕時擁立流亡的將軍躲藏在近江的朽木谷，爲了挑燈夜讀甚至到神社偷燈油，有時候饑不果腹，甚至剪了妻子的頭髮換錢。

流亡輾轉中，總算遇到信長這個千年不遇的伯樂，又當上織田家的大名。

嚴格地講，藤孝並不是大名，他的兒子忠興才是。其中有緣由。兩年前，信長封給他丹後一國十二多萬石時，藤孝沒有接受，而是用其子忠興的名義要了過來。

「眞是個守規矩的人。」

那時，信長很是敬佩。藤孝是足利家的舊臣。一臣不侍二主，藤孝演出了這一幕有教養的場景。

實際上沒任何區別。藤孝終究是這個新領國的統治者，細川家的當主，官位爲從四位下侍從，絲毫沒有變化。

只是名義上屬於忠興。

這位聰明的男子有這種巧妙之處，也許會有人認爲，這種明哲保身的智慧不如說成是奸佞。

藤孝在安土接到出兵備中的命令後，便立即趕回丹後宮津做準備。

細川藤孝通常都屬於明智兵團，這是織田家的軍制。織田家下面有五大軍團，分別由柴田、丹羽、羽柴、瀧川和明智統帥，較小的大名則分屬於其中的某個軍團，稱作與力大名。細川藤孝和筒井順慶兩人都是光秀的與力大名。

藤孝計畫從丹後宮津直接前往備中，和信長、光秀在那裡碰頭。

天正十年六月三日。

這一天，藤孝正準備從宮津出發。他還不知道，昨晚信長已經死在本能寺。

大軍按照預定時間出發，嫡子忠興在前面指揮，父親藤孝則負責殿後。

當天，前隊跟隨忠興出了城門。

負責後隊的藤孝離出發還稍有時間，便在裡屋裡品茶。

和他在一起的，是來自大津的一名叫做十四屋的市民，十四屋一直不理解藤孝爲何對錢如此淡薄。

藤孝出身於空有其名的名門家中，或許是過慣了苦日子，生活極度節儉。他的衣服和軍靴全都是黑色，也許他認爲黑色是最高雅的顏色，還有一個原因就是黑色不容易弄髒。另外，像他這麼有格調的人，城館裡所有的拉門都是純白色，從不繪上圖案。奇怪的是他如此節儉，卻積攢不下什麼錢來。

「今天我們就來說說，怎麼樣才能攢錢吧。」

十四屋提議說。藤孝立即拍掌稱快道：

「太好了。你要是把秘訣告訴我，馬上賞給你一百兩銀子。」

十四屋立刻回答道：

「問題就在這兒。因爲您一有什麼事就這麼說，當然容易花光了。這就是秘訣。」

藤孝聽後哈哈大笑。正因爲謹慎如他，卻有個這麼大的缺點，不僅受到家臣和同僚的喜愛，還當上一軍的將領。

他們正在閒聊時，原本應該出了城的忠興神色慌張地回來了。這個年輕人原本就不擅長控制情緒，此刻他的臉上已經失去血色。

「父親大人，您讓他們退下吧。」

藤孝察覺到事情非同小可，便讓十四屋退下。之後急使匆匆趕到庭園裡，跪在地上。

藤孝看了一遍來信。這名使者是藤孝的舊友、愛宕山下坊的僧正幸朝派來的，信中提到一則驚人的消息。昨晚，信長在本能寺遇害了。

殺他的不是別人，正是光秀。

「我、我不相信。」

忠興顯得很狼狽。

光秀是忠興的丈人。由於他的極其寵愛而家喻戶曉的妻子玉子，後來洗禮後改名爲伽羅奢——就是光秀的女兒。只能說，忠興的立場很是尷尬。

忠興把父親和光秀作爲器量之人的榜樣。他非常尊敬父親藤孝，同時也認爲丈人光秀是值得仰望的代表人物。

年輕的忠興習慣從倫理上判斷人的行動，弒主可是十惡不赦的大罪。同時，忠興也無法想像，那個一向嚴謹正直的光秀，怎麼會有此舉動。這就是他大喊「我不相信」的原因，要是可能，他寧可相信這是誤傳。

「與一郎，」

藤孝喚著他的小名：

「這個世界上，有太多太多令人不敢置信的事，我的前半生淨是這些事。先把人召回城裡吧。」

忠興退下去，按照吩咐做了安排。

在此期間，藤孝陷入沉思中。光秀遲早會派飛報來通知，光秀一直把藤孝當作可以依賴的對象。

藤孝左思右想。不同於忠興的倫理判斷，而是出自百分之百的政治判斷。

（光秀能保全嗎？）

他思考著。結論是不能，也不可能。光秀的行動不過是衝動的結果，沒有進行任何事先的準備。他甚至沒找藤孝商量，可見也不會去找其他將領。想必所有人都會嚇一跳。織田家諸將和世人都會覺得被人憑空搧了個耳光，而感到極度的不快。

（光秀會失去人心。）

這麼一來，其他的四位將領柴田、丹羽、瀧川和羽柴就會博得人心，如果他們其中一人要討伐京城的光秀，諸將也會願意投入他們的旗下。

（光秀將身敗名裂。）

藤孝判斷道。

忠興處理好前院的事情後回來時，藤孝已經下定決心。

「我不會站到光秀那一邊的。」

藤孝從理論上向忠興解釋自己的想法。

……………………………………………………………

「信長公對我恩重如山、情深似海，我要剪髮以表哀悼。」

他當場喚來兒小姓，剪去髮髻。

他披散著頭髮，宣佈廢去俗名，改用早先就想好的字號。

「幽齋」

他把這兩個大字寫在紙片上。

藤孝的這一舉動，估計不出三天就會傳到京城。這不僅表明他不參與光秀的行動，而且會使光秀陷入不仁不義的立場。之所以這麼說，是因爲與光秀肝膽相照的藤孝都毅然剪髮來悼念信長，那麼世人就會感歎道：

——看看人家藤孝大人。

因而更加地批判和憎惡光秀。就連光秀手下的大名，也竟然腳踩兩隻船。藤孝連剪髮這件事引起的政治影響力都看得非常透徹。

「你不用這麼做。」

藤孝對忠興道：

「你和光秀是女婿和丈人的關係，可以站在光秀一邊。你自己決定吧。」

「開什麼玩笑？」

重感情的忠興頓時火冒三丈。藤孝太瞭解兒子忠興的脾氣了，果然不出所料，忠興拔出短刀，左手握住自己的髮髻，親手切下來。

「以後我就叫做三齋了。」

「怎麼寫？」

「三齋」

忠興寫了下來。

（這將會給光秀造成打擊。）

大家會說，連女婿都叛離了。然而在藤孝看來，反正遲早要被除掉，乾脆晚一日不如早一日，否則，細川家還不知道要受到什麼樣的牽連。

（不過，到底誰會舉著打倒光秀的旗幟踏入中原呢？）

在此之前，按兵不動地在日本海岸若狹灣的這座偏僻小城裡，靜觀事變才是上策。

第二天，京城的光秀派來急使。可謂是最合適的人選。

同是以前的幕臣，叫做沼田光友。幕府瓦解後，他投靠明智家，當然與幽齋的關係不錯。何止不錯，兩家還是姻親。幽齋的妻子、也就是忠興的母親是幕臣沼田上野介光兼的女兒，光友又是沼田家族的一員。

光友帶來光秀的親筆信。

幽齋攤開信看了起來。

> 信長屢次毀我顏面，為所欲為，此次雙雙討伐父子（信長、信忠）二人，泄吾長年之憤懣。望大人早日率軍上京。恰逢攝津尚無國主，可封賞與汝。

讓幽齋感到意外的是，信寫得很簡短，像是例行公事。光秀一定做夢也想不到，幽齋會站到自己的反對立場。

（此人也未免太單純太意了吧。）

幽齋的心情很複雜。他不是從敵人，而是從朋友的角度對光秀政治上的遲鈍感到恨鐵不成鋼。無論光秀是多麼出色的官僚、多麼傑出的軍人，卻連三流的政治家都稱不上。幽齋以前就這麼看，看到這封信寫得如此單純，更確定自己的看法。

（這人不管不顧地一時興起，殺了信長。這種人如何能保住天下。）

他從心裡憐憫光秀，不知不覺眼裡湧起淚花。

看到幽齋掉淚，沼田光友乘機勸道：

「您會加入吧？」

幽齋恢復了政治家的頭腦。他取下頭巾，撫摸著腦袋。

「你沒看見嗎？」

別的什麼也不說，光友也明白了。

忠興不願留下後患，他勸說父親殺掉沼田光友，父親卻淡淡地拒絕了。

「何必爲難使者呢？」

光友垂頭喪氣地離開宮津。

或許是沼田光友回京後覆命，光秀又急忙派出急差送信過來。

幽齋打開來看。字體潦草，可見寫者心情之慌亂。

驚聞汝哀悼信長公而剪髮之事。雖心生怒氣，但著實乃人之常情。然事已至此，望與吾同伍。吾已準備好攝津一國奉上。如汝心念但馬和若狹，吾亦應允。

文章用辭委婉，甚至透露著哀求之意。藤孝眼前似乎能看到光秀眾叛親離、陷入困境的模樣。幽齋能感覺到，本能寺之變後，最感到進退兩難的正是光秀本人。

「吾之所以有此不慮之舉。」

光秀在信中接著寫道。他在這裡指的是「我這次採取不慮之舉動（本能寺這件事）」的意思。

吾欲推舉吾之女婿大人之嫡子忠興成就大事，並無他求。五十日、百日之內定能平定近畿。近畿平定後，吾將隱退，天下則託付於忠興。

他甚至如此寫道。光秀自然不會想到，這封聲淚俱下的信函會被細川前侯爵家保存至二十世紀，得以大白於天下。光秀在信中苦苦哀求著。

（太單純了吧。）

幽齋不爲所動，他反而覺得應該藉此機會與光秀恩斷義絕，由此向世間表明自己的鮮明立場，來爲將來的生存打好基礎。他給光秀回了一封絕交信。

同時，他讓忠興暫時休了光秀的女兒、媳婦玉子，把她的住處悄悄搬到丹後國的三戶野。

不久後，身在備中的羽柴秀吉掉轉大軍，沿著山陽道一路趕去討伐光秀。幽齋得知後，急忙向匆忙趕路的秀吉送去誓約書，發誓要站在他這一邊。

（以後會是秀吉的天下。）

幽齋判斷道。事實上，秀吉舉著爲亡君報仇這一華麗的名分，聚集了這個時代的所有熱情，支持他的織田家的大小名，也想藉著秀吉之力出人頭地。

（北陸的柴田勝家不會這麼快趕到京城。關東的瀧川一益離得太遠又無人望。丹羽長秀只不過是織田家的一名老臣。才略與賢能兼備、又離京城不遠的，只有羽柴秀吉了。）

幽齋如此計算著。據丹後宮津的幽齋觀望，光秀已經成爲爭奪天下的群雄口中的餌食。

小栗栖

光秀謹小愼微，缺乏陽剛之氣。京城人都紛紛懷疑道：

「此人眞能保得住天下嗎？」

順應時代潮流，開闢新時代所需的人格，應該充滿陽光，給人心以光明之導向。光秀雖爲人伶俐，嚴以律己，但是要論他能否威震六十餘州，恐怕人們會打個問號。

這個問號給光秀造成微妙的影響，京城人雖說迎來新的時代，卻絲毫未體現出活力。

——織田家有不少豪邁之將，都受到信長的一手提拔和精心培養。

其中必定會有人趕跑惟任大人（光秀），當上京城的主人。

人們心中無不這麼揣測著，他們躲在家中屏住呼吸，觀望著事態的發展。

光秀敏銳地捕捉到眼下的氣氛對自己不利。光秀的缺點在於對不利的因素過分敏感，這一缺點使光秀的言行拖泥帶水，優柔寡斷，自然人也跟著黯淡下來。

光秀控制京城後，立即對信長的根據地近江採取行動，短時間內就控制了局面。本能寺之變後的三日當天，就接收了安土、長濱和佐和山等城池。

五日，光秀進入安土城，登上天守閣，將信長多年珍藏的高價茶具和金銀珠寶毫不吝嗇地賞賜給家臣和新任命的將領。

（一定要收買人心。）

光秀只有這一個念頭，這說明他的氣度太小。眼看就要爲爭奪天下拚個你死我活，光秀卻沒把這些金銀珠寶用作軍事費用，而是分給自己人和世人以收買人心。光秀在這一點上的浪費太不自然了。

——惟任大人心胸廣闊。

光秀想給人們造成這種印象。用這些金錢收買人心，讓世人忘記自己以前那個既定的陰鬱形象。

住在安土城時，七日，京都的朝廷派敕使吉田兼見前來祝賀。朝廷永遠都只對勝者微笑。

吉田兼見雖然官位高居從二位，卻是負責祭神的官員，並非正統的公卿。兼見之所以會被選作敕使，在於他和光秀交情不淺。

兼見和光秀頗有交情，他們是親家。兼見娶了細川幽齋的女兒，他在光秀襲擊本能寺後，立刻爲光秀展開宮廷活動，費勁心思讓公卿理解光秀此次的行爲。應該說，他是光秀收買人心的幕後人物。

「京城中的影響怎麼樣？」

光秀滿臉畏懼之色。

兼見低下頭思考，半晌沒有回答。過了一會兒，他才說道：

「不管是宮裡還是城裡，人人都隻字不提。」

光秀的半邊臉上浮出他特有的悲傷神色。人們保持沉默，是因爲對光秀有悖常理的行爲感到不快，還是因爲預感到新時代的到來呢？人們要在下一個主權者的手底下生存，當然也就沒有心思去迎合光秀了。

「我在這裡只是孤家寡人。」

光秀突然感歎道。他的意思是自己在時代中孤身一人。他說的這裡，是指安土城。光秀得到日本最核心之地的安土城並坐鎮此地，然而與之前的主人信長不同，光秀並未坐穩這個時代的中心，而給人漂浮不定的印象。

「無論如何，京城那邊就拜託你了。」

光秀對兼見殷勤備至，又賞他大量錢財。

第二天，光秀目送兼見踏上回京的路後，回到他的根據地之一、琵琶湖畔的坂本城。他把城裡的事務交代給明智左馬助光春，九日還去了京都。

從坂本通往京都的關口是白河口，相當於京都的鬼門。光秀特意繞遠避開，從稱得上是京都正門口的粟田口進城。這條路直通三條大橋，朝廷百官都沿路夾道歡迎凱旋將軍光秀。

（一定是兼見安排的。）

光秀心裡又喜又憂。兼見拚命宣傳才招來這麼多的公卿，公卿和門跡都連聲向光秀道賀。

「不敢當不敢當。」

光秀鄭重地一一施禮。相較於信長不把公卿放在眼裡的桀驁不馴，光秀是從骨子裡對公卿、門跡這些歷史權威感到尊敬。

之後，光秀又大肆賞賜銀兩。正如有京雀、都童等詞語，京都是輿論的搖籃，京城的評論會傳到其他各國而成爲天下的輿論。只要能收買口舌辛辣的京都知識份子，花多少錢在所不惜。光秀現在就是這種心情。

他首先向朝廷獻上五百枚銀子，又向最難纏的知識份子聚集地臨濟禪五山和大德寺各進貢一百枚銀子，共花費了千餘枚。

隨後，他又一概免除京都市民的地子（土地稅）。

「四下散發金銀，往後的軍費該出現問題了。」

老臣中有人進諫道。雖然散發銀兩也很重要，但可以放在與舊織田軍團決戰之後。老臣們認爲，眼下應把銀兩花在軍備上才對。

光秀卻不以爲然。

此時的光秀，得知丹後宮津城的盟友細川藤孝剪去髮髻一事後，懷著滿腔的怨恨和憂愁寫了一封信送去。

「吾有此舉，全然出自為忠興的未來考慮。平定近畿後，吾將讓給忠興與十五郎（自己的嫡子）而隱退。」

雖說結論是要求對方支持自己，然而整篇文章看起來，更像是哀求。光秀已經覺察到形勢對自己一天比一天更加不利。大和的筒井順慶也是如此。

又是姻親，又是旗下大名，這兩點和細川藤孝並無二異。而且，對順慶來說，光秀還是復興筒井家的恩人。筒井家原是大和的領主，後來被松永久秀霸佔，信長打敗松永後，光秀出面請求使筒井家得以收復失地。在光秀看來，就算所有人都不支持自己，細川藤孝和筒井順慶也一定會站在自己這邊。

事實上，筒井順慶也幫助了他，只是形式太過於微妙。他只派出一小支部隊加入光秀的陣營，雖說形式上也參加了平定近江的戰鬥，當事人順慶卻不肯離開和郡山城。不僅如此，當順慶聽說羽柴秀吉爲盟主的舊織田系聯軍正沿著山陽道來勢洶洶時，便轉變態度，立即撤回前去支援明智軍的部隊。他們甚至都沒有通知光秀，就消失在京都的郊外。

（就連筒井都背叛我。）

光秀對自己名聲的凋落點滴在心。

在這種形勢和心情下，光秀大肆揮霍著金庫裡的金銀珠寶。目前這種時候，實在不適宜博取人氣。光秀卻開始對塵世感到絕望。或者說，他是想在自己徹底絕望、肉體消亡後，爲身後之世收買人心。他花錢的目的在此。收了錢財的天子、親王、公卿、門跡和五山的僧侶，在光秀死後想必會替他辨明當時的心情和立場吧。

❧

羽柴秀吉沿著山陽道一路飛馳，來勢兇猛。其中一天在泥濘中日行八十公里，行軍速度幾乎破紀錄。

他一邊行軍，一邊向四處派出軍使召集織田家的諸將參加。他們紛紛向秀吉提交誓文，想借秀吉之力開拓家運，都發誓要跟隨秀吉。秀吉利用這一形勢，把握好這一時機奔向自己的錦繡前程。連老天爺都眷顧秀吉，由於對方是毛利氏，信長撥給秀吉的軍隊人數要多得多。

——秀吉必勝。

任誰看都是這個結果。無可厚非，人們都願意參加將要贏的一方，人數也越來越多。羽柴秀吉到攝津尼崎城後嚷嚷道：

「有什麼能長精神的東西嗎？」

吃了烤大蒜的六月十一日當天，人數已經超過三萬兩千多人。

而孤立的明智軍，只有一萬數千人。

無需多言，光秀開始著急了。

（至少也得有順慶幫忙吧。）

光秀派家臣藤田傳五到大和郡山城捎去口信，催他早日出兵。他猜到光憑口信順慶是不會有所行動的，決定給他施加壓力。六月十日，光秀親自指揮大軍從京城出發，南下經過男山（石清水八幡）背面來到洞峠，在這裡布好陣勢。

洞峠離順慶居住的大和郡山只有二十公里。

「你若不從，就攻打郡山。」

光秀擺出一副恫嚇的姿態。這座山嶺腳下伸展的平原位於京都、大坂之間，一覽無遺。過不了幾天，羽柴秀吉的大軍就將北上至此。筒井順慶守在洞峠，打算在此觀望明智、羽柴兩軍的勝敗。應該是謠傳吧，光秀站在嶺上想道。山嶺位於大阪府北河內郡的最北端，與京都府相鄰。

光秀在嶺上等了順慶一整天，一直等到晚上。順慶始終沒來。第二天日上三竿，筒井順慶還是沒有走出郡山城。

「沒指望了。」
光秀喃喃道，仰頭望著山嶺的天空。萬里無雲。梅雨季節已經結束，山河鬱鬱蔥蔥，京都郊外迎來一年四季中最美的季節。
光秀失望不已。來這座山嶺不是爲了欣賞風景，如果順慶不來，也就沒有必要在這裡耗費時間，必須回到京都南郊做好迎擊羽柴大軍的準備。
正午時分，光秀開始下山。路上，他領悟到自己在這個時代的命運已經開始墜落。
（也太不成器了。）
光秀滿腹無奈。一定是哪兒弄錯了，光秀認爲自己計算得天衣無縫。然而，計算終究不等於現實，計算就只是計算而已。
（似乎我從一開始就想錯了，錯在根本。）
光秀隱隱約約地感覺到，他錯估作爲根本條件的自己。怎麼看自己也不像個要做新時代之主的人。
（問題就在這兒。）

以前的道三又如何呢？信長的刻薄殘忍可以說無人能及，然而，正是這一缺點反而成爲神一般的資質，得以摧毀舊的弊端，創造一個新時代。光秀再想想自己，自己似乎不具備這種眾望所歸的資質。人們都不看好光秀，而是對秀吉充滿期待。
光秀繼續下山。
他在下鳥羽一帶布陣，並且採取單純的野戰陣形。又抓緊時間修繕勝龍寺城和淀城，加強要塞的防備。光秀的人數太少，不得不擔憂城裡的防衛能力。
光秀採取的戰術形態也體現出他的心境。本來應該在決戰或防衛中擇一作爲主題，這兩者卻模糊不清。
看到光秀模稜兩可的戰略思想，宿將齋藤內藏助利三提出反對意見：
「我方人少勢弱，應該徹底防守才穩妥。索性不如退回近江坂本城，再從長計議今後的事情如何？」

內藏助提議道。他的話確實有道理，即使到了這一步，光秀也未將全軍力量投入眼下的野戰中，而是將兵力的四分之一配置在近江的坂本、安土、長濱和佐和山這四座城中。光秀打算一旦野戰失利便逃回近江。

「主公已經不是從前的主公了。」

齋藤內藏助看穿他的心思。光秀確實意志消沉，以往的銳氣不復存在。他自己已經認定要打敗仗。江戶時代有句諺語叫做「越窮越遲鈍」，要是這個時代有這句話，齋藤內藏助一定會用它來教訓主人。

十二日下起雨來。

夜裡，光秀接到秀吉軍接近的消息，下令主動上前迎擊。齋藤內藏助再次進諫：

——這麼少的人數對付得了嗎？

他簡直想衝著光秀大喊。光秀在整體的戰術構想上採用難以防守的陣形，在迎戰準備上卻表現得異常地勇敢和頑固。他不聽勸阻，一意孤行地安排迎擊隊形，命令各隊隊長：

「明日拂曉在山崎附近集合。」

光秀把戰場選在山崎。

雨下個不停，光秀也失去等待的耐心。大軍冒著傾盆大雨從下鳥羽出發，渡過桂川。渡河期間，明智部隊攜帶的槍砲彈藥幾乎都被雨淋濕，成了一堆廢物。

（眞是糟糕。）

光秀咬著嘴唇，恨不得咬出血來。要知道，他從年輕時就以鐵砲戰術和用兵而馳名，也正是因爲這項特技才被織田家看中，之後也爲提高織田部隊的鐵砲陣做出巨大的貢獻。即使是現在，他的鐵砲陣在日本仍然首屈一指，沒想到竟然會出現這種失誤。

（明天能派上用場的彈藥還不到十分之一。）

第二天如期而至。

天正十年六月十三日，戰鬥在下午四點打響，震耳欲聾的鐵砲聲響徹淀川河畔。明智軍在起初的兩個小時擋住了秀吉的北進部隊，快到日落時，終於陣腳大亂，潰不成軍。光秀逃出戰場。

他先是逃到細川藤孝的舊城勝龍寺城，後來又乘著夜色抄小道直奔近江坂本。跟隨在後的只有溝尾莊兵衛等五、六人。過了大龜谷就是桃山高地東側的小栗栖村莊，這一帶滿是竹林。光秀走在竹林中的小道上，累得連握韁繩的力氣都沒有了。

「小野村還沒到嗎？」

光秀小聲道。有風吹過，林中的雨露開始消散。

光秀的生命不知不覺地走到盡頭。他覺得左邊的腹部一陣劇痛，不由下意識地抓住馬鬃，意識卻逐漸變得模糊。

「主公！」

溝尾莊兵衛大喊著跑上前來，光秀卻已經從馬鞍上一頭栽下來。一支槍穿透了他的腹部。這應該是藏在竹林裡的當地人設的陷阱。

此時，幽齋細川藤孝還在丹後宮津城裡，並未參加這場戰鬥。

戰後不久，他從丹後前往京城，在本能寺燒毀的遺址上臨時搭建了屋子，請來京城的富商顯貴，舉辦追悼信長的百韻連歌大會。

當時趕到粟田口迎接光秀的公卿半數以上都參加了這天的連歌大會，連歌師紹巴自然也在其中。

那時的追悼連歌流傳至今。

墨染夕陽，難舍袖露　幽齋

魂祭野外，月夜秋風　道澄

分道揚鑣，松蟲啼音　紹巴

後記

光秀死時，本能寺仍是一片燒毀的廢墟。幽齋細川藤孝出丹後宮津的居城來到此地，臨時搭建了房子，邀請洛中的文人墨客舉行連歌大會，追悼信長。要想在亂世中明哲保身，這無疑是最華麗的手段。

「真不愧是幽齋大人啊。」

洛中的人們無不另眼相看，秀吉的與力大名也讚賞有加，有頭腦的人果然就是不一樣。幽齋這號人物，不禁讓人聯想到法國革命和拿破崙政權期間一直處於權力中樞的約瑟夫·富歇。

幽齋與秀吉並不是至交。自從幽齋來到織田家，身分一直是舊友明智光秀麾下的大名，此一經歷不利於幽齋在新時代中的生存。於是，他採取在廢墟上舉辦連歌追悼大會這一富有戲劇性卻又不帶有絲毫政治色彩的方式，證明自己心境的清白。幽齋的表演總是那麼典雅。

秀吉對待幽齋的態度，自始至終都不失殷勤，不但仍保留織田時代的領地，秀吉又奏請朝廷將幽齋的官位提升至二位法印。豐臣家中的大名，無人能享有如此高的官位。

秀吉對幽齋的風雅尤為欣賞，不僅讓他修改自己作的詩歌，還邀請幽齋陪伴他出席氣氛緊張的筵席聚會。秀吉與家康議和的宴席上幽齋也相伴左右，使得殺氣騰騰的氣氛緩和不少。

秀吉晚年計畫出兵朝鮮時，幽齋作歌讚頌道：

遙望日本之曙光
春至唐土

然而，敏銳的幽齋，內心應該猜到豐臣政權將會因為此次出兵而失去人心。而且，秀吉膝下無子，幽齋應該是洞察到這一點。從這時起，幽齋就頻繁地接觸前田利家與德川家康二人，與前田家結成親家，和家康則私交甚篤。之後，家康也不斷拉攏幽齋。明智事件發生後，光秀的女兒即忠興之妻一直分離蟄居，家康懇求秀吉使他們得以復合。經過這件事，兩人的交情更加深厚。在幽齋看來，秀吉死後的天下無論是前田氏還是德川家，秀吉尚在世時就已經為自己的生存打下堅實的基礎。

秀吉死後，天下局勢不明。此時，利家看穿家康的野心，舉兵對峙。幽齋的嫡子細川忠興大驚失色，奔波在兩人之間調和。忠興認定家康將是下一任主公，竭力在背後勸說豐臣家的諸侯投靠家康。不久就發生關原之戰。

忠興率領細川家的主力部隊投奔家康，幽齋獨自守在丹後宮津的居城中。西軍的大軍包圍宮津城並發起進攻，幽齋手下只有五百將士。他下令收起城門大橋退守城中，連續七天展開激戰。那個時候，幽齋的武略也可謂是天下第一流。

敵人也覺得無可奈何，七天後進入長期包圍戰。這件事傳到京都後，支持幽齋的後陽成天皇和公卿都千方百計想救出幽齋，以「幽齋一死便斷絕了歌道之源」為由，數次派出敕使勸其開城。幽齋卻一一回絕。朝廷又向西軍派出敕使，要求丹後宮津的區域戰議和，終於得以實現。公卿自然不會有這等指揮，恐怕這也是幽齋自己設計好的途徑。幽齋在世人的贊聲中開城。不過總而言之，面對一萬五千大敵，僅靠區區五百人竟然抵擋了六十多天，可見他的戰術非同尋常。

幽齋在德川政權時代仍然鼎盛，細川家作爲肥後熊本享祿五十四萬石的大藩，佔據巍然不倒的地位。菊池寬曾說過，人無法在兩個時代中生存，幽齋這一代，卻歷經足利、織田、豐臣和德川四個時代，而且在每一個時代都佔據特殊的地位。只能說，他在如何生存的問題上已經將本領發揮到極致。

完稿後，我又重新回顧寫作的內容，體會到這部小說中登場的人物生活在一個多麼苛刻殘酷的環境裡，不免爲之動容。這一點也讓我聯想到幽齋。道三、信長和光秀三人都命赴黃泉，配角幽齋卻活了下來。這也是我在〈後記〉中，爲何要從幽齋開始下筆的原因。

這部長篇小說在《SUNDAY每日》上連載，起初並未打算寫得太長。只想描繪齋藤道三這一人物，書名也定爲《盜國物語》。中途，編輯部不斷建議：

「再接著往下寫吧！」

可以接著寫。道三在中世的瓦解時期去了美濃，並嘗試著打破中世體制，撒下進入近世的火種，女婿信長以及道三在稻葉山城的貼身侍衛、道三之妻小見之方的外甥光秀繼承了這顆火種。而信長和光秀這兩名道三眼中的師兄弟在本能寺決一勝負，使道三這一人物描寫的主題得以完結。因此，道三死後，我又重新起稿寫了後半部分。如今終於完稿，我自認爲自己已經充分地呼應主題，雖然感覺疲憊，卻有一種如釋重負的快感。

這些人物全都死於非命。道三和光秀甚至死後也被世人唾罵。我在岐阜縣蒐集材料時，聽說道三的後代住在靜岡。然而，從德川時代至今，他的後代似乎不願意透露出這段身世。

光秀的後人亦然如此。如今男丁已經絕後。他的女兒伽羅奢則歸入細川家族。

江戶時代，大名、武士和地方鄉士流行製作族譜，甚至有人收買別人家的族譜或是盜用，或是請來御用學者製作。由此，人們多奉各種英雄豪傑作爲先祖，道三和光秀卻不在考慮之列。順帶說一句，製作族譜的潮流來自幕府下令由政府出資編纂各家的族譜，完成後命名爲《寬政重修諸家譜》。原以大名和旗本爲主要對象，各藩也紛紛效仿，讓藩士撰寫族譜。由於多半爲戰國亂世時期的家系，先祖已經無從考究。據說幕府的御用學者林道春等人就受到各方大名的委託製作了一大批。族譜盛極一時，甚至被編入落語（譯注：坐席表演形式的一種，用幽默詼諧的語言加上肢體動作來取悅觀眾）中。就連在這一全盛時期，齋藤道三與明智光秀兩人也爲世人所忌諱。

再扯遠一些，幕府末期的坂本龍馬據說是明智左馬助（彌平次）光春（秀滿）的後代。左馬助在光秀死後一直據守在近江坂本城中，戰敗後自殺身亡。乳母帶著他的女兒流落到土佐，之後在長岡郡植田鄉才谷村落下腳來。

當然，這種族譜之說大多是牽強附會之談，或是胡編亂造，龍馬本人似乎從未公開說過此事，看來連他自己都不相信。不過，坂本家的家紋繼承了光秀的桔梗紋，也就是說坂本家對外表明自己是左馬助的後代。光秀雖然讓人有所忌諱，他的部將左馬助想必沒什麼大礙吧。

連載期間，收到四方的諸多來信，成爲我完成這部長篇小說的堅實動力。在此謹表謝意。

昭和四十一年六月

司馬遼太郎

國家圖書館出版品預行編目（CIP）資料

盜國物語 ： 天下布武織田信長 / 司馬遼太郎作；
馬靜譯 . -- 初版 . -- 臺北市：遠流 , 2017.06
冊； 公分 . --（日本館 · 潮 ； J0270-J0271）
ISBN 978-957-32-7985-3（上冊：平裝）. --
ISBN 978-957-32-7986-0（下冊：平裝）. --

861.57 106005477

日本館 · 潮 J0271
盜國物語：天下布武織田信長（下）

作 者——司馬遼太郎
譯 者——馬靜
出版二部總監——黃靜宜
企劃主編——曾慧雪
特約編輯——陳錦輝
行銷企劃——葉玫玉、叢昌瑜

發行人——王榮文
出版發行——遠流出版事業股份有限公司
104005 臺北市中山北路一段 11 號 13 樓
郵撥／0189456-1
電話／(02)2571-0297 傳眞／(02)2571-0197
著作權顧問——蕭雄淋律師
2017 年 6 月 1 日 初版一刷
2021 年 11 月 16 日 初版三刷
售價新臺幣 350 元（缺頁或破損的書，請寄回更換）

ISBN 978-957-32-7986-0
遠流博識網 http://www.ylib.com E-mail: ylib@ylib.com